24,80
H10
Q
D1856750

Luigi Malerba

Pataffio

Roman

Aus dem Italienischen von
Moshe Kahn

Verlag Klaus Wagenbach Berlin

Mit dem Wort »Pataffio« greift Luigi Malerba auf den Titel einer Sammlung von Nonsensgeschichten der italienischen Novellenliteratur des vierzehnten Jahrhunderts zurück, der auch die Bedeutung des Worts geprägt hat: eine Sammlung liederlicher, satirischer, heillos verworrener Erzählstücke.

Im Italienischen wird der Roman auf drei Sprachebenen erzählt, der ›hohen‹ des Bellaugh, der ›groben‹ des Migone und des Dorfvolks, und im Küchenlatein des Priesters. Der Übersetzer hat, mit der liebenswürdigen Unterstützung des Autors, versucht, nicht nur den als ›unübersetzbar‹ geltenden Roman Malerbas ins Deutsche zu bringen, sondern auch zugleich diese drei Sprachebenen zu treffen.

Der Verlag

Die Originalausgabe erschien unter dem Titel *Pataffio*
bei Giulio Einaudi editore s.p.a., Turin

Quartheft 161

© 1978 Giulio Einaudi, Turin
© 1988 für die deutsche Übersetzung: Verlag Wagenbach, Ahornstraße 4, 1000 Berlin 30. Der Umschlag verwendet einen Ausschnitt des Kupferstichs *Die magere Küche* von Peter Miricenys nach Pieter Brueghel d. Ä., 1563. Bleisatz/Buchdruck durch Poeschel & Schulz-Schomburgk in Eschwege. Gesetzt aus der Korpus Janson Antiqua Linotype. Bindung Druckerei Wagner, Nördlingen. Printed in Germany. Alle Rechte vorbehalten.
ISBN 3 8031 0161 1

Pataffio

1 Große schwartze Riesenvögel schwebten tief, zogen weythe Kreise ober dem Soldatenzug, als hätten sie Aasgeruch wahrgenommen. Von Müdigkeyth und Hitz erdrückt, machten die Soldaten einen Schrytt nach vorn und dann zween quer, aber dennoch kam der Zug weyther, man weisz nicht wie, er wand sich langsam alswie eine große Schlang durch die Ebene und die Maisfelder, durch die hochgebundenen Weynstöcke und die Olivenhaine. Pferdte und Reytter und Fuszvolk und Wagen waren weisz vom feinen Staup, so daß sie sich mit dem Staup der Straße vermischten und beinah vor den Augen verschwandten. Das umliegende Land schien wie ausgestorben, als sey die Pestilentia oder anderes schlimmes Unheyl hier vorbeigezogen. Stattdessen warns diese Waffenmänner, der Schrecken der Erdte, die die Leute vertriepen, auch wo sie sich vor Mattigkeyth wegen der Reise kaum noch konnten auf den Beinen halten.

Der Himmel war strichweis bewölkt von ungemeyn lästigen Muckenschwärmen, die sich auf Pferdte und Soldaten stürzten und an ihren Augen saugten, die schon halbblind warn vom Staup. Und es war aufgrund dieser allgemeinen Erblindung durch Staup und Mucken, daß der Zug des Graffzogs Bellaugh von Kagkalanze sich im Tiberthal verirret hatte. Zu dieser Stundt, die die dritte war nach Mittag, war die Dreieysche Purg noch immer nicht vor ihren Blicken aufgetaucht, die Bellaugh in Besitz sollte nehmen als Theyl der Mitgifft von Varginia, allergeliebteste Dochter des Königs von Montecacco. Drinnen, in der Karozze mit der gemalten Sylberkorona auf den Thüren, befandten sich just Bellaugh und Varginia, er beinah erdrückt vom ausufernden Umfang seyner nicht ungewichtigen Gemahlin, die wegen der Hitz nun zu keichen anfieng. Vor der Karozze marschierte mit hinsinkendem Schritt die Soldatenhordte, die aus Anlaß dieses hehren Hochzeitszugs die Tittel eines Fanfarenbläsers, Tambourtrommlers, Bannerträgers, Fahnenschwenkers, Armbrustschützen, Hellebardenträgers, Hippenschlitzers, Pagen und Knappen hatte verliehen bekommen, ohne jedoch mit Fanfaren, Tambourtrommeln, Bannern, Fahnen, Armbrüsten, Hellebarden, Hippen und anderem Gerät, das zu einem richtigen Hochzeitszug gehört, ausgerüstet zu sein. Aber dafür waren sie im Staup alle gleichermaßen weisz und nicht unterscheidbar.

Gleichzeythig mit Varginia zur Frau und dem Dreieyschen Lehen, hatte Bellaugh vom König von Montecacco den Tittel eines Graffzogs erhalten, was ohngefähr so war, als wollt mann sagen: ein Ding auf der Mitte zwischen Heerzog und Graff. Dieser Tittel war an das Lehen und die Purg selbst gebunden, die mann aber nicht fand, alldieweil sich der Zug im Tiberthal hatte verirret, ohne zu wissen wohin und woher.

Als die Straße sich nun nach links und geradeaus gabelte und die Dreieysche Purg immer noch nicht sichtbar ward, hielten die beyden an der Spitze reythenden Waffenkämpfer Ulfredo und Manfredo an, und mit ihnen füglich der gesammte Zug, einschließlich der Karozze mit dem Graffzog Bellaugh und seyner allerehrenwerthesten Gemahlin.

Sagte Ulfredo:

»Sollen wir nach da?«

Antworthete Manfredo:

»Ich würdt nach hier.«

»Hier kommen wir wieder zum Fluß.«

»Der Fluß ist da.«

»Dann lassen wir eben die Zahl entscheidten. Grad oder ungrad?«

»Grad!«

»Ungrad!«

Ulfredo und Manfredo bolzten mit den Händen, aber die Finger bogen sich nicht in den eysernen Handschuhen und daher konnte auch nicht gezählet werdten, ob sie grad waren oder ungrad.

Sagte Ulfredo:

»Grad oder ungrad können wir wegen der eysernen Handschuh nit machen, in denen biegen sich die Finger nit.«

Sagte Manfredo:

»Dann soll Kopf oder Zahl entscheidten.«
»Um Kopf oder Zahl zu spielen, brauchen wir eyne Müntze.«
»Und wo findten wir eyne Müntze?«
»Hast du keyne nit in deyner Taschen?«
»In meyner Taschen gibt es nit mal einen Soldo nit.«
»Kopf oder Zahl können wir nit spielen mangels Müntze.«
»Dann zählen wir ebent aus.«
Ulfredo und Manfredo zählten aus, ecke tecke hoy, und Manfredo gewann, der sich für die Abzweygung zur Linken entschiedt. So setzte sich der Zug wieder in Bewegung, in Richtung Hügel. Dieser Weg war noch mit Pericula und Schaden gepflastert, denn niemandt nicht kannte den Weg zur Purg von Dreiey und mann traf auf keine Menschenseel nicht, die man hätt fragen können.
Die Straß stieg steil den Hügel hinan, zur großen Verzweiflung der gantzen Soldatenhordte zu Fusze und zu Pferdte. Nach einer Meile führte die Straße durch einen kleynen Eichwaldt, danach verloff sie ober den Saum eines steilen und steynichten Abhangs, fiel dann jählings zwischen zween Hügeln hinab, überquerte hienach einen breyten, mit Schilf und Rohr bewachsenen Graben und begann danach erst wieder mit Müh den Anstieg an einem kleynen Berg entlang, wo sie auf halber Höh noch einmal in zween Richtungen auseinanderstrebte.
Diesmal aber wollten Ulfredo und Manfredo nicht wieder anfangen zu streyten, ob nach rechts od nach links, sie blickten sich verstohlen an, denn eine Entscheidtung mußten sie treffen, schon wegen des Zugs, der angehalten hatte und sich in den Staup setzte. Die beyden Waffenkämpfer und Zuganführer ließen gerade vor Erschöpfung die Arme herunterhängen, als sich aus dem verschnaufenden Zug der Schrey eines Soldaten löste, der voller Freude schien.
»Wir seyndt da!«
Ulfredo und Manfredo blickten auf, ihre Augen waren voller Staups und kleyner Mucken, sie sahen zu dem kleynen Berg hinüber und erspähten auf seiner Spitze, oberhalb eines Vorsprungs aus Tuffgesteyn, eine hipsche Purg

mit zweieinhalb Wehrthürmen. Und es bestand kaum ein Zweyffel nicht, daß es sich um die Dreieysche Purg handelte. Also warn wir nunmehr würcklich da.
Auch Bellaughs Karozze hatte angehalten, und der Graffzog schob ein wenicht den Vorhang beyseyt, um mit den eignen Augen seyn herauszuschauen und den Grund für den Halt und das Stimmenpalaver zu erfahren, wenns mehr denn war, als die übliche Pisserey der Pferdte.
Sagte Bellaugh zu Varginia:
»Ich sehe eyne gewaltige Purg und gewißlich handlet es sich um die Purg von Dreiey, meyn Lehen.«
Da schob auch Varginia ihr Gesichte ans Fenstergen.
»Hoffmers, dasz sies ist.«
»Erkennest du etwa nicht deyne Mitgifft?«
»Wie sollt ich sie denn wiedererkennen, wenn ich sie niemals vorher gesehen?«
»Mann sichts doch sofort, schon auff den ersten Blyck, das kann nur Dreiey seyn.«
»Es würd mir schon sehr gefallen, wenn wir wärn angekommen.«
»Gradt die richtige Stund zum Essen, Drinken und Schlafen.«
Bellaugh tat mit seynen Fingern unter der Zung einen schrillen Pfiff, und der gantze Zug setzte sich wieder in Bewegung, in Richtung Dreieysche Purg, an der Gabelung geradhinaus vorwärts.
Gantz allgemach bewegte der Zug sich ober die Steigung hinauf und kam schließlich unter den Wehrmauren der Purg an, allwo sie noch ein Stückchen Strasz zu gehen hatten, die mit Sengnesseln war vollgewachsen. Das Fuszvolk beklagte sich ob der Sengerey an den Knöcheln, und Frater Kapuzo schäumte ganz besonders vor Wuth allwegen dem Weh an seynen zernesselten Füßen, weshalb er wieder sein Maultier mußte besteigen.
Frater Kapuzo stieß zwischen den Zähnen hervor:
»Dasz fulminem et focum verbrennare vos possint, nesselias maleficas!«
Da sie nun beinah am Eingang waren angekommen, stell-

ten sich die Rytther, die Fanfarenbläser, die Tambourtrommler, die Bannerträger und alle anderen auf einer Seiten auf und lieszen Bellaughs und seyner allerehrwürdigsten Varginia Karozze vorausfahren. Nachdem sie um den Turm, der gegen Abend stundt, waren herumgebogen, hielt die Karozze just an der Zugbrücken an.
Bevor er eintrath, steckte Bellaugh seyn Haupt heraus:
»Niemandt nicht sicht mann! Was für ein Empfang soll das seyn?«
Und so verhielt sichs. Keine Wächter nicht, keine Fanfaren und keine Trommeln nicht auf der Purg, um dem eben eingetroffenen neuen Herrn, den Graffzog Bellaugh, zu huldigen. Ja, mann sah eine noch merkwürdigere Sach, die Zugbrücken wurdt in eine Position gebracht, die bedrohlich aussah, wie Krieg. Und die Karozze schaffte es grad so, dort still zu stehen, sonst wär sie in den Graben hinabgestürzt, der von scheißfarben Wasser war angefüllet.
Brüllte Bellaugh:
»Bey meynem Saftrammel! Was machen die denn da? Ziehen die mir etwa die Zugbrücke unterm Arsch hoch, dieweyl ich drübergeh?«
Der ganze Zug erstaunte von ohngefähr über diese Beleidigung des neuen Herrn.
Und Bellaugh brüllte wieder:
»Laszt auf der Stell, ich sage auf der Stell die Brück herunter!«
Vom Wehrturm, der gegen Abend stundt, blickte ein Wachtsoldat herunter und rieff mit den Händten am Mund:
»Wer seydt ihr und was wollt ihr?«
Frater Kapuzo stieg von seinem Maulthier herunter und übernahms, im Namen Bellaughs, seynes Herrn, zu sprechen.
»Arrivatus est dominus Belloculus a Kagkalanze! Graffzog von Dreiey! Hieher gekommen cum exercito suo! Um adcipere possessionem de castellum a Tres Testiculis! Ihm selbst est destinatum sicut bene dotalis! De rege a Monscaccatus! Secundum constitutio feudis! Amen!«

Und der Wachtsoldat antworthete ohnverzüglich:
»Wenn ihr zur Dreieyschen Purg wollt, dann geht doch dahin und kommt nit zu uns, um uns auf den Eyern rumzutanzen! Das hie ist Kastell Rebello, damit das klarr ist. Verzieht euch gantz schnell gantz weyth, so ihr nit wollt, dasz wir euch zu hipschen Schweynsmetwörsten zerkleynern.«
Beym Wort Schweynsmetwörste kam der Graffzog Bellaugh ans Fenstergen der Karozze.
»Und wo gibts die Schweynsmetwörste?«
Und Frater Kapuzo:
»Sunt verba vulgaria, diese Metwörste, Excellentissimus.«
»Wie das?«
»Haec Wörste fictiziae rethoricae abstractae sunt.«
In diesem Augenblick zeigte sich jemandt an einer Fenestra des Wachturms und schüttete einen gar groszen Eymer Abfalls und allen möglichen Unrats hinunter und grad auf Bellaughs Karozze und ober seyn Haupt, die beyde gantz forchterlich beschmutzet warn. Erdäpfelschalen, Kohlstrünke, Kürbiskerne und ranzichte Schinkenschwardten zusammen mit allerley Gescheisz. Bellaugh zog seynen Kopf fluchend hereyn, und mit der Hand reynigte er sich das Gesichte von der klebrichten Masse, alldieweil Varginia sich die zween Nasenöffnungen mit den Fingern verstopfte.
»Das sollen sie mir teuer bezahlen, diese Scheiszschleudern, sowahr es den Herrndengerechten giept!«
Sofort näherte sich Frater Kapuzo dem Graffzog, der seynen Kopf nicht mehr zum Fenstergen herausstecken wollt aus Forcht vor weytheren Ladungen mit Unrat und ähnlichen Sauichtkeythen.
Sagte Frater Kapuzo:
»Melius est verduftibus!«
»Aber was sagt Ihr da, Frater Kapuzo? Seyd Ihr zufällig vom Wahnsinn befallen?«
»Si habemus bene capito, non est Castellum de Tres Testiculis, sed alter nominatum Castellum Rebellorum.«
»Kastell Rebello – der Name gefällt mir gantz und gar nicht.«

»Sumus in errore. Non est Castellum nostrum. Melius est verduftibus!«
»Und die Schweynsmetwörste?«
»Die Schweynsmetwörste nominati fuerunt sicut exemplum.«
»Wie immer es sich auch verhält, wir werden uns die Gastfreundtschafft erzwingen für die Nacht.«
Frater Kapuzo legte die Hände wieder an seynen Mund:
»Hospitalitatem pretendo! Per dominum meum Belloculum a Tres Testiculis! Et per honoratissimam mulierem suam! Et per dignitissimos comites, me darin adnumerato!«
Und der Wachtsoldat:
»Ich bring die Bothschafft dem Herrn dieser Purg.«
Der Wachtsoldat zog sich von der Fenestra zurück. Dieweil erkannte mann die Gesichter andrer Soldaten, die hinunterblickten auf den Zug, der sich kaum mehr auf den Beynen hielt, Männer und Pferdte, die müdt warn von der langen Reise, vor Hunger und von den Anstrengungen des Umherirrens im Tiberthal, ohne eine Wohnstatt zu findten.
Schließlich zeygte sich der Wachtsoldat wieder. Sofort steckte der Graffzog seynen Kopf zur Karozze heraus:
»Was also ist die Antworth deynes Herrn?«
Und der Wachtsoldat:
»Mit unserm Lustschwengel, den wir zwischen den Beinen tragen, gewähren wir Euch Gastfreundschafft!«
Und Frater Kapuzo:
»Quod dicis?«
»Ich sage Euch, daß wir Euch nur über unseren Schwengel hereinlassen! Meyn Herr hat mir aufgetragen, Euch das zu sagen! Nur über unseren Kolben! Und wenn Ihr weyther drauf bestehet, dann, soll ich sagen, schiepen wir ihn Euch auch rein!«
Bellaugh wurd ganz roth vor Wuth. Nach der beschwerlichen Reis fehlten nur noch diese Schmähungen. Er steckte sich zween Finger in den Mund, gab zween Pfiffe, die die Luft durchbohrten.

Ulfredo und Manfredo loffen herbey, um sich direkt in personam vor der Karozze des Graffzogs zu präsentieren.
»Zu Beffehl, Euer Hochwohlgeboren!«
»Mann erobre diese sich hie vor unseren Augen befindtliche Scheiszpurg, und zwar ipso stante, ohne weytheren Zeythverzug!«
Die beyden sahen einander an und blickten dann verlegen zur Erdt.
Und Bellaugh:
»Und, was habt ihr?«
»Unser Herr, das kann mann nicht so einfach!«
Bellaugh ward zum zweythen Mal roth:
»Was redet ihr da?«
»Es handlet sich um eine schwierichte und aufwendichte Unternehmung. Es fehlet uns an allem Geräth für eine Belagerung, Euer Hochwohlgeboren.«
»Hier handlet es sich um einen Überraschungsangriff und nicht um eine Belagerung!«
»Auch dafür fehlet uns alles.«
»Was fehlet euch?«
»Vor allem fehlt es an Leitern.«
»Dann hangelt ihr euch die Purgmauern eben an euren Fingernägeln und mit euren Zähnen hoch!«
»Leitern wären besser, Euer Hochwohlgeboren.«
»Dann wirft mann eben Seyle mit Widerhaken, und dann rangelt ihr euch hoch.«
»Und wo sollen wir uns mit den Widerhaken einhaken?«
»Ihr hakt euch an den Vergytterungen der Fenestren ein.«
»So soll es seyn, Excellentissimus.«
Unter den Soldaten in Ulfredos und Manfredos Nähe kam es zu einer kleynen Bewegung. Die beyden gaben tonlos ihre Befehle, damit die Wachtsoldaten der Purg sie nicht konnten hören, die zu ihnen heruntergucken. Die Soldaten bereytheten die Wurfseyle vor und schickten sich an, sie ober den Graben zu werfen, wo sie sich an den Vergytterungen der Fenestren einhaken sollten.

Bellaugh beobachtete von seyner Karozze aus die gantzen Vorbereitungen des militärischen Unternehmens. Schließlich rieff er laut:
»Mann soll endtlich die Wurfseyle werfen!«
Die Soldaten warfen die Wurfseyle. Sechse davon hakten sich in die Vergytterungen der Fenestren ein, die anderen sechse hatten es nicht geschafft.
»Mann soll die restlichen sechse noch einmal werfen!«
Und wieder wurdten die sechse Wurfseyle geworfen. Dreie hakten sich ein, die anderen dreie fielen wieder zu Bodten.
»Mann werfe die dreie wieder!«
Dieses Mal hakten sich auch die drei letzten ein.
»Hanglet euch hoch!«
Dem lag das Ideengebildt zugrundt, daß sich die Soldaten an den Seylen sollten hochrangeln und in die Purg eindringen, um die Zugbrücken herunterzulassen. Bellaugh hatte sich schon bereydt gemacht, sich mit seyner Karozze unmittelbar davor aufgestellt, um im richtigen Moment in großem Triumph mit seynem gesammten Zug dort einzuziehen.
Die Soldaten equilibrierten sich an den eingehakten Wurfseylen und schwangen sich inde ober den Graben hinweg, wobei sie mit ihren Füßen gegen die Wehrmauern der Purg schlugen. Dreie von ihnen prallten mit den Köpfen dagegen und stürzten in den Abgrund mit großem Lärm, den so viel Eysen macht. Die anderen begannen die Hangeley, um durch die Fenestren einzudringen.
Die Wachtsoldaten sahen gemächlich von oben her zu, als wärs eine Seiltänzermeut, die ein gar vergnieglich Spiel und Akrobazien bothen und nicht daran dachten, Feyndte zu seyn, die auf Eroberung gehen. Lachen tathen die Wachen sogar.
Als Bellaugh seynen Kopf durch das Fenstergen der Karozze herausstreckte, sah er, daß seyne Soldaten zwar an den Fenestren warn angekommen, sich aber nicht durch die unbiegsamen eysernen Stäb hindurchzwängen konnten, also dasz die Wachen vom Kastell Rebello ihnen kräftige Hiepe auf die Köpf plazierten und sie zum Absturz brach-

ten, grad hineyn in den Graben, grad hineyn in das scheißfarbene Wasser.
Rief Bellaugh laut:
»Bey meynem Saftrammel! Irgend etwas läuft falsch!«
Antwortete Ulfredo:
»Das Falsche liegt in den Vergytterungen der Fenestren, Euer Hochwohlgeboren. Wo sich Vergytterungen findten, kann mann nicht eyndringen.«
»Aber ohne Vergytterungen konnte mann die Wurfseyle nicht einhaken!«
Da kam Frater Kapuzo geloffen:
»Domine meus, verduftimus!«
»Aber ja doch, wir ziehen ab von hier! Wir üben die Rach zu späterer Zeyth, wann die Gelegenheyth günstiger ist.«
Bellaugh war angewidert vom unseligen Ausgang seyner kriegerischen Aktion, aber andere Lösung fandt sich nicht, als die Karozze in andere Richtung zu lenken und mit ihr den gantzen übrigen Zug und sich in Bewegung zu setzen im Dunkel der Nacht, auf der Suche nach der Dreieyschen Purg.
Frater Kapuzo stimmte eine Lauda auf den heiligen Ghirigor an, um die Soldatenschar zu ermuntern:

Wann du mit den andern im Chor
den Psalm singst von Sankt Ghirigor,
wann du barfüßig fastest,
deynen Bauch nit belastest,
kommt dir Wasser und Broth göttlich vor.

2 Schwartz waren in der Nachtluft die Gesichter der Soldatenhordte und die Köpfe der Pferdte, und schwartz, als gehörte sie zu einem Leichenzug, war auch Bellaughs Karozze, die bei Tageslicht noch weisz war vom Staup der Straße. Wie sollte mann in einer Welt aus so viel Schwartzheythen ringsum noch vorwärtskommen? Vor Müdigkeyth fielen den Männern und den Pferdten die Augen zu. Zur Erschöpfung von der Reis kam noch die Demüthigung durch die Niederlage vor Kastell Rebello und die Hiepe auf ihre Schädel, die sie von den Soldaten dort hatten einstecken müssen. Daher beriethen sich Ulfredo und Manfredo mit Bellaugh, denn sie hatten eine Wiese ausgemacht mit hohem Gras und so weich alswie ein Wollbett, ein Orth, an dem mann sich ober Nacht konnte ausruhen und die Sonne des nächsten Morgens erwarten.
Die beyden Söldnerführer zogen an der Spitze des Festzugs, der ihnen gleychwie eine Schafsheerdte folgte, und führten ihn inmitten auf die Heilkräuterwiese, zwischen zween Baumreihen mit hochaufgebundenen Weinstöcken.
Bellaugh steckte den Kopf heraus:
»Mann richt für die Nacht die Zelte auf und alles Geplane, wie manns eben einrichten kann oder auch nicht. Und jedter sicht gefälligenfalls selber zu, wie ers für sich abmacht.«
Bellaugh beschloß, die Nacht in seyner Karozz zu verbriengen.
Sagte die Gattin seyn Varginia:
»Ein Bet mit einer Matreize aus Schafswoll, das thät mir schon sehr gefallen.«
»Mit Bette ist nichts. Schlieszlich dachte mann, noch vor der Nacht in der Dreieyschen Purg anzukommen.«
»Dann schlaffmer also herinnen, vor allen verstecket?«
»Der Noth gehorchend, die uns mit ihren Widrichtkeythen zwinget.«
»Ein Bet auch ohne Matreize aus Schafswoll, das thät mir schon sehr gefallen.«
»Es giebt kein wie auch immer geartet Bette nicht.«
Varginia seufzte:

»Darff ich dich daran herinnern, dasz diese meyne Jungfrauschafft mich ungeheuer drücket?«
»Herinnere mich von mir aus doch, an was du willst.«
»Es macht mir keyne Freudte nicht, dich überhaupt an etwas herinnern zu müssen. Eher schon würdt es mir Freudte machen, wenn du mich ryttest, mit oder ohne Matreize.«
»Du weiszt doch selbste, dasz mann in der Karozze nicht kann reytthen.«
»Mann könnts, mit ein bisgen Geschücklichkeyth und guttem Willen.«
»Mann kann es nit.«
»Und ich sage dir, ich bin mit jedtem Behülf zufrieden.«
»Die lange Reise und die Schlacht haben mich müdt gemacht. Verschiepen wir den Rytt bis nach unserer Ankunft in der Purg zu Dreiey, unserem Stammsitz. Die Ehe vollzieht mann am dafür vorgesehenen Orthe.«
»Wollt ja nur fragen, ob mann nicht einen kleynen Proberytt hieselbst, in dieser Karozz, könnt machen.«
»Du verlangst ziemlich sonderbare und schwierichte Dinge. Machst Schwierichtkeythen.«
»Was sagst du?«
»Ich meine, dasz du mich mit deynen Fordterungen willst demüthigen.«
»Na, du bist es doch wohll, der mit seyner Trägheit mich unbefriedigt will lassen.«
»Hab nicht die Absicht, irgendjemand unbefriedigt zu lassen, zum wenigsten nicht meyne mir frisch anvermählte Brautt zu Anfang unseres Ehebunds.«
Bellaugh und seyne Gemahlin blieben in der Karozze, dieweyl die Reytter von ihren Pferdten stiegen und blindlings in die rothen und weiszen Trauben griffen, die ober ihnen baumelten. Ulfredo und Manfredo hatten unterdessen die Fackeln angezundt, um den Söldnern und Reyttern Licht zu machen, die die Zelte für die Nacht aufbauten.
Frater Kapuzo fielen vor Müdigkeyth die Augen immer wieder zu, und er öffnete sie dann und wann mit den Fingern, indes er gleichermalen versuchte, seyn Zelt aufzurich-

ten. Niemand halff ihm dabey. Er schlug einen Pflock in die Erdt und befestigte eine Stange, aber befestigte er die Stang an einem Punkt, rutschte das Geplan an einem andern wieder herunter. Das Zelt wollte nicht stehen bleiben, und der Moench begann zu fluchen: »Zum Teuffel mit dir, tenda maledicta et defectosa! Ego servus tuus non sum, daß das klarr ist!«

Aber das Zelt brach wieder ober ihm zusammen und begrub ihn nach Läng und Breyte unter sich. Ein Soldat eilte zu ihm hin und schlug viere Pflöcke an den Endten ein, dergestalt, daß der Moench unter der Plane ward gefangen und an keiner Stelle konnt hervorkriechen.

Unter dem Geplane hörte mann neue Flüche und Verwünschungen:

»Tendone dreckmistissimus! Dasz die Vögel cum merda coperire te possint!«

Frater Kapuzo wand sich alswie eine Schlange unter den Zeltbahnen, die der Soldat ringsherum festgepflockt hatte, und steckte bisweilen seynen Kopf hervor. Aber es gelang ihm nicht, mit dem übrigen Leib herauszuschlängeln, da seyn Kopf kleyn, seyn Körper ansonsten aber ziemlich umfangreich war. Die Soldaten drumherum kümmerten sich nicht um ihn. Sie hatten sich derweilen hingehockt, um die Rüstungen und schweren Stieffel auszuziehen, damit ihre Füsze nach der brütenden Hitz dieses Reisetags wieder ausdünsten konnten. Andere von ihnen grapschten noch immer im Schein der Fackeln nach grünen Verdella- und blauen Malvasiatrauben.

Die Pferdte waren an Ahornbäumen festgebunden und weydeten Heilkräuter, Weinblätter und auch ein paar Trauben, die die Söldnerhordte hatte übriggelassen. Nach kurzer Weile bereits schnarchten Söldner und Reytter, sie hatten sich im Grase ausgestreckt, mit ihren Bäuchen nach oben.

Ulfredo und Manfredo hatten ein Zelt aus weiszer hanfgesponnener Plane für sich errichtet, mit unzähligen Troddeln und Tröddelchen von verschiedtener Farbe, die ihren Rangunterschied sollten vermelden. Im Innern des Zelts

rieffen sie einander mit stöhnenden Stimmen und keichenden Körpern.
»Ulfredo!«
»Manfredo!«
»Ulfredo!«
»Manfredo!«
»Ulfredo!«
»Manfredo!«
Was die beyden allnächtlich da triepen, wußte jedter im Lager. Sie hörten es schon gar nicht mehr, wie eine Melodey, die mann gar zu oft hatte vernommen. Sie rieffen sich noch etwa eine halbe Stundte so, dann hörte mann von beyden zugleich einen Schrey aus voller Kehle. Zuletzt, als das Lager bereits im tiefsten Nachtschlummer lag, schliefen auch sie ein.
Die Fackeln in den Bäumen warfen ein immer schwächer werdtend röthlich-rusziges Licht und verlöschten langsam, alldieweil das schwartze Pech war aufgebraucht. Inzwischen waren alle eingeschlafen. Es dauerte nicht mehr lange, bis das Licht des neuen Morgens zugleych mit der frühen Sonne am Himmel erschien.
Bellaugh schlief immer noch nicht.
Sagte Bellaugh zu Varginia:
»Schläffst du, Gattin meyn?«
»In Vermangelung von Besserem.«
»In Vermangelung von was?«
»Du weiszt genau, in Vermangelung von was.«
»Ich weisz nicht, was du könnst meinen.«
»Du hättest groszherziger zu sein mit deyner dir frisch anvermählten, sich allhie befindtlichen Gattin.«
»Da hätte deyn Vatter, der Künich, zuerst mal groszherziger solln sein bey Gelegenheit unserer Anvermählung.«
»Wie? Willst du dich beklagen? Und worüber?«
»Zuvörderst beklag ich mich ober den Tittel, der mich nicht zufriedenstellt.«
»Graffzog ist ein hochadelichter Tittel.«
»So einen Tittel giebt es überhaupt nicht.«
»Es giebt ihn von dem Augenblicke an, wo meyn Vatter,

der Künich, ihn geschaffen und auf deyne Person hat obertragen.«
»Niemandnicht glaubt das, niemandnicht erweiset ihm Achtung.«
»Es ist doch die Persona, die dem Tittel Achtung einbringt, nicht der Tittel der Persona. Verhalt dich allwie ein Graffzog, dann wirst du geacht und geforcht allwie ein Graffzog. Wenn du dich aber allwie ein Stallpursch aufführst, dann wirst du geacht und geforcht, allwies ein Stallpursch verdienet.«
»Was soll das bedeuten, dasz du mich mit einem Stallpursch vergleichst? Ich bin als Rytther geboren und nicht als Stallpursch.«
»Du bist als Stallpursch geboren und Sohn eines Stallpurschen.«
»Ich bin als Rytther geboren.«
»Stallpursch!«
»Rytther!«
»Ein Rytther weigert sich nicht, die ihm geradt frisch anvermählte Brautt zu reytten. Ein Rytther war Herr Tristan von der Tafelrundte. Der konnte Frauen und Pferdte vorbildlich reytten.«
»Was seyndt das denn für alberne Geschichten vom Herrn Tristan dem Rytther? Zufolge der augusta investitura von jenem deynem Vatter, zählt der Tittel eines Graffzogs, auch wenn er mir nicht zusagt, weyth mehr als der Tittel eines Rytthers.«
»Es handelt sich um eine andere Art von Rytther. In unserem Ehekontrakt findet sich insonderheit eine Klausula betreffs der Pflichten der Ryttherlichkeyth in bezug auf die weyther unten höchstselbst genannte Varginia von Montecacco, deyne hie anwesende Gattin.«
»Reise- sowie Kriegstage seyndt aus dem Vertrag ausgenommen.«
»Seyndt wir zufällig mit einem Feyndt im Krieg?«
»Gradebenerst kamen wir aus einer Schlacht unter den Trutzmauern des unheylbringenden Kastell Rebello heraus, wenns dir nichts ausmacht.«

»Ich habs nicht mal bemerkt. Was für eine Schlacht wars?«
»Eine Scheiszschlacht.«
»Wer siegte?«
»Wir giengen mit groszem Glücke daraus hervor und hielten den Sieg bereits in den Händen.«
»Habt ihr das Kastell erobert?«
»Wir wollten sie ihrem Schicksal oberlassen, sintemalen es sich um eine schlechtgestaltete und schlechtgebaute Purg handelte.«
»Mir scheyndt, den Sieg habt ihr mit dem Arsch errungen und nicht mit den Händen.«
»Aber wie sprichst du denn, Varginia?«
»Es schien mir gantz so.«
Bellaugh riep sich die Nase mit dem Handrücken. Dann sagte er:
»Schlaffmer?«
»Schlaffmer also.«
Bellaugh und Varginia legten ihre Häupter auf die Rükkenlehne der Karozze, schlossen ihre Augen und schickten sich an zu schlafen. Und würcklich, nach kurzer Zeyth schlieffen beyde so fest, daß man von draußen konnt hören, wie sie schnarchten, aus tiefstem Zwerchfell.
Auf der Erdte lagen die Rüstungen, Lanzen und Schwerter herum, oder sie waren an die Bäume gehängt, und noch schlieffen alle Soldaten des Festzugs.
Die Fackeln waren nurmehr rauchende Endten ohne Licht, aber das Licht war itzo auch zu nichts mehr nütze, denn der Himmel erhellte sich allmählich mit der aufsteigenden Sonne ober den Bergen von Montecchio.
Der Sonnenaufgang entdeckte etwas, das den Reyttern gantz und gar nicht gefiel, da sie aufgeregt hin und herloffen und in alle Himmelsrichtungen fluchten.
»Wo seyndt unsere Pferdt?«
»Oiweh, das ist unser Endt!«
»Wie lauff ich denn nur zu Fusz?«
»Den Reytter, der seyn Pferdt verlieret, erwartet der Galgen als Straf, ich Ohnglückselichter!«

»Ich knüpf mich auf, bevor mann mich aufknüpft!«
»Knüpfmer uns gemeynsam auf am ersten Eichbaum, den wir an der Strasz findt.«
»Besser wärs freilich, wir henkten die Räuper auf.«
»Fluchtammi vorderle litrahle!«
»Ickommi!«
Ein gar groß Lamento erfüllte das gesammte Lager, das aufwachte und sich ohnverzüglich auf die Suche nach den gestohlenen Pferdten machte. Auch nicht eins war zurückgeblieben, und es war nicht zu begreiffen, wie die Apstauper sie konnten entführen, ohne irgendein Geräusch zu verursachen. Wahrscheynlich waren die Söldnerhordte und die Reytter sampt und sonders durch die Reise gäntzlich erschöpft und todtmüde. Oder vielleicht hatte auch der Hunger die bewuszte Tieffe des Schlafs bewürcket. Was immer auch die Ursach mag gewesen sein: die Pferdte blieben ohnauffindbar. Durch das Stimmengewirre im Lager wachte auch Bellaugh auf und steckte seynen Kopf durch das Fenstergen der Karozze.
»Was ist los? Was ist das vor ein Lerm?«
Seyne Augen waren vom Schlaf noch zugeklebt. Er stieg mit nackten Füszen aus und bemerkte, daß auch die beyden ungarischen Kutschpferdte waren verschwundten, die ihm der König von Montecacco angelegentlich des Hochzeitsbegängnisses mit der ober alles geliebten Dochter Varginia hatte geschenkt. Die Deichseln der Karozze hiengen verlassen zur Erdte, das Geschirr war abgetrennt worden.
Bellaugh brüllte wie abgestochen:
»Mann stahl mir meyne ungarischen Pferdt, verdammt noch mal!«
Ulfredo und Manfredo kamen näher, völlig verschüchtert, ihre Ohren hiengen hinab bis zur Erdt.
Sagte Ulfredo:
»Euer Hochwohlgeboren, die Wegelagerer haben uns während der Nacht unserer gesammten Reytterey beraupt.«
Befahl der Graffzog:

»Mann knüpfe alle Wachtsoldaten am Hals auf, und zwar am ersten Baum auf der Strasz!«
»Welche Wachtsoldaten, Euer Hochwohlgeboren? Wir seyndt ein friedlicher Reise- und Festzug, ohne welche wie auch immer gearteten Wachen.«
Darauf erwiderte Bellaugh:
»Und die Schlacht am Kastell Rebello, war das vielleicht ein Fest? Oder was war das?«
Sagte Manfredo:
»Euer Hochwohlgeboren, es handlete sich dabey um ein Malheur, verursacht dergestalt, dasz wir uns in der Richtung hatten geirret. Wir seyndt ohn Absicht auf eine bewaffnete Purg gestoszen und glaubten gantz sicher, es handle sich um die Purg zu Dreiey.«
»Mann henke die Wachtsoldaten trotzdem auf!«
»Zu Befehl, Euer Hochwohlgeboren!«
Ulfredo und Manfredo schlugen die barfüßigen Hacken zusammen, denn die Räuper hatten auch ihre Schuhe geklaut, und entfernten sich, um die Wachtsoldaten aufzuhenken, die nun würcklich nirgends waren aufzutreipen. So nahmen sie Stricke, machten eine Schlinge, rieben sie ein mit Seife und henkten dann zween ausgediente Rüstungen, die auf der Wiese waren zurückgeblieben, an einem Eichbaum auf.
Bellaugh hätte seynen Kopf am liebsten wider eine Mauer geschlagen, aber inmitten auf dem Feldte, da stundten keine Mauern nicht, und so sprang er und schrie durch den Festzug, der sich wieder in Reiseordnung zusammenstellte, aber diesmal zu Fusz, allwegen des völligen Fehlens einer Reytterey.
»Für diesen schändtlichen Raupzug werdt ich mich rächen! Die Eingeweydte dieser Schurken werdt ich in der Sonne ausbreyten, und dazu kürz ich ihnen Aug und Eyer!«
Auf der Wiese, im Schatten eines Ahornbaums, kniete Frater Kapuzo und betete mit leiser Stimme und zum allerheiligsten Himmel gerichteten Händten und Augen, wo ihn Gottderherr höchstpersönlich dies sprechen hörte:
»Pestilentia fulminante komme über die latrones cavallo-

rum qui klauberunt etiam asinum meum. Gift et Galle et leere Mägen sollen eos occidere. Pestilentia pestilentiarum. Amen.«

Der Zug setzte sich in Bewegung auf der Suche nach der Dreieyschen Purg. Ulfredo und Manfredo wurdten zu Schandt und Straff für die stattgehabte Räuperey mitsammt viere stämmigen Soldaten an die Deichseln der Karozze gestellt.

Sagte Bellaugh:

»Nun will ich doch sehen, ob ihr die Strasz findt, die zur Dreieyschen Purg führt, itzt, wo ihr die Karozze selber müszt ziehen.«

Unter großem Klagen und Fluchen setzten sie gemeinsam den Marsch unter der Sonne und im Staup der schotterigen Strasze fort.

3

Das Dorf und das umliegende Landt der Herrschafft von Dreiey wurden immer aus der Ferne regieret. Die Dorfleut waren gewohnt, Noth, Elend und Armuth zu klagen, wenn sie die Steuereinnehmer des Königs von Montecacco im Dorf auftauchen sahen, aber ihr kunstvoll Lamento von Noth, Elend und Armuth kam von würcklichem Elend, nämlich vom Hunger, und das hieß: aus leeren Bäuchen. Migones Bauch war der rebellischste von allen, und wenn die Steuerrupfer erschienen, begann er, mit einem Donnerrollen zu klagen, dergestalt, dasz die Erdt unter ihren Füszen erzitterte. Im Lauff der Jahre aber hatten sich die Eintreyber daran gewöhnet, und danach kamen sie immer seltener, weil es in diesem Dorf der Ausgemerkelten nun würcklich einzutreyben nichts gab. Das

aber war Bellaugh nicht bekannt, der endtlich angekommen war und seynen Einzug durch eine Spalera murrender Bauren hielt.
Bellaugh lugte durchs Fenstergen.
»Haltet an!«
Ulfredo, Manfredo und die viere stämmigen Soldaten brachten die Karozze zum Stehen und senkten die Deichseln zur Erdt. Bellaugh sah in die Gesichter der Bauren, zornichte Gesichter, von der Sonne geschwärtzet und vom langen Hunger. Und just in diese Stille aus Forcht und Verbitterung rumorte drohend Migones Bauch. Bellaugh verstand dies nicht, ihn durchfuhr jedoch das deutliche Gefühl, dasz es sich um ein bedrohlicht und mißbilligend Geräusch müßt handlen. Er stieg aus seyner Karozze aus und trath auf die zusammengeloffenen Bauren zu. Danach kehrte er sich an Ulfredo und Manfredo:
»Woher kam dies Gerollen alswie von Erdtbeben?«
Ulfredo und Manfredo sahen ihn schweygend an. Dann kehrten sie sich an die Bauren:
»Gept Ihrer Hochwohlgeboren Antworth!«
Doch niemandt antworthete nicht.
»Ihr sollt dem Graffzog antworthen!«
Endtlich trat Migone herfür:
»Zuvörderst, wollt ihr uns erst einmal erklärn, wer eigentlich dieser Graffzog sey und woher er überhaupt kömmt?«
Bellaugh, Ulfredo und Manfredo glaubten ihren Ohren nicht zu trauen und schickten sich versteckte Blicke voller Zorns hin und wider.
Ulfredo und Manfredo sagten mit einer Stimm:
»Knüpffmer ihn auf, Euer Hochwohlgeboren?«
Bellaugh aber gab ein abwehrend Zeychen. Und um der Wahrhaftigkeyth willen muß gesaget werden, daß die Dorfleut von niemandtnicht avisieret warn und der Graffzog sich ergo seynen Unterthanen vorstellen mußte, wies einem Herrn zukömmt, so er Possessio möcht nehmen von seynem ihm zugesprochenen Lehen. Bellaugh gab dem Fanfarenträger ein Zeychen, der an der Spitz des Zuges stand.

Der Fanfarenträger pumppte sich voll Lufft, formte mit den Händen ein fanfarenartig Ding um seynen Mundt und wartete auf den Befehl. Da kam ein Zeychen mit der Handt. Zween krachende Laute im hohen Thon durchbohrten die windstille Lufft. Nun entstieg auch Varginia der Karozze und begab sich an Bellaughs Seyte.

Belcapo, der Kurial, trat nun herfür, wischte sich das Geschwitzte herunter und verkündete mit lauter Stimm:

»Per gratiam et benevolentiam des allerhöchsten Künichs von Montecacco wird infolge der iucundissimae nuptiae inter Donna Varginia und dem allhieselbst anwesenden fürtrefflichen Rytther Bellaugh von Kagkalanze kundgetan, dasz derselbe den Tittel eines Graffzogs und Herrn des Dreieyschen Lehens zum Geschenke erhält, und dies sowohl für sich als auch, in ehrerbietichster Verneigung vor der Kaiserlichen Constitutio Feudis, für seyne gesammte Nachkommenschafft per omnia saecula futura, darin eingeschlossen all seyne Kastelle, Pachtländtereyen und zugehörigen Liegenschafften, sowie jeglichtes darauf lebende Gethier und alle Personas.«

Und wieder ward ein Rumoren aus Migones Bauch vernehmbar alswie ein dunkles Rollen von Pauken.

Bellaugh gieng im Bogen herum, und seyne Augen blickten gar bös.

»Wer hat hier gegruntzet gleichwie ein Schweyn?«

Doch da keiner nicht herfürtrat, zogen Ulfredo und Manfredo ihrer Schwerdter heraus:

»Der treth herfür, der diese Laute gemacht!«

Doch immer noch war Stille. Inde trat Migone einen Schritt nach vorn und kehrte sich an Bellaugh unmittelbar.

»Es war nichtzit, Euro Hochwohlgeboren.«

»Was soll das heiszen?«

»Nichtzit Schlimmes nit, nur eine Beschwerlichtkeyt im Bauche meyn.«

Bellaugh kniff seyne Augen zusammen und sah Migone scharff an, dergestalt, als wollt er sich dies Gesichte in seyn Gedächtnis einprägen. Ulfredo und Manfredo stundten noch immer mit ihren Schwerdtern da, bereydt, sich diesen Unglückselichten untereinander aufzutheylen, doch Bellaugh machte ein Zeychen, die Schwerdter wieder in die Scheydt zu stecken.

»Es wirdt noch Zeyth seyn und die Gelegenheyth auch für diesen Dörfler aufkommen, mich gründtlich kennenzulernen, und hat er mich erst gründtlich kennengelernet, dann wollen wir doch sehen, ob er immer noch dies herausfordernde und beleydigende Gelerm von sich will geben.«

»Es handlet sich um keine Herausforderung nit und noch viel wenichter nit um ein Beleydichtung, Euro Hochwohlgeboren, es handlet sich blosz um eine Beschwerlichtkeyt im Bauche.«

»Wie heiszest du?«

»Migone von Spuckackio, Euro Hochwohlgebborn.«

»Und welche Arbeith verrichtest du?«

»Keyne nit.«

»Was soll das heiszen, keine nicht?«

»Bin arbeithslos, halten zu Gnadten.«

»Und wovon lebest du?«

»Wann ich hap zu essen, esz ich, wann ich nichtzit nit hap, esz ich nit. So ist das!«

Migone war von kleyner Statura und vierschroeticht, aber seyn Rücken war so ausladend alswie seyn Bauche. Bellaugh hatte sich vor dem Dörfler aufgepflantzt, dicht vor ihm, auf du und du, und sah ihn an, als wollte er ihn mit einem Blitzesstrahl niederstrecken.

»Sicht mann dich an, sollt mann nicht meynen, dasz du zu den Hungerleydern zählst.«

»Es handlet sich um eine Gabe der Natur, die Natur hat mir die Fülle geschenket, halten zu Gnadten.«

»Issest aber auch!«

»Malochen und sparen und emsig sich regen, briengt mir was ins Säckel und in die Töpfe den Segen.«

»Und sag mir doch noch dies, Dörfler, weshalb sicht mann keyne Würdtenträger hier nicht versammelt, um ihren neuen Herrn zu empfahen?«

»Aus dem Staupe hant sie sich gemacht.«

»Alle?«
»Alle.«
»Wohin?«
Da setzte Migone sich ein zweydeuticht Lächeln ins Gesichte.
»Wenn ich sag, aus dem Staupe hant sie sich gemacht, dann will das meynen, daß sie sich gantz würcklicht aus dem Staupe hant gemacht, todt und gestorben, jeder aus anderem Grundt, Alter oder Krankheyth oder Schwermuth.«
»Und wie sie nach und nach sich aus dem Staupe haben gemacht, hat niemandtnicht daran gedacht, neue Würdtenträger zu ernennen. Ist das so?«
»Wie Ihr das gesagt hat, ists richtig, halten zu Gnadten.«
Bellaugh hatte bis über den Hals genug davon, mit Migone zu redten. Er nahm den Arm der Gattin seyn Varginia und hieß sie, wieder in die Karozz zu steygen. Bevor auch er einstieg, kehrte er sich zu Ulfredo und Manfredo:
»Zur Purg!«
Die zween Anführer setzten den Hochzeythszug wieder in Bewegung, der sich hinaufwand zur Purg, die mann in luftichter Höh, hinter den Dächern der Behausungen von Dreiey erblickte. Die Bauren stundten längs an der Strasz auf ihre Füsz gepflantzet und betrachteten mit scheelen Blicken diese verwahrloste, barfüszige Soldatenmeut, die voll war von Staup. Armselichte Hundte die einen alswie die anderen, aber zu zween verschiedenen Lagern gehöricht, schon itzo sich nicht grien und fast schon feyndt.
Die Dreieysche Purg war halb verfallen, zum einen aus Nachlässigkeyth, dann schlugen Windt und Wetter herein, und am Endt taten Erdtbeben das ihre. Die Wehrmauer war unten mit schwartzem Basaltsteyn gebauet und oben mit röthlich schimmerndem Tuff. Zum Schutz des Gethiers vor Briganten hatten die Bauren von Dreiey die Purg in eine riesige Stallung verwandelt. Und die Zugbrück war an verrostichten Ketten hochgezogen, um Räupern und Wegelagerern den Zutritt zu wehren. Itzo, da Bellaugh einziehen wollt, einziehen non poterat.
Füglich riefen Ulfredo und Manfredo mit lauter Stimm:

»Lasset die Brucken herunter!«
Doch da trat Migone herfür:
»Mit Euro Hochwohlgeboren güthichter Erlaupnis, mann kann die Brück nit herunterlassen.«
»Und wieso das?«
»Die Ketten sind gäntzlich verrosticht.«
»Und wie kommt mann also hinein?«
»Wir machens immer von hintenherum.«
Auf der rückwärtigen Seyt befand sich ein schwanker Steg, der an zween Hanffseylen ober dem Graben befestiget war. Hier führten die Bauern ihr Gethier des Abends herein, um sie in Sicherheyth zu briengen, und am Morgen auf die nämliche Art wieder heraus auf die Weyden.
Bellaugh beschlosz, dasz auch er, wie die Thier, es von hintenherum macht. Er setzte einen Fusz auf den Steg, doch zog ihn sobald zurück, als er mit seynen Augen den Abgrundt unter sich erspähte. Er gab Ulfredo und Manfredo ein Zeychen, daß sie ihm sollten vorangehen. Und die zween giengen voran, schrittweis, mit spitzichtem schwankendem Fuß. Bellaugh folgte ihnen mit zitternden Knien. Und allen hinterdreyn folgte Migone.
Eine Vielzahl von Schweynen, von Schafen, von Eseln, von Kühen, von Gänsen und Hühnern. Eine Vielzahl von Ziegen, von Kanin. In den Vorrathskammern gabs Schinken, Salami, Käse vom Schaf, Krüge mit Öl und Blasen voller Schmalz. Bellaugh riep sich die Händte und klopfte die Schuh, um die Mistfladen abzusprengen, durch die er gestaket war.
»Euro Hochwohlgebborn will uns güthichst verzeyhen für all den Scheiszdreck hier und all die Thier, die wir ohne Erlaupnis in der Purg einquartieret han. Morgen machmer den Purghoff sauber und alles andre dazu.«
»Aber warum?«
»Um Euro Hochwohlgebboren Platz zu schaffen und allen anhängichten Soldaten.«
»Und all die Thierleyn und all die anderen Ding, wo wollt ihr sie hinbriengen?«
»Jedtermann kömmt und holt sich das seyne. So ist das!«

Bellaugh fielen beinahe die Augen aus dem Kopfe:
»Keyner und niemandtnicht unterstehe sich, die Purg zu säubren. In den Klausulas des Ehstandskontrakts steht ausdrücklich Schwartz auf Weisz, dasz der höchstderoselbst anwesende Graffzog Bellaugh von Kagkalanze die absoluta possessio der Purg sowie aller sich dort zum Zeythpunkt seynes Einzugs befindtlichen omnia omniorum einschlieszlich der Personas übernimmt.«
»Mit Verlaup gesprochen, es handlet sich dabey um die omnia omniorum der Pachtländereyen, nit um die omnias der Herrschafft.«
Doch Bellaugh zu Ulfredo und Manfredo gekehret:
»Wir verfügen und bestimmen, dasz Wachen am Eingang und am Ausgang der Purg solln aufgestellet werdten, aufdasz keinerley geflügelt, zwei- od vierbeynig, bewollt od gefiedert Geviech den Purghoff verlasse. Keyner und niemandtnicht lege Handt ans Geviech, dieweyl es zum nämlichen Zeythpunkt meynes Einzugs als meyn Besitzthum ist anzusehen. Des weytheren sollen Zelte auf dem Platz vor dem Eingang zur Purg errichtet werdten, worinnen das gesammte Gefolge die Nacht verbrienge, einschlieszlich des Graffzogs Bellaugh von Kagkalanze.«
Darauf Ulfredo:
»Bellaugh von Kagkalanze seydt Ihr, mit Verlaup zu sprechen und vorbehaltlich jeglichen Irrthums.«
»Aus just diesem Grundt sagte ich Bellaugh von Kagkalanze, alldieweyl ich höchstselbst mit meyner höchst verehrungswürdichten Gattin Varginia die Nacht in der Karozze inmitten der aufgerichteten Zelte zu verbriengen gedenke. Und weytherhin wird verfügt, dasz mann morgen bey Sonnenaufgang die Zugbrucken herunterlässet. Des weytheren soll ohnverzüglicht eine Zählung des Geviechs durch den Kurial Belcapo vorgenommen werdten, wobey dasselbe verlistet und durch Brandtzeychen gekennzeichnet werdte.«
Bellaugh durchquerte den Purghoff von der anderen Seyte her, achtete aber darauff, nicht in die unübersehbar vielzählichten Mistfladen zu treten. Just vor dem Steg sah

er zwey tortengrosze Scheiszhaufen von ungewöhnlicher Form und Grösze liegen. Er hielt inne und betrachtete sie genauer.
»Von wem ist dies Geschisz?«
Antworthete Ulfredo:
»Mann könnt meynen vom Wildtschweyn.«
»Wildtschweyn? So grosz ist das Geschisz vom Wildtschweyn?«
Migone verzog seynen Mundt.
»Es handlet sich um wildte Büffel, halten zu Gnadten.«
Bellaugh gieng um die beydten Scheiszhaufen herum, dann tippelte er hinter Ulfredo und Manfredo zurück über den schwanken Steg.
Dieweil die Soldaten die Zelte errichteten, stieg Bellaugh wieder in die Karozze, wo Varginia, überwältigt von den Anstrengungen der Reise, offenen Mundes schnarchte und sich auf die weichen Kissen der Sitzbank hingerüpelt hatte.
Als die Sonne aufgieng und ihr erstes Licht über die Dächer goß, ließen Ulfredo und Manfredo, zufolge Bellaughs Befehl, die Zugbrück herunter. Ein Höllenlerm ward hörbar von den verrostichten Ketten und eine grosze Staupwolk erhob sich vom verwurmten Holtze, sodasz die, die noch in den Zelten und auch in den Häusern der Herrschafft von Dreiey schlieffen, von ohngefähr auf die Füsze fuhren.
Bellaugh öffnete ein Aug, darauf das andere und fürchtete, ein Unglück sei geschehen.
»Was ist das vor ein Höllenlerm?«
Da kamen Ulfredo und Manfredo angeloffen.
»Wir lieszen die Brucken herunter, wie Euer Hochwohlgeboren hatten befohlen.«
Der gesammte Festzug schickte sich an, seynen Einzug in die Purg zu machen, im Gefolge von Bellaugh, der sich die Augen noch riep und auch höchstselbst die seyner Gattin, die, alldieweyl von gewichtichtem Körperbau, die Weckstund hatte verschlafen. Zuerst setzte sich also die Karozze in Bewegung ober die Zugbrück. An den Deichseln zogen die vier stämmigen Soldaten, unterstützt von Ulfredo und Manfredo.

Als sie in den Purghoff waren eingefahren, schop sich Bellaugh ans Fenstergen und blickte sich um. Nichts sah er nicht und nichts hörte er nicht. Keine Schafe, keine Schweyne, keine Gänse, keine Enten, keine Hühner, keine Esel, keine wildten Büffel und keinerley ander vierfüßig oder gefiedert Gethier.
Der Graffzog sprang aus der Karozz und blickte sich um auf der Such nach dem Geviech. Eintzig die Hauffen mit dem Geschisz waren verblieben und ein wenig verstreuthes Heu auf dem Pflaster des Purghoffs.
»Wo ist das Geviech?«
Sofort wurdten die beyden Wachen, die während der Nacht am Steg waren aufgestellt wordten, vor Bellaugh gerufen. Sie zittreten noch aus Forcht vor der Nacht und aus Angst vor dem Graffzog, der flammende Blitze aus Augen und Nüstern auf sie abschosz, alswie ein wüthichter Stier.
Und Bellaugh brüllte erneut mit lauter Stimm:
»Wo ist das Geviech?«
Einer der Wachtposten:
»Ober den Graben ist es geflogen bey Nacht und mit der Hülffe des Teuffels, halten zu Gnadten.«
»Und ihr habt sie fliegen gesehen?«
»Wir haben sie fliegen gesehen, halten zu Gnadten.«
»Und auch die Esel flogen?«
Die beyden Wachen sahen sich verwirrt an.
»Auch die Esel.«
Bellaugh kehrte sich an Frater Kapuzo, der just neben ihm stundt, seyne Augen schloß und mit den Lidern zittrete und sich in finis den beyden Wachtposten zukehrte.
»Vere?«
Die Wachen neigten den Kopf zum Zeychen der Bestätigung.
Frater Kapuzo zwirpelte sich die Zung im Mundt, bevor er seynen Urtheylsspruch verkündete:
»Si porcus et capra et asini volant, naturalis non est. Itzo bleybet zu sehen, si miraculum est diabolicum aut divinum. Biforcutus dilemma: probatio necesse est.«

Sagte Bellaugh:
»Mann schreythe zur Probatio!«
Die beyden Wachen wurdten vorsichtig auf den höchsten Punkt der Wehrmauer ihrer Prüfung entgegengeführet. Ulfredo und Manfredo giengen ihnen voran und blieben vor dem Mäuergen stehen.
Frater Kapuzo stundt unten im Purghoff mit Bellaugh.
Sagte der Frater:
»Si volant asini, volant etiam christiani.«
Dem stimmte Bellaugh zu.
Von unten hatten der Frater, Bellaugh und das gesammte Gefolg die Augen fest auf das oberste Mäuergen des Wehrturms gerichtet. Den zween Wachtposten ward befohlen, auf das Mäuergen zu klettern. Da wurdten sie des Abgrundts unter sich gewahr, und Schweisz troff ihnen vom Vorhaupte, und sie zittreten gar sehr am gantzen Leip.
Von oben hörte man Ulfredos trockenen Befehl:
»Runter!«
Die beyden Wachen schwangen die Arme und Beyne zum Flug, inde warfen sie sich in die Leere, immer noch mit den Armen rudernd als wären es Flügel.
Noch bevor sie auf das Pflaster des Purghoffs klatschten, verkündete Frater Kapuzo:
»Volare non volant.«
Die zween Körper zerschmetterten vor ihren Augen unter dem höllischen Gerassel ihrer Rüstung, und so zertrümmert blieben sie auch da liegen. Bellaugh schlosz die Augen, und Frater Kapuzo schlug, da es sich um zween Wachen handelte, zween Kreutzeszeychen ober sich.
Dieweyl Ulfredo und Manfredo vom Wehrturm heruntersteigen, erspäheten sie ein gar grosz Hanffseyl, das ober den Graben war gespannet. Auf der Purgseyt ward es an einem eysernen Haken befestiget, wogegen es auf der anderen Seyt an einen Eichbaum gebunden war, der inmitten der Wiesen auszerhalb der Purgmauern stundt. Sollten die Esel, die Schweyne, die Schaf und all die anderen animalia gar an diesem Seyl entlang geflogen seyn? Ergo hätten die beyden Wachen die Wahrheyth gesprochen, wann sie be-

haupteten, die Esel fliegen gesehen zu haben. Sie zeigten Bellaugh das Seyl.
Und Bellaugh liesz Migone herbeyruffen.
»Wozu dienet dies Hanffseyl hier?«
»Da sollte mann wohl jemandt nach fragen, halten zu Gnadten.«
»Der jemandt bist du, Dörfler.«
»Ich bin Migone, mit Euro Erlaupnis.«
»Willst du damit sagen, es sey verthane Zeyth, mit dir zu sprechen? Vielleicht begreiffest du besser die Sprache der Knuth als die Sprache der Worthe.«
»Euro Hochwohlgeboren, Ihr seyd doch gradt eben erst hier angekommen.«
»Und also?«
»Und also dürfte Euro Hochwohlgebborn allerallerhöchstens die Sprach der Wörther gebrauchen. Die Sprach könnt Euch vielleicht besser helffen als die Knuth, die Quaestiones der Leutt hier zu verstehen.«
»Mich interessieret das aus der Purg entflogene Geviech mehr als die Quaestiones der Leut hier.«
»Das Geviech ist abhängicht von die Leutt, halten zu Gnadten.«
»Aber Leuten wie dir trau ich nicht, und die Räuperey von dem purgherrschafftlichen Geviech verärgert mich gantz ungemein. Dasz mann es nur ja wiederfindt und in die Purg zurücke bringt! Dasz niemandtnicht sich untersteh, sie zu verstecken und noch viel weniger, sie gar zu fressen!«
Migone entfernte sich hurtig, dieweyl Bellaugh den Kurial Belcapo ruffen liesz, der ipso stante erschien, mit Gänsekiel und Pergamentum.
»Schreip!«
Und der Kurial schriep das nachfolgende Diktat Bellaughs nieder:
»Wir verfügen und bestimmen, dasz niemandt und keyner nicht sich untersteh, in Besitzthum zu nehmen oder zu töten, zu brathen, zu rupfen, den Hals umzudrehen, mit dem Messer oder der Spitz von wie auch immer beschaffenem Instrumentarium zu verletzen, sey dies von Eysen oder

Holtz oder Rohr oder Steyn oder anderer Materialia, omnes species animalorum, allwo in den Begrentzungen des Dreieyschen Lehens behauset seyndt, sey dasselbe gefiedert, bewollt oder nackicht, bei Androhung körperlicher Züchtigungen und pekuniärer Auflagen, die von Mal zu Mal erneut festgeleget werdten, sogar usque ad mortem per Hanffseyl auf dem öffentlichen Platze ad exemplum et pudorem aller anderen Einwohner. Dies und nichts anderes verfüget für heut der Graffzog Bellaugh von Kagkalanze, Herr der Herrschafft von Dreiey. Diese Verfügung hat rückwürckende Gültichtkeyth.«

4 Unter den geheiligten Arkaden der Kyrche dröhnete die Stimme Frater Kapuzos, der seyne erste Predigt vor der Gemeyndt von Dreiey hielt. Ein Sonnenstrahl, der durch die Hauptfenestra fiel, liesz in der Lufft eine Regenflut kleynster Speychelbläsgen ergläntzen, die ihm mitsammet den Wörthern aus dem Mundte schossen alswie Funken.

Sagte Frater Kapuzo mit lauter Stimm von den Altarstufen her:

»Omnia peccatum est! Alles ist Sündt, und jede Sündt ziehet wieder neue Sündt hinter sich her! Alle seydt ihr im Stand der Sündt, omnes peccatores secundum dicit Scriptura Sacra, ihr vierfüszicht, schlangengleych, wurmgleych Gelumpp!«

Die Dorfleut von Dreiey, die allda in der Kyrche versammlet waren, sahen in ihre Gesichter, die durch die Worth und die Stimm des speyhenden Fraters gar verängstiget schienen. Derselbe hielt inne zuweylen, um sich das Ge-

schwitz von der Stirne zu wischen mit einem roth und schwartz gewürfleten Tuche. Doch gleych darauf begann er aufs neue zu predigen und zu speyhen.
»Drangsal et Forcht solln fallen sicut fulmina fulminantes super illos qui non faciunt penitentia. Excommunicatio, anathema, pestilentia et omnia damnatio super vos peccatores! Omnia peccatum est, sicut dicit sanctus Paulus apostolus. Alles ist Sündt! Peccatum est zu fressen, wann ein homo affamatus est. Peccatum est zu schlafen, wann mann keinen Schlaf nit findt. Peccatum est bibere, wann einer durstig ist. Peccatum est capillos zu kratzen, zu waschen od zu kämmen. Peccatum est zu rülpsen. Peccatum est zu furtzen. Peccatum est die Weiper anzugaffen od anzufassen, alldieweyl sunt creaturae Diaboli et maleficum instrumentum peccati! Peccatum est coitare cum gaudio. Omnia gaudia peccata sunt!«
Frater Kapuzo holte tief Lufft, bevor er also mit gewaltichter Stimm fortfuhr zu sprechen:
»Omnia salvatio est in penitentia, in abstinentia, im Fasten, in der Hergab von Essen und Trinken, es sey denn Wasser, das ihr in reychlichter Fülle dürffet trinken und ohnbegrenzt. Peccatum est vinum blancum et rubrum. Peccatum est birra et Weinbrandt. Peccatum est caeseus vom Schaf od von der Kuh. Peccatum est Schincken et Speck et Schweynshacks et Salami. Peccatum gravissimum sunt Metwörst und Rauchwörst! Alles ist Sündt! Peccatum est alle Arten vom Fleysch, besonders die Titten und Hintern von Weipern! Peccatum est lingua, umbilicus, digiti et aures! Der gantze Leip ist eine Sündt, vom Nabel hinaufwärts, insonderheyt aber vom Nabel hinabwärts! Jeglicht Loch vorne und jeglichtes hinten peccatum est! Alles ist Sündt! Peccatum est fluchen, erstechen, spucken, beschimpfen, vergewaltigen, die Ehe brechen, in den Arsch ficken, Diepereyen begehen, sich besauffen, gar viel fressen, beraupen, mit der Armbrust auf jemandt schieszen, hehlen, sich dem Spiel ergeben, Wucher treiben, schwören und zuvörderst vor allem dem allhie anwesenden Diener der Sacratissimae Romanae Ecclesiae Frater Kapuzo die Achtung

und den Gehorsam versagen. Peccatum est den Zehnten für die Kyrch nit zu zahlen et alteros tributos. Peccatum est lamentum facere cum malevolentia, malitia et detrimento. Peccatum est non laborare. Vom Aufgang der Sonne bis zu ihrem Untergang sollt ihr arbeiten maximo cum gaudio, eine Vielzahl von Geviech sollt ihr aufziehen, Hennen und junge Hühngen, Schweyne, Schaf und Ziegen, Rindter und viel anderes Geviech. Laborare et producere est remedium peccatorum, sicut dicere merda ad daemonium, sicut ficcere in culum ad Satanas! Omnia peccatum est, nunc et semper per omnia saecula saeculorum! Quis est sine peccato, der werfe den ersten Steyn!«

Von unten her, aus der versammelten Schar in der Kyrch, ward ein Sausen vernehmbar, deuthlich und immer höher herauff und endtete schlieszlicht auf einem Auge des Fraters Kapuzo. Es erhob sich ein Schrey und ein Getös, das geradeswegs aus dem Bauche des Fraters zu kommen schien. Dieser führte eine Handt auf das getroffene Aug, das alsogleych anschwoll alswie eine Kröthe, und bedeckte es mit dem rothschwartzen Tuche, nachdem er darauf gespucket. Die Spuck ist, wie mann weisz, ein wunderbar Medikamentum und würcket besser als Essig.

Bevor er vom Altare herunterstieg, kehrte sich Frater Kapuzo den Gläubigen zu, die dabey waren, sich zu entfernen.

»Cancer vos accipiat alle mitsammen, ihr schlangengleych, wurmgleych, ihr saftärschticht Geschlecht! Extramaledictus sey der Hurensohn, qui lapis iacebat in oculum meum!«

Am Endt stieg Frater Kapuzo die Altarstufen hernieder, zog die Kutte hinter sich her und fluchte zwischen den Zähnen herfür.

»Auctoritas ecclesiastica et auctoritas Belloculis cognoscere cognoscerebitis, ihr abgefacktes Dorfsgesindtel! Et pagare pagabitis den Zehnten für die Kyrch et congruas et ceteras obligationes pro Pfarreicia et pro Canonica, ihr elendichtes Gewürm!«

Frater Kapuzo verschlosz sich ins Haus des Kanonikus und tauchte seynen Kopf in eine Schüssel mit frischem Wasser.

Dabey fuhr er fort, dieses Dorfpack von Dreieyern mit Flüchen zu überschütten, das in der Kyrch mit Steynen warff.

Das Haus des Kanonikus ward ober viele Jahr bis auf diesen Tag als Stall verwendet. Noch itzo glich es mehr einem Stall als einem kanonischen Hause, und Frater Kapuzo war untröstlich, daß keine Schaf mehr daselbst hausten und mann nicht mal ein Stück Schafskäs nicht findten konnt. Das Schafsviech war noch vor seyner Ankunfft weggeführet worden, und itzo verbliep nur der Geruch noch. Frater Kapuzo hatte von Bellaugh zween Soldaten sich entliehen, um den Scheiszmist wegzukratzen, den er mit seyn eigen Händt im Garten verstreuete, bevor er in die Kyrch gieng, um seyne Predigt ober die Sündt zu halten. Itzo aber bedurfte er eines Bettes und einer Matreize, möglichst aus Schafswoll, und wieder schweyfften seyne Gedanken hin zu den Schafen und zu weycher Wolle, auf welch nämlicher er könnt ruhen. Auch ein Tisch würdt ihm nützlicht seyn und einige Stühl, dazu auch eine Öllamppe und Kerzen und Thiegel und ein Weip, das ihm Ordnung halte und das Essen bereythe. Frater Kapuzo stellte im Geiste eine Liste zusammen von allen Dingen, derer er bedurfte, und unter diese zählete er einen Korb voll frischer Feigen, einen Gansvogel im Rohr gebraten, zween Schinken, die für zween Sündten stundten, die er mit zween Pater Noster zu tilgen gedachte, alsobalde er die Schinken hätte gegessen, dann noch Holtz von der Zerreyche, das im Kamin zu verbrennen wär, und Maismehl für die Polenta und getrocknete Kastanien im Thiegel zu garen und ein Fläschgen rothen und ein weytheres Fläschgen weiszen Weins fürs Messelesen und für den häuslichen Tisch.

Frater Kapuzo zog den Kopf aus der Schüssel, jedoch besaß er keinen Spiegel nicht, um seyn Aug zu betrachten. Wann ers berührte, schien es ihm dick alswie eine Melone zu seyn. In die Liste nahm er auch auf einen Spiegel und gezinkte Würffel, um mit wem zu spielen? Mit Ulfredo und Manfredo, wann sie ihre Dienststundten hinter sich hatten. Doch ihm machte es eigentlich keine Freudte nicht mehr, sich von den zween seyn kleynes Fratersalär einsacken zu sehen. Mit einigen Dörflern vielleicht, jedoch sollte mann mit ihnen keinen allzu vertrauten Umgang nicht haben. Ist der Umgang allzu vertraut, dann lebwohl schöne Autorität und lebwohl schönes Almosen. Am Hofe von Montecacco freylich, da gieng das Gewürffel noch, wie es sollte, da konnt mann wählen unter allen Rängen der Hauptleuth im Lager. Hier allerdings gab es den Vortheyl der getrennten Verwaltung, itzo war Frater Kapuzo verantworthlich für die Kyrch, und so mann sich der Sach annahm, fandt sich auch Gelegenheyth, den Dreieyern nicht wenige Schafskäs und frische Hühner abzuluchsen. Das Dorf war nur dem Augenscheyn nach vor Hunger dem Todt nah, doch Frater Kapuzo wuszte aus gar langer Erfahrung, wie sehr der Augenscheyn täuschte. Auch das Gesindtel von Montecacco heulte Noth, Armuth und Elende von früher Morgenstundt bis an den Abendt, doch dann wars mit einer zünftigen Predigt gethan und mit der Drohung des Höllenfeuers, dasz sie ins kanonische Haus geloffen kamen mit Körben voll Eszbarem, damit ihnen die Sündten wurdten vergeben. Der alte Ertzpriester hatte mit Hülffe von Predigten sich ein Vermögen versammlet und ein neues kanonisches Haus bauen lassen, mit einem Stockwerk darunter und einem darüber, dazu einen Stall für die Hühner und einem Schweynsstall fürs Borstengeviech.

Ober diese Gedanken verfiel Frater Kapuzo in Schlaf, und ihm träumte. Ihm träumte von Schinken, Salami und Mettwörsten, von weiszem und rothem Weine, von Bier und Weinbrandt und von Schafskäsen so grosz, alswie die Rädter von Bellaughs Karozze. Und dann von groszen und weichen und weiszen Titten und einem verrostichten Nagel inmitten, und dann, weyther hinabwärts, vom Nabel und allem anderen. Von Sündten zu träumen ist keine Sündt nicht. Und also überliesz sich der Frater seynen Träumen voll fleyschlicher Lust und Genusz. In diesen Träumen hatte er ein Weipgen gantz seyn, und er wuszt auch, wie sie sich nennet. Sie nennet sich Adelaide und kehret in beynahe allen Träumen zurücke, sie lächelt ihm zu und schmeiszet sich an ihn von allen Seyten. Er suchet, ihr zu entkommen und will sie fern von sich halten, alldieweyl Adelaide eine Frau ist, und die Frauen seyndt des Satans Sklavinnen et ergo die Sündt in Persona. Wann jedoch die Sündt so kräfticht ist, dasz sie ihn aufs Schlaflager nagelt, was kann ein armer Frater da thun? Er musz es ertragen. Und Frater Kapuzo erträgt es bey jedem Male, wann Adelaid ihm erscheynet im Traum und ihn fängt und ihn ins Bette treybt.

Zumeyst trägt Adelaide ein Hemde, doch bisweylen kommt sie schon völlicht nacket. Sie gehet auf Zehenspitzen und kömmt ihm entgegen, dieweyl er ein Kreutzeszeychen ober sich schlägt und spricht: weyche, weyche, weyche Satanas, und sie, statt zu weychen, kömmt auf ihn zu, springet auf ihn und streckt ihn auf die Matreize. Itzo, hier im kanonischen Haus, wo sich ein Bette nicht findt, streckt Adelaide ihn aufs Strohlager hin, das aus getrockneten Maisblättern bestehet, und umarmet ihn und hält ihn mit Händten und Schenkeln so feste, dasz er beinah ersticket.

Was denn kann Frater Kapuzo auch thun, wenn Adelaide ihm in seynen Träumen erscheynet und ihn dazu bringet, alle nur möglichen Sündten zu begehen, vorne wie hinten und oben wie unten? Das wär ja noch schöner, wann ein armselichter Frater müszt Rechenschafft geben gar noch von seynen Träumen! Niemandt nicht hat jemals gesaget, dasz träumen sündig sey, nicht mal der heilige Paulus, der allüberall die Sündt erblickte. Und Frater Kapuzo träumt, was das Zeug hält, und im Traum begehet er all die Sauichtkeythen, die andere im Wachen begehen. So erhebt er des Morgens sich strahlend reyn alswie ein Engel, auch wenn er die Nacht mit der nackten Adelaide im Bette verbracht hat oder auf dem Strohlager.

Zuweylen begegnet Frater Kapuzo Adelaide auch im Nachmittagsschläfgen gleych nach dem Mittagessen. Er streckt sich ein halb Stündgen hin und siehe, da erscheynt ihm Adelaide. Einmal träumte ihm gar, er habe mit Adelaide einen Sohn und habe das Geburtsdatum auch in ein

Kyrchbuch geschriepen. Itzo wär er acht Jahr alt. Er stellt ihn sich vor als kräfticht und grosz, von schönem rundem und feistem Gesichte alswie seyn Vater es hat. Auch die Augen seyndt den seynen gleych, schmal und kleyn alswie von einem Ferkelgen.

Frater Kapuzo war es gewisz, im Traume dürfe mann alles thun, was mann wolle, alldieweyl es sündig nicht ist, das fehlte ja noch. Und so tobte er sich mit Adelaide aus, in alle Löcher zu schlupfen, darin eingeschlossen die der Nase. Einmal war er ins richtige Loch geschlupft und weyth hinauf bis ans Hertze gedrungen, und das war eine grosze Wonne für ihn. Er räumte ein, es habe ihn viel Mühe gekostet, bis dorthin vorzustoszen, durchs Gekröse hindurch, dann durch die Milz, die ihn nicht wollte vorbeylassen, dann durch die Leber und am Endt durch die Lungen. Doch schlieszlich hatte er das Hertze berührt, dieweyl Adelaide aus voller Kehle schrie: Halt itzo ein, bitte sehr, wo nit, fährst du mir noch zum Halse heraus. Er aber schrie: lasz mich hindurch, doch dann bliep beym Hertzen er stehen, alldieweyl durch seyn Schreyen die Dorfleut zu Hülffe kamen geloffen, an die Thüre pochten und ihn aufweckten.

Frater Kapuzo warff sich auf seynem Strohlager herum und hörte, dasz jemandt an der Thür pochte und ihn rief, doch es war Adelaides Stimme nit, sondern die eines Mannes. Er erhob sich und gieng dahin, von woher die Stimme drang.

Der Kurial Belcapo wars, der die Kyrchbücher wollt prüffen. Doch wo nur befandten sich diese?

Und Frater Kapuzo:

»Wo sie seyndt, non sapemus. Aber sie suchen possumus.«

Der Kurial und der Frater öffneten jegliche Kredenza und Thruhen und zertrümmerte Schränkgen, die überhäuffet waren von Mäusegeschisz und Wurmfrasz. Schließlich legte der Kurial seyne Händt auf ein gar großes Buch aus Pergamentum.

»Das genau ists, was ich brauch.«

»Cui servit?«

Und Belcapo:

»Servit, servit.«
»Cui?«
»Servit zur Aufstellung einer ausführlichen Liste der Berufe und der Einkünfft der Einwohner von Dreiey secundum dem Wunsche unseres obersten Herrn, des Graffzogs. Niemandtnicht darff der Abgapen- und Steuerpflicht entgehen, wies von den Kapitelherrn des Künichs von Montecacco dermaleinst festgeleget wordten, zum Behufe der Wiederherstellung der Auctoritas und der Potestas und der Facultas Pecuniae unserer Herrschafftlichtkeyth. In absentia auctoritatis populus semper zechet, frisset, säufet, prasset et non pagat die Steuern.«
Frater Kapuzo:
»Non pagat nit mal den Zehnten nit?«
»Non pagat.«
»Debet pagare.«
»Der Zehnte jedoch kömmt per antiquam consuetudinem unserer Herrschafftlichtkeyth zu.«
»Dimidia pars pertinet ad Pfarreiciam.«
»Zufolge der Consuetudinis pertinet ad potestatem domini nostris.«
»Zuvörderst necesse est exigere decimas. Deinde wirdt sich alles weythere findten.«
»Unsere Aufgabe ists, die Abgaben einzutreypen. Eure Aufgabe ists, das ohnzüchticht Volk zur Mäszigung anzuhalten, zum Fasten und zur Busz für die vielzählichten Sündten, die ihm die Schultern schweren ober die vielen Jahr, die es ohn priesterlichen, will sagen fratrischen Beystandt hat leben müssen. So das Volk fastet, isset es nicht. So es nicht isset, bleipen Viktualia übricht die Fülle.«
»Verissime! Et in compensatione für die Predigten, Pfarreicia necessitat aliquam partem decimarum.«
»Decima pars decimarum sufficere potest. Concordamus?«
»Magis vel minus.«
»Besser wärs zu konkordieren, Frater Kapuzo, ad evitandam discussionem cum Belloculo.«
Und Frater Kapuzo verspürthe kein grosze Lust nicht, sich mit Bellaugh auf Diskussionen einzulassen.

»Also dann: concordamus!«
Solchermaßen übernahmen der Kurial Belcapo die Eintreipung der Zehnten und Frater Kapuzo die Predigten. Sotan würden der Kyrch der zehente Theyl des Zehnten zufallen.
»Und nochmalicht, dasz Ihr mir nur ja das Fasten prediget.«
»Predicabo cibo abstinere in diebus laboratoribus per partes et in diebus dominicis absolutum et totaliter.«
Die zween bekräftigten dies alles durch Handtschlag.
»Concordatus sit«, sagte Frater Kapuzo, »ut sint exclusiva possessio ecclesiae obuli in confessione recepti.«
Der Kurial Belcapo schlosz die Augen, um darüber nachzusinnen. Darob ergriff Frater Kapuzo schleunigst seyne Handt und schüttelte sie zum Zeychen der Obereinkunfft gar heftiglich.

5 In den Räumen der Purg loffen Ratten herum, so groß alswie Katzen, Eidexen alswie Krokodile, Nattern alswie Pythonen und Skorpione, die gröszer noch waren alswie die Langusten aus dem Meere. Dazu noch Tausendfüszler, Heuschrecken, spanische Fliegen, Wespen, Schaben, Mistkäfer, Ameisen, Flöhe, Würmer, Motten und viel andres Gethier, nur die nicht zum Essen als da seyndt Hühner, Gänse, Enten, Thauben, Schweyne, Schafe, Kühe oder Esel. Esel seyndt, für die, die's nicht wissen, zu denen Thieren gehöricht, die am besten zu essen seyndt. Bräth mann das Rippenfleisch vom Esel ober der Gluth, ist es schmackhaffter als das Schweyn, gäntzlich zu schweygen von Eselssalami, die eine Sach ist, danach mann sich die Finger könnt lecken.

Sagte Varginia:
»Vor diesem Saustall von Dreck ekelt mir gründtlicht.«
»Dieser Saustall ist andres nicht als deyne Mitgifft. Die Schurkerey dieses Dorfvolks entmuthiget mich schon schwer genug und der Anblick dieser Purgtrümmer, und da kömmst du und weisest mich auch noch auf den Dreck hin.«
»Mir ekelt.«
»Ich hab es begriffen, dasz dir ekelt.«
»Mir ekelt gründtlicht.«
»Alsodann verfüget mann, dasz die Räume werdten gereyniget.« Bellaugh rief Ulfredo und Manfredo und gab Befehl, gar viel Stroh in alle Räume der Purg zu vertheylen, einschließlich der Wohnräume und der Vorrathskammern und der Waffenkammer und der Verliese und der Mannschafftsräume.
Befehlichte Bellaugh mit lauter Stimm:
»Danach werdt das Stroh angezundt!«
Ulfredo und Manfredo legten Feuer ans Stroh, und alsogleych zog ein dichter, weißlicher Rauch mitsammet dem Feuer von einem Raume zum nächsten, stieg ober die Treppen empor, drang zu den Fenestren hinaus, hüllete die gantze Purg in eine Wolke weisz und dehnete sich ins Umlandt.
»Zu Hülffe, ich armselicht Weip sterp an Versengung!«
Varginia sprang von einem Raume zum nächsten ober dem brennenden, rauchenden Stroh hin und hustete und heulte und schluchtzete sehre. Auch Bellaugh versuchte, sich zu retten, indem er einen Weg sich bahnte durchs Feuer und durch den Rauch. Auch die Ratten flüchteten und warffen sich von den Fenestren hinab in den Purghoff, wo die Katzen ihrer harrten und sie schon halb geröstet fraßen. Mitsammet den Ratten flüchteten auch die Mäuse und viel andres Gethier, es war ein einzicht Flüchten und Lauffen, dieweyl die Schaben und Mistkäfer platzten alswie Kastanien ober der Gluth.
Bellaugh und Varginia heulten allwegen dem Rauch in ihren Augen und allwegen ihrer Verzweyflung, da sie

Bänke und Stühl und Tische und wurmstichige Schränk zu Asche werdten sahen, mitsammet dem, was sie enthielthen, und das war geradtezu nichts. Mit verschlossenen Augen und ausgestreckten Armen stieszen die zween gegen die Wändt auf der Such nach einer Thür.

Brüllte Bellaugh:

»Wo ist der Lumpp, der die Purg in Brandt gesetzet?«

Ulfredo und Manfredo, die gleychenfalls inmitten von Feuer und Rauch sich befundten, gelang es, Varginia und Bellaugh zu packen und sie bis zur Treppe am Eingang zu schleiffen, das hiesz bis zur Treppe am Ausgang. Hier trocknete sich Bellaugh die Augen, die gleychweis jedoch weyther thränten, und begann aufs Neue, ober den Lumpp zu wüthen, der das Feuer hatte angezundt.

Ulfredo und Manfredo betheuerten, dasz sie nicht wuszten, wer es gewesen seyn könnt, und niemandt wuszt nichts.

Stattdessen sprach Frater Kapuzo:

»Secundum ratio et concausa argumentare possumus, dasz es ein Dörfler gewest.«

»Kluger Gedanke«, sagten Ulfredo und Manfredo.

Befahl Bellaugh:

»Mann führe vor mich den Dörfler Migone!«

Ulfredo und Manfredo giengen mit vom Feuer gesottenen Füsz und thränenden Augen von dannen auf der Suche nach Migone, der aber allda sich im Purghoff befandt, doch niemandt nicht hatte ihn bemerkt, allwegen der verräucherten Augen und des Feuers, das alles und jeglichten verhüllte.

»Da bin ich, Euro Hochwohlgebboren!«

Bellaugh hörte die Stimm zwar, und seyne Augen streifften umher, doch sah er nichts als den Rauch.

»Du bist Migone, ich erkenn deyne Stimm!«

»Zu Euro Diensten, Hochwohlgebboren.«

»Miszgünstichter Dörfler du! Du hast das Feuer an die Purg geleget! Für diese Unthat erhältst du zwölffe Peytschenhiep auf den Rücken.«

Und Migone:

»Halten zu Gnadten, Euro Hochwohlgebboren irret sich gründtlicht.«
»Dann seyndt die Peitschenhiep vierundzwantzige!«
»Euro Hochwohlgebboren irret auch dann noch. Blindt sollt ich werdten, so ich Euro Stimm nit gehöret, als Ihr Befehl gabt, Feuer ins Stroh zu legen.«
»Die Hiep seyndt verdoppelt auf achtundviertzige!«
Und Migone:
»So ich alles zurückenehm, was ich gesaget, würdt Euro Hochwohlgeboren mir die Hiepe erlassen?«
»Erst nimmst du zurücke, dann sehen wir weyther.«
»Ich nehm alles zurücke, was ich gesaget. So!«
Und Bellaugh:
»Der Dörfler Migone soll die achtundviertzige Hiepe bekommen und keynen eintzigen weniger nicht!«
Migone verzog seyn Gesichte vor Schmertz, als hätte der erste Hiep ihm schon den Rücken zerschundten.
»Mann führe ihn auf den öffentlichen Platze!«
Zween Soldaten ergriffen Migone bey den Armen und schleifften ihn zum Ausgang der Purg und machten ein gar grosz Geschrey, aufdasz das Volk herbeygeloffen käme.
In der Piazzetta vor der Zugbrück hatten sich die Bewohner versammlet von Dreiey, um die Purg zu sehen, die in Rauch stundt und Feuer, und itzo sollten sie noch ein ander Spektakel zu sehen bekommen, nämlich Migone, der achtundviertzige Hiepe auf den Rücken sollt erhalten mit der Sehnenknuth aus maremmanischem Ochsen.
Migone warnte die Soldaten:
»Ah, ihr Purschen, trampelt mir ja nit auf die Eyer, sonst könnt ihr eure zählen!«
Ein Soldat hielt ihn feste, und der andre begann, die Peytsche auf Migones Rücken zu schwingen, und zwar so sehre, daß er die Lungen herausrisz und Migone Blut spuckte. Die Dorfbewohner stundten allda und blickten mit heraushängenden Augen und schickten Flüche ober Bellaugh, doch ohne sich mit der Stimm vernehmen zu lassen. Flüche, wo sie in eine Rychtung gehen, treffen ihr Ziel. Vielleicht gehen sie nach links und nach rechts und lauffen krumme

Wege, so das Ziel jemandt ist, der andere auspeytschen lässet, doch treffen sie ihn, früher oder später, mit tödtlicher Sicherheyth. Mann konnte der Bewohner Lippen erkennen, die sich nur wenig bewegten, als sprächen sie stille Gebete, doch stattdessen sprachen sie Flüche ober Bellaugh.
Bonifazio, der Ausrufer, gieng durch das Dorf, das hiesz, er gieng die Strasz zwischen den Häusern hinab und hinauf. Manches Mal bliep er stehen, stampfte mit den benagelten Holtzgaloschen auf das Pflaster der Strasz, um die Aufmerksamkeyth der Bevölkerung auf sich zu lenken, dann rollte er ein Pergamentum aus und rieff mit lauter Stimm:
»Auf Anordnung und zufolge des Wunsches des Graffzogs Bellaugh von Kagkalanze, Herr der Herrschafft von Dreiey, werdt untersaget, Feuer an Stroh, an Gesträuch, an Garben, an trockene Dornenhecken, an Heu, an Maislaup und andres entzundtbares Materiale zu legen aus welchem Grundte und bey welcher Gelegenheyth auch immer! Dasz niemandtnit sich erkühne, der gegenwärtichten Anordnung zuwider zu handlen, bey Androhung einer Straf von zwölffen Hiepen und zwölffen Pfundt Müntzgeld!«
Doch die Bevölkerung wollte den Ausrufer nicht hören, und wo dieser sich aufstellte und seynen Ausruf begann, da schlossen sie die Fenestren und Thüren, und er sprach zu den Mauern, die seyne Stimme auf ihn zurückwarfen, und die Weiper überdeckten seyne Worte mit den Worten einer alten Weise:

Sebissa
mestissa
massissa
gantz voll
pelissa
treslissa
aus Woll!

Und immer wieder begannen sie von neuem, so lang, alswie der Ausrufer nicht geendiget hatte.

Varginia hatte sich auf einen Steyn im Purghoff gesetzet und heulte noch immer vom Rauche alswie die Allerheiligste Disperatio auf dem Altare. Jähe hob sie den Kopf und steckte die Nas in die Höh. Sie war höchlich erfreut und kehrte sich an Bellaugh:
»Ich riech den Geruch von gebratenem Fleysche!«
»Es seyndt die Füsze deyn, die sich mit dem Feuer des Brandtes haben versengt.«
»Was die Füsz angehet, so seyndt auch die deynen versenget.«
»Ja, auch die.«
»Mich dünkte jedoch, dasz es Geruch von einem Christen nicht war, sondern vom Thiere.«
»Dann seyndt es mit Sicherlichkeyth deyne Füsz.«
»Auch dünkte mir, Geruch von Rosmarin und Salbei gerochen zu haben.«
»Es ist eine Täuschung und Wahnvorstellung durch Hunger.«
»Wie, deucht dir, können wir Eszbares erhalten für unsere Bedürffnis?«
»Auf irgendteine Weise erhält manns. Ansonsten fressen wir eben unsere Füsz.«
Und just in diesem Augenblicke traf der Kurial Belcapo ein mit dem Kyrchbuch aus dem kanonischen Haus.
»Euer Hochwohlgebboren, nicht gering ist die Schwierichtkeyth, der mann bei der genauen Aufstellung der Steuerabgapen und der Berufe begegnet mit Bezug auf die Bevölkerung von Dreiey. Niemandtnicht erinnert sich an nichts über sich selbste, nichtmal den Namen und schon garnicht den Berufe.«
»Die Zung dieses Dorfgesindtels löset sich gewiszlicht mit der Knuthe!«
»Einstweylen jedoch konnt ich einen Theyl der Aufstellung erstellen, die Euer Hochwohlgeboren erbeten, mit Namen und Berufen, die im kanonischen Hause sich fandten.«
»Dann gehe mann zum Appell über, und zwar ohne jedweytheres Geredt, und verfüge die Viktualienabgape für die Garnison.«

»Zu Euren Diensten, Euer Hochwohlgeboren, alles wirdt ohnverzüglicht durchgeführet.«

Der Kurial Belcapo loff in die Piazza, allwo die zween Soldaten Migone immer noch peytschten. Der eine peytschte und der andere zählte die Hiepe.

»Neun und dreiszige! Viertzige! Ein und viertzige!«

Der Kurial stampffte mit den Füßen auf und klatschte in die Händt, um die Aufmerksamkeyth der Dorfvolks auf sich zu lenken, die aber sahen ihn nicht einmal. Da fieng er an, von Peytschenhiepen zu reden, ohne die Stimm zu vermehren:

»Zwölffe Peytschenhiep werden verordnet dem, der dem Aufrufe nicht folget der Abgaben und der Berufe!«

Alle kehrten sie dem Kurial itzo Augen und Ohren zu, der so nun das grosze Kyrchbuch aufschlug und zu lesen begann.

»Astorre de Martino, Barbier, auf zehen Pfundt Silbers veranlaget!«

Der Kurial hob den Kopf und blickte umher, um zu sehen, ob Astorre herfürtrath. Er trath nicht herfür.

»Astorre de Martino gebe sich zu erkennen!«

»Astorre ist allhie nit da.«

Eine Alte hatte das gesprochen.

»Und wo ist er dann?«

»Aufm Friedhoff.«

Belcapo setzte hinter den Namen des Verstorbenen ein Kreutzeszeychen.

»Ein anderer Name.«

Und derweylen waren die letzten Hiepe auf den Rücken Migones vernehmbar und die Stimme des Soldaten, der zählte.

»Sechs und viertzige! Sieben und viertzige! Acht und viertzige!«

Bey achtundviertzig war die Vorführung beendet. Migone bliep längsweis auf der Erdt liegen und hatte die Krafft nicht, sich zu erheben. Zween Weiper nahmen ihn am Arme, stützten ihn und brachten ihn hinunter ins Dorf. Migone sprach nichts. Manchmal nur öffnete er seyn Augen und wollt ein paar Flüche wider Bellaugh schicken, doch ihm gelangs nicht, die Stimm herauszulassen. Auch für die Flüch brauchet mann ein wenicht Krafft, doch er hatte seyne gantze Krafft unter der Peytsche gelassen, da, im Staup der Piazzetta vor der Zugbrück.

Itzo, da der unleidtlichte Lerm von der Peytsch und der Zählung war vorüber, las und rieff der Kurial Belcapo den zweyten Namen auf aus dem Kyrchbuch.

»Amilcare genannt Papata, Kordelmacher, auf sechse Pfundt Silbers veranlaget!«

Und eine weipliche Stimm unter den Leuten:

»Amilcare ist allhie nit da.«

Der Kurial Belcapo begann, eine Wuth im Bauch zu verspüren.

»Wieso ist er allhie nicht da? Und wo findet er sich dann?«

»Er ist allhie würcklich nit da, er ist davongegangen.«

Das Weip, das dies gesaget, machte ein Zeychen, um darzuthun, daß er sehr weyth von dannen gegangen sey.

»Und wohin ist er dann also gegangen?«

»Zum Friedhoff.«

Itzo wurdt die Stimm des Kurials gewaltlicht:

»Dasz sich keyner nicht erdreyst, mir die Eyer zu zerhauen!«

Und das Weip:

»Amilcare genannt Papata, ein Weylgen ists schon her, dasz er in der Hölle schmort! Er war der Groszvatter meynes Vatters!«

Da kam dem Kurial Belcapo ein Zweyffel ein. Er las weythere Namen.

»Luigino genannt Buriana! Corinto de li Chiavari! Masolino genannt Culatta!«

Und das Weip mitsammet den andren:

»Alle aufm Friedhoff.«

Die Antwort liesz keynen Zweyffel nicht. Das Kyrchbuch war rückständicht ober zween oder drey Generationen, und die hier Verlisteten waren die Ur- und die Ururgroszvätter der itzichten Bevölkerung von Dreiey. Alle auf dem

Friedhoffe. Aus diesem nämlichen Grundte waren sie nicht in der Lage nicht, Abgaben und Steuern jedwedtiger Art zu zahlen.

Bellaugh wollte keyne Zeyth nicht verlieren.

»Eine neue Volkszählung soll durchgeführet werdten! Zwischenzeythlicht jedoch zahlen die Nachkommen der Verstorbenen gleychwie ihre Vorvätter, und zwar in klingender Müntze.«

Der Kurial begann darob, von zween Soldaten begleythet, von Thür zu Thür zu gehen und die Müntzen einzusammlen. Aber keyne Müntzen gap es nicht in den dreieyschen Häusern, nicht in Golde und nicht in Sylber, nichtmal in schwartzem Kupfer. Die Dorfleut lachten sich krank, als sie von Müntzen sprechen hörten. Welche Müntzen? Wer hatte sie je gesehen? Der Kurial Belcapo befandt sich äußerst verzweyflet. Wie hätt er dem Graffzog können entgegentrethen mit leeren Händt? Ein hungrichter Graffzog kann einem auch mit einem einzigen Biß die Nase wegfressen. Darob machten sich der Kurial und die zween Soldaten, da sie keyne Müntzen nicht fandten, auf die Suche nach Eyern von Hühnern. Sie drangen in Hühnerställ ein, in Heulager und Strohkammern und fülleten einen groszen Korb an mit Eyern, die sie hier fandten und dort.

Der Kurial warthete Bellaugh mit einem randvollen Korbe auf.

»Euer Hochwohlgeboren wollen mir verzeyhen, doch in keynem Hause nicht war auch nur eine Müntze aufzutreypen.«

»Eine gar schöne Meng Eyer sehe ich da. Und wo seyndt die Hühner?«

»Gewiszlicht in den Ställen«, sagte der Kurial.

»In zukunffthin sey es klarr, dasz mitsammet den Eyern auch die Henn requirieret werdten!«

»Also soll es nächstmalicht geschehen, Euer Hochwohlgeboren.«

»In Anbetrachtung der Dienste, die du zu andrer Zeyth mir erwiesen, erlasz ich die Straf des Auspeytschens dir, die dir zukäm für diese schwere Verfehlung.«

Der Kurial machte eine Verbeugung bis an die Erdt und gieng inde hurtig vondannen.
Am Abend, im Purghoff, bereytheten die Köchesoldaten unter der Anleitung des Kochs Panzirone zween riesige Eyerkuchen in der Pfanne. Den ersten mit den Gelben, den zweyten mit den Weißen vom Ey. Den gelben Eyerkuchen aszen Bellaugh mit der Gemahlin seyn Varginia und dem übrigen Hofstaat, darunter Frater Kapuzo und davon ausgeschlossen der Kurial Belcapo. Der andre Eyerkuchen, der helle, ward unter die Soldaten vertheylet und die Leute von niederer Arbeitsmüh alswie Stallpurschen, Hufschmiede, Schwytzrische Gardisten und Küchengesindt. Ein großes Schlemmermahl wars. Die Küchensoldaten hatten den Weißen vom Ey noch ein paar Mohrrüben zugesetzet, aufdasz der Kuchen von schöner karldergroszichten Färbung war. Die Soldaten machten sich mit viel Lerm die Bissen streythig, alldieweyl der Hof, vollzählig in einer Halle verschantzet, den anderen Eyergelbkuchen verschlang.
Aus den Fenestren und Thüren der Purg schnaupte noch immer weißer Rauch heraus, doch wollte mann bis an den nächsten Morgen warten, bevor mann hineingieng, um Gluth und Asche zu entfernen, sintemalen die Purg itzo noch dergestalt verhitzet war, dasz mann sich nicht mal an die Mauern konnt lehnen. So wollten Bellaugh und Varginia die Nacht in der Karozze verbriengen, dieweyl alle anderen das Gezelte im Purghoff errichteten.

6 Frater Kapuzo ward von einem purgischen Soldaten begleithet, der alswie ein Ministrant war gewandet, und pochte an die Thür eines Hauses am Endte des Dorfes. Dies Haus schien weniger einem Hause zu gleychen, als vielmehr einem Hühnerstall oder einem Schweynspferch. Die Fenestren waren von geringer Größ, und auch die Thür war kleyn und niedrig und breyt, gerad so beschaffen, daß ein Mensch von kurtzer Statura, doch von ausladendter Schulter und feistem Hintern dadurch eingehen konnt. Und just dieses Häusgen gehörte Migone.

Aus einem Fenstergen im oberen Stockwerk blickte das hipsche Gesichte eines jungen Mädgens herfür, das gläntzte alswie eine Aubergine.

»Was wollt Ihr?«

Frater Kapuzo hob den Kopf und machte ein dringlichtes Zeychen mit der Handt.

»Dominus vobiscum.«

»Was saget Ihr?«

»Wir kommen, die sanctam benedictionem zu ertheylen pro moribundo Migone von Spuckackio.«

Das junge Mädgen, das herfür schaute, war niemandt andres nicht als Margarita, das angetrauthe Weip Migones. Aus dem Inneren ward eine männliche Stimme vernehmlich:

»Moribundo nit mal im Traume!«

Das war die Stimm von Migone, der sich mit Müh aus dem Bette erhoben, sich itzo ans Brett des Fenstergens lehnte und seynen Kopf heraussteckte. Alsobalde er Frater Kapuzo mit dem Ministranten gewahrte, der einen Sprengwedtel und ein Fläschgen mit gebenedeitem Öle in seyner Handt trug, bekreutzigete er sich und berührte sich mit Zeyger- und Kleynfinger in Gestalt eines Gehörns die Eyer zur Abwendtung von Unheyl.

»Verduftet, ich brauch nichtzit nit!«

»Minister Sacratissimae Ecclesiae non potestis abweisere!«

»Frater Kapuzo, so Ihr sprechet alswie ihr fresset, können wir uns verstehen, doch wenn ihr sprechet in Latinusque, will ich Euch itzitgleych sagen, dasz wir uns in keynster

Weis nit verstehen und es wär besser, wenn Ihr Euch gar weyth entfernt von mir hieltet.«
»Peccatum est abweisere ministerium der Sacratissima Romana Ecclesia.«
Migone kehrte sich zu seynem Weipe:
»Was wollmer thun, Margarita? Wollmer ihn einlassen, diesen Fraterochs, oder wollmer nit?«
Margarita sah ihn voll Unschlüssigkeyth an.
»Mir gefällt seyn Gesichte nit.«
»Was wollmer, eh?«
Von drauszen drang Frater Kapuzos lamentierendte Stimm herein:
»Sacra Biblia dicit: Klopfet an, so wirdt euch aufgethan!«
Der Ministrant, das ist: der als Ministrant gewandtete Soldat, rotzte auf die Erdt zum Zeychen der Ungeduldigkeyth.
»Öffnet, sonst hol euch die Pest!«
Margarita verwundtert:
»Nun hör dir den Frater an, allwie er fluchet!«
Frater Kapuzo gab dem Ministranten, der also gefluchet, einen Trytt in den Hintern, deinde schlug er mit den Fäusten wider die Thür, die in den Angeln hupfte.
Sagte Migone zu seynem Weip Margarita:
»Hier handlet es sich darum, dasz wir wohll besser öffnen, so wir nit wolln, dasz dieser Fraterochs uns die Thür einschlaget.«
Frater Kapuzo hatte sich unterdessen daran gemacht, sich mit Schultern und Hintern wider die Thüre zu werffen. Bey jedtem Gestemm mit den Schultern oder dem Hintern dröhnten die Mauern des Hauses.
Migone blickte erneut durch das Fenstergen.
»So beruhiget Euch doch, nit? Ich komme und öffne ja schon, nur beruhiget Euch endtlicht!«
Margarita stieg hinunter, die Thüre zu öffnen und Frater Kapuzo hereintreten zu lassen. Der Frater begaffte das Weip mit seynen Schweynsaugen von ihrer Glockenkist an bis zu den Füszen herab. Und der Frater murmelte:
»Wittowa appetitosa, ricettaculum peccatorum.«

Der Frater risz dem Ministranten den Sprengwedtel aus der Handt und besprengte Margaritas Gesichte üppiglich, die sich jedoch in keyner Weis nicht als Wittwe sah, obgleych Migone nach den achtundviertzigen Peytschenhiepen sich mit seynen zween Beynen schon beynah in der Grabesgrub hatte befundten.

»Das Wittweip mir? Ich eine Arschkammer? Lasset das ja meynen Mann nit hören, dasz Ihr mich eine Arschkammer nennet, alldieweyl er Euch verdrischet, auch wenn Ihr die Kapuz eines Fraters traget!«

»Ego benedico vos in nomine Patris et Filii et cetera et cetera. Amen.«

Der Frater stieg die Stiege hinauf, gefolget vom Ministranten. Hier fandt er Migone auf dem Bette sitzend, mit bleychem Gesichte alswie ein Lappen, die Arme hiengen ihm bis zum Bodten herunter, doch hatte er lebhaffte Augen alswie zween glühende Holtzscheydt.

»Was wollt ihr von mir, Frater Kapuzo? Welcher der Windte trägt Euch hier herein?«

»Ego porto für dich extrema unctio cum olio sancto oliva.«

Ohne ihm keyne Zeyth nicht zum Sprechen zu lassen, begann der Frater, Migones Stirn zu salben und die Formula der Letzten Ölung zu wispern, dergestalt, als sey Migone in den Fängen des Todtes.

»In nomine Patris et Filii et cetera et cetera extinguatur in te omnes virtus diaboli per impositionem manuum nostrarum et per invocationem omnium Sanctorum, Angelorum, Arcangelorum, Apostolorum, Martyrum, Virginum atque omnium simul Sanctorum. Amen. Per istam sanctam unctionem indulgeat tibi Dominum. Amen.«

»Verzischt Euch von hier, Frater Kapuzo! Verduftet, das würdt Euch so passen, dasz ich sterpe!«

Migone setzte sich auf im Bette, sintemalen es ihm zuwider war, sich benedeien zu lassen, und sagte, er sey nit am Randte der Grube, nein, gantz gegentheylicht, er fühlte sich itzit schon viel besser am ganzten Leipe.

Da gap der Frater dem Soldatsministranten ein Zeychen,

der Migone einen Hiep mit der Faust auf den Kopf plazierte, so dasz dieser leblos herabfiel. Deinde sofort einen weytheren Hiep. Margarita stürmte die Stiege herauf und risz den Frater bey der Kutte.
»Gewaltsam wollt Ihr mich wohl gar zum Wittweipe machen! Dasz Euch die Pest bey lebendichtem Leipe fresse!«
»Ego veni ad benedire. Migone quasi mortuus est!«
Vom Bette her ward Migones Stimme vernehmbar:
»Halb todt haben sie mich noch mehr getödtet, die Hurensöhn! Sie wolln mich gewaltsam zum Todte briengen wolln sie mich!«
Der Frater griff Margarita bey einem Arm, den anderen griff der Ministrant.
»Vene mecum apud Graffzog Belloculum! Conducere te debemus ante eum!«
»Lasset mich los!«
»Si Migone quasi mortuus est, vos quasi wittowa seydt Ihr!«
Margarita machte einen hefftigen Ruck zu der einen Seyt, danach einen anderen hefftigen Ruck zur anderen Seyt und sotan gelang es ihr, sich von den zween zu befreyen und sie die Stiege hinunter zu jagen und dann zur Thüre hinaus, die sie verschloß mit sämmetlichen Ketten und Stangen und Riegeln. Danach gieng sie die Stiegen wieder hinauf nach oben und rychtete Migone auf, der mehr todt als lebendicht auf dem Bette ausgestreckt lag. Auf seynen Kopf legte sie Umschläg mit Essig getränkt, der ihm zur Seyt des Gesichtes herunterrann und in seyne Augen sickerte.
Migone jammerte:
»Zuvörderst das Olivenöl vom Frater und itzit auch noch der Essicht! Wollt ihr mich denn als Salate verfressen?«
Da Margarita aus Migones Stimme vernahm, dasz er noch lebendicht war, weynete sie vor Glück.
»Die Sach mit Bellaugh gefallet mir garnit!« sagte Migone und seufztete.
»Was denn will er?«
»Ich sag dir schon, was der will! Der will dich ficken! Ich kenn da ein kleynes, gantz kleynes Liedgen von der Katz,

die wirfft sich schnurgestracks auf die Maus! Aber ich sage dir, hab ich die Katz erst abgestochen, stech ich auch die Maus ab!«
»Migò, beruhige dich, ich sag ihm, dasz ichs nit thu.«
»Der aber holet dich dennoch und fickt dich, ah!«
»Was also thumer?«
»Was thumer? Nichtzit, wir lassen ihn nit ficken nit, weder im guten noch auch im unguten.«
»Und wann er mich zufällicht nächtens auf der Strasz sicht und sich auf mich stürtzet?«
»Willst du mir einmal verzählen, warum du nächtens auf der Strasz solltest herumgehen?«
»Und so ihm einkäm, sich hier im Haus persönlicht einzufindten?«
»Dann halte du den Hammer bereyth und giep ihm eins über die Hirnkammer.«
»Wo ich nun keynen Hammer nit hab?«
»Giepst du ihm das Nudelholtz über.«
»Und wo ich auch dies nit hab?«
»Dann giepst du ihm die eyserne Stang von der Thür über.«
»Und wo mir die nit zur Handt ist?«
»Dann giepst du ...«
»Was gep ich ihm über?«
»Was giepst du ihm, Margarita, was giepst du ihm nur? Sag du mir, was du ihm willst geben, diesem Graffzoch vom Wichsbalken!«
»Nichtzit nichts!«
Migones Augen waren geröthet, was jedoch der Brandt war vom Essig. Keyner sollt glauben nicht, dasz Migone weynthe, denn Migone weynthe niemals nicht, auch unter den Peytschenhiepen nicht und auch dann nicht, wann sich alle Dinge verkehrten. Aber mit Essig im Auge od Zwiepel od Zitronen, da lagen die Dinge anderst, da fieng auch Migone zu weynen an. Hätte er aber aus andren als diesen Gründten geweynet, was für ein Mann wär er gewesen?
»Dieser Graffzoch fängt an, mir auf den Eyern rumzutramplen! Und dieser Zuhälther von Frater nit minder!«

»Vom Graffzoch weisz mann ja, dasz er keyne andre Sorgen nit hat und versuchet, mit den besten Frauen des Dorfes zu ficken. Doch diesen Frater, ihn versteh ich überhauppt nit.«
»Wissen thut manns allerorthen, dasz die Fraters sammet und sonders Zuhälther seyndt.«
»Das kann mann nit sagen Migone, was wahre ist, musz auch wahre bleypen.«
»Sagt ichs nit? Sie hant die Weiper auf ihrer Seyt, diese Schwindtler. Was glaubest du denn, etwa Graffzochin zu werdten, wann der Graffzoch dich hat gefickt?«
»Ich glaube nichtzit nit und ich will nichtzit.«
»Giep Achte, ich druck dir den Hals zu. Lasz dir nit einkommen, dich vom Graffzoch ficken zu lassen, dann nämlicht druck ich dir den Hals zu!«
Margarita kniete vor dem Bette nieder und sprach allda eine Art von Gebeth, das sie von ihrer Mutter gelernet, die eine gar grosze Hur war:

Signore, meyn Herre,
das Leben, die Ehre,
Korn viel zuhauffen,
Geld, was zu kaufen,
ein Haus mir zueigen,
einen Mann, mich zu neigen,
das Paradeis hier und in der anderen Welt,
Signore, meyn Herre, das ist es, was zählt.

Und Migone:
»Glücklichterweis giepst du dich mit wenicht zufrieden, ah!«

7 In den Räumen der Purg, die vom Rauche geschwärtzet und voll waren von Asche und Kohle des verbrannten Strohs und des Hausraths, waren die Soldaten beschäftiget, mit Besen und Schauffeln jeglichte Art von Kehricht hinauszuwerffen. Inmitten der Asch fandten sich todte und geröstete Mäus. Zu Asch gewordten fandt sich auch kleyneres Gethier als da seyndt Schaben, Tausendfüszler, Spinnen, Skorpione, Grillen, Heuschreck und andere, weyther oben benannte.

Sagte Varginia zu Bellaugh:

»Ohn Bette nicht und ohne Matreize, wie sollmer da unseren Ehbundt vollziehen?«

Antworthete Bellaugh der Gattin seyn Varginia von Montecacco:

»Ich werdt die Wolle beschaffen, dies braucht, um Matreizen zu machen, auch das angemessene Holtz vom Nuszbaum od von der Zerreyche, aufdasz ein Gestell gebauet werdt für unser Ehbett.«

»Eine gar gefährlichte Aventüre war dieses Feuer, das auch unser Ehbett verbrannte.«

»Würcklich gefährlicht, es hat uns alles verbrannt. Dazu hat es auch das Regieren erschweret. Die Soldaten fordren zu essen, ohne eingedenk zu seyn und ohne Achtung nicht der Noth, die allhie uns geschlagen.«

»Wann du von der Dreieyschen Noth sprichst, so verstehet mann nicht, ob du den auffrechten Sinn eines Graffzogs besitzest oder eine elendichte Krämerseel.«

»Willst du mich kränken?«

»Gekränket bin wohl eher ich!«

»Und weshalb?«

»Wegen allem!«

»Wegen allem scheynet mir doch gar übertriepen!«

»Fast könnt mann glauben, du hapest das Bette mit Absicht verbrannt!«

»Das Bette verbrannte allwegen höherer Gewalt.«

»Das scheynet mir denn doch eyne gar schamlose Lüg.«

»Wie kann mann von einem regierenden Manne fordren, seynen Sinn auf dergestaltichte Kleynlichkeythen zu lenken in einem Augenblicke so groszer Noth wie diesem? Die Soldaten erheben sich gegen Unsere Befehle, alldieweyl sie Hunger alswie hungrichte Wölffe haben, und wenicht nur fehlt, dasz sie den allhie anwesenden Graffzog mitsammet seyner Gattin verschlingen.«

Bellaugh kehrte der Gattin seyn den Rücken zu und gieng, den Kurial Belcapo zu suchen. Alsobalde er ihn gefundten, setzete er sich auf eine geschwärtzte Bank, die vom Feuer war verschont geblieben, stützte seynen Kopf in die Händte, um also seyne Gedanken besser herauspressen zu können. Der Kurial machte sich bereyth, des Graffzogs Wünsche aufzuzeychnen.

Und also sprach Bellaugh und der Kurial schrieb:

»Dem groszmüthichten Wunsche des Graffzogs Bellaugh von Kagkalanze, des Herrn der Herrschafft von Dreiey, entsprechend, wirdt noch heutichten Tags die Verfügung erneuert, derzufolg an die Herrschafftlichtkeyth Steuern und Abgapen zu entrichten seyndt, alswie die Kapitulare des Lehens ehedem verfüget und auf dem Grundte anderer Verfügungen der Constitutio Feudis. Ebenso die Zehnten Ecclesia pertinendibus, die mit heutichtem Tag an die Herrschafftlichkeyth werdten entrichtet, die ihrerseyts dafür Sorge trägt, dasz der Pfarreicia ihr angemessen Theyl zukömmt. Quantumquod jemandt in klingender Müntz nicht kann zahlen, gilt es als ausgemacht, dasz der nämliche in Naturalia bezahlet, und zwar mit Produkten der Erdt, will sagen aus Hühner- aut Schweynsställen, sowie Weyn, Öl, Getreydte aut Schafskäs, Salami und Metwörst und Schinken und frischen Hühnern aut andres verzehrbar Geflügel.«

Der Kurial Belcapo schriep ins Registerbuch eilend mit Gänsekiel ein jeglicht Wort des Graffzogs, sobalde es ward ausgesprochen, deinde übertrug ers mit kunstvoller Schrifft und geschwungenen Schnörkeln zu Anfang und zu Endte auf ein frisches Blatt Pergamentum allwies sich gebühret.

Das Blatt mit der neuen Verfügung ward auf dem Hauptplatze vor der Zugbrück angeschlagen, dem eintzichten Platze von Dreiey, und mit lauter Stimm vom Ausrufer

Bonifazio verkündet, der sich dabey mit stampfenden Galoschen und aufschlagendem Stock rhythmisch begleitete. Doch wie schon vordem, schlossen die Bewohner beym Erscheynen des Ausrufers die Fenestren und die Lädten jener Fenestren und auch die Thüren und verbargen sich in ihren Häusern, aufdasz sie nicht sähen und nicht höreten, alldieweyl der Ausrufer stets nur schlechte Nachrichten brachte. Wie herrlich waren die Zeythen, als die Ausrufer nicht hin und wider giengen durch die Straszen und ober die Plätz, will sagen ober die Strasz und den einzichten Hauptplatz von Dreiey.

Alleyn, das Gesetz war geschaffen und die Bewohner, die itzo sich verschantzet hinter geschlossenen Thüren und Fenestren, sich gar noch zudem die Ohren verstopfet, waren gehalten, es zu kennen, auch wann sies nicht kannten. Das ward vorausgesetzt. Und dieses wußten die Dorfleut. Und also geschah es, dasz sie geschwindte allüberall Gruben aushoben, tieffe und weniger tieffe, rundte und viereckichte, breythe und enge, längliche, in der Form von Krügen oder Thruhen, manche auch alswie ein Schinken, von den Glücklichen nämlich, die einen Schinken zu verbergen hatten. Die Gruben wurdten deinde mit einem steynernen Deckel verschlossen, aufdasz die Hundte nicht graben konnten und auch die anderen Thiere nicht alswie die Füchse, die Dachse oder verwildterte Katzen. Es glich einem Friedhoff mit gar viel Dingen zum Essen.

Bellaugh stundt an seyner Fenestra und wartete, dasz sich die Dörfler im Purghoff einfandten mit Säcken, mit Taschen, mit Körben und Krügen, die Abgapen zu entrichten, doch er sah niemandtnicht. Was sollte das heiszen? Wie sollte mann sich den Umstandt erklären, dasz niemandt nicht erschien? Nicht mal ein Hundte betrat den Purghoff mit einem Korb in den Klauen, gar niemandt.

Bellaugh kehrte sich zur Gattin seyn Varginia, die mit schmollendem Maule hinter ihm stundt:

»Sie werdten mir die Abgapen doppelt entrichten, diese Tölpel!«

»Und du muszt lernen zu regieren.«

»Mit Knuthenhiepen werdt ich regieren.«
»Das reychet nicht hin. Regieren ist eine schwierichte Kunst, und mann erlernet sie in langer und gefahrvoller Übung.«
»Balde schon wirdt mann sehen, wie der Graffzog Bellaugh dies widerborstichte Dorfsgesindtel unter die Knuthe beuget!«
»Mich deucht, die Macht des Hungers ist dir eine gar schlechte Rathgeberin. Es wäre daher eine fein Sach, wann mann ein wenicht könnt zu essen erhalten.«
Darauf wurdt der Verprovianthierungsvorsteher Panzetta gerufen, der den Auftrag erhielt, dem letzten Huhn aus den geheymen Beständten des Graffzogs und der Graffzogin den Hals umzudrehen. Das Huhn wurde in heißes Wasser getaucht und gerupfet und dann in einem groszen Tiegel gesotten mitsammet den getrockneten Saubohnen, die eigentlich für die Soldatenrott zurückgelegt waren. Mit edelster Groszzügichtkeyth verzichteten Bellaugh und Varginia auf die Brüh, auf den Kopf und die Scharrfüsz. Den Kopf theyleten sich Ulfredo und Manfredo ein jeglichter zur Hälfft, und von den Scharrfüsz erhielt Frater Kapuzo einen und einen der Kurial Belcapo. Doch Frater Kapuzo war es nicht zufriedten und gieng zum Graffzog, um Klage zu führen.
»Summo cum stupore vidi mihi attribuere solum einen Scharrfusz!«
Sagte der Graffzog zum Frater:
»Von zween Scharrfüsz gap ich dir einen. Einer auf zween wäre denn doch die Hälfft.«
»Dimidia pars Scharrfuszorum non sufficit absolutotaliter!«
Bellaugh stundt die Wuth im Gesichte. Inde nahm er ein Messer und schnitt vom Huhne den Hintern ab.
»Hier habt Ihr die Papstnas, was itzo heiszet die Fraternas!«
Der Happen fandt seynen Weg von Bellaughs Messer unmittelbar in Frater Kapuzos Rachen, der zu kauen begann und auch den Knochen verschluckte. Dann rief er aus:
»Wie schadt ut gallina habet unum culum solum!«

Frater Kapuzo gieng langsamen Schrittes wieder zum kanonischen Hause zurücke, und auf dem Wege dorthin nagete er an dem Scharrfusz.
In allen Räumen der Purg, allwo die Soldaten ihre Quartiere hatten, ward ein deutlicht Rumoren von Bäuchen vernehmlich, das jenem glich von Migone, wann seyn Bauch als zum Proteste zu rumoren begann.
Bellaugh und Varginia trugen das gesottene Huhn auf ihr Zimmer, alldieweyl sie es nicht unter den Augen der Soldatenmeut wollten verspeysen.
Sagte Bellaugh:
»Bist du es mit einem Schenkel zufriedten?«
»Mir gehöret die Hälfte des Huhns.«
»Und wer saget dir, dasz dir die Hälfte gehöret? In Zeythen der Noth opfert sich ein fürsorglicht Weip für ihren Gatten.«
»Meyn Hunger ist nicht geringer nicht als der deyne.«
»Der Mann isset das zwiefache vom Weipe. Ich fräsze ein gantz Kalb auf, wann ich mich drangäb!«
»Dann esz ich mir das Huhn und du dir das Kalb, und so ists ein Ausgleych!«
»Ich lass mir nicht in den Sack nicht hauen, so die Frage des Hungers anstehet! Die gar grosze Leere im Magen und im Bauche ziehet alles Böse in mir herauf.«
»In mir ziehet gleychenfalls alles Böse herauf!«
»Schämen solltest du dich, dich wie Dorfgesindt zu betragen, und alles ober ein gesotten Huhn!«
»So du ein gesotten Huhn verachtest, dann lasz es nur mir, alldieweyl es mir gar sehr gefallet.«
»Du denkest zu viel obers Essen nach, wo du doch ein wenicht Gewichtsverlust nothwendicht hättest. Das Gewichte und eine überbordtende Leipesfüll stehen der Gattin des Graffzogs nur schlecht an in einem Augenblicke der Hungersnoth wie diesem.«
»Es handlet sich um natürliche Leipesfüll.«
»Dagegen kömmt mir der Verdacht ein, dasz du vielleicht heimelicht issest.«
»Dieser infame Verdacht entehret dich selbste! Herr Tri-

stan, der Rytther, erwiese ein ander Verhalten gegen einer adelichten Dame über.«

»Nicht rechtens thatest du, den Rytther Tristan zu nennen!«

»Herr Tristan, der Rytther, würdt jedwedichten Hunger von mir stillen.«

Varginia schnappte das Huhn sich und mit viere kräftichten Bissen befreyte sie es vom Fleysche. Bellaugh schnappte sich wüthicht die Gattin seyn bey den Armen und schleiffte sie aus dem Zimmer. Varginia trath und kratzete und liesz sich endtlich unter Lamento und groszem Geheul zu Bodten sinken, dieweyl Bellaugh das Huhn ihr aus den Händten entrisz und es verschlang.

Alleyn, der magere Brocken besänftigte nicht den forchtbaren Hunger, es schien gar, als sey er von neuem erwachet. Der Graffzog schlug die Hacken zusammen und zog sich in ein verdunkelt Zimmer zurücke, das noch geschwärtzet war vom Feuer und vom Rauche des Brandtes. Er hätte niemals nicht geglaubt, dasz ein Graffzog jemalicht müszt Hunger leidten. Um das wüthende Nagen im Bauch nicht zu hören, verstopfete er seyne Ohren mit beydten Händt, deinde schlosz er die Augen, und im Geiste machte er sich auf Reisen hinauf durch den Himmel, in steilem Anstieg, immer höher nach oben, bis er in eine Gegend kam, allwo weiszes Licht gleißte, wasselbst er alsogleych als das Paradeis erkannte, von dem er so oft hatte sagen gehöret. Frater Kapuzo hatte ihm niemals nicht erklären können, wie dies Paradeis beschaffen sey, er aber, Bellaugh, gieng itzo, sich in persona ein Bildte zu machen.

Der Graffzog trat auf Zehenspitzen in einen gar groszen weiszen Saal, der angefüllet war mit herrlichen Küchendüften. In seyner Mitten, auf einem goldenen Stuhle sitzend, thronte ein Alter mit langem weißem Barthe, den Bellaugh alsogleych erkannte, alldieweyl er ihn schon in gemalten Kyrchkuppeln und ober den Altären gesehen, immer im Mittelpunkt aller und ober allen, an befehlsgebendter Stelle. Auch hier gab der Alte vom Stuhle seyne Befehle, mit gewaltiger Stimm, die durch die Himmel fuhr und ein Echo erzeugete und an den Wolken zurückschlug. Weyther unterhalb hantierte der Chefkoch geschäfticht um Feuerstellen herum, wobey ihm feiste Engelgen hülfreych waren, die mit ihren Flügeln Lufft in die Holtzkohlenfeuer fächelten und hin und wider schwirrten und Suppenkellen und kleyne Thiegel und Fläschgen herbeybrachten.

Itzo befahl der Alte dem Chefkoch:

»Nimm einen gar fetten Kapaun und nimm eine gar grosze Schweynslendt und zween grosze Zwiepeln und ein halb Pfundt von süszem Gewürtz.«

Und der Chefkoch nahm einen gar fetten Kapaun, eine Schweynslendt und zween grosze Zwiepeln. Wegen des halben Pfundts von süßem Gewürtz gab er dem Engelgen, das ihm zunächst flog, ein Zeychen, das gieng und hinaufflog, um es aus den Vorrathskammern der oberen Stockwerke des Himmels zu holen.

Unterdeß gab der Alte weythere Befehle, legte zuweylen auch das mächtige Vorhaupt in Falten, um keynen Gedächtnisfehler nicht zu begehen:

»Nimm dreie Pfundt von frischem Fette, das nit saltzicht seyn darff, und ebensoviel weiszes Mehl vom besten.«

Der Chefkoch wiegte die dreien Pfundt von frischem ohngesaltzichtem Fette und darauf das weisze Mehl.

Und wieder der Alte:

»Nimm den Kapaun und die Schweynslendt und theyl alles in Stücke, auch von den zween Zwiepeln mach alles in Stücke und lasz alles dünsten in reychlichtem Schmaltze.«

Eylicht zerkleynerte der Chefkoch den Kapaun und die Schweynslendt mitsammet den Zwiepeln und liesz ein jeglichtes in einer gar groszen Pfanne mit reychlichem Schmaltze dünsten. Doch just in diesem Augenblicke plumpste mitten herab in die Küche das Engelgen, das die süszen Gewürtze war holen gegangen. Alle loffen herzu und richteten es bey den Flügeln wieder auf, dieweyl es selbste heulte und jammerte.

»Oiweh, oiweh, meyne Beyn seyndt ausgekuglet!«

Der Alte kratzte sich wüthicht das Haupt.

»Was für ein Viech du doch bist! Jedwedichtes Mal vergissest du, deyne Flügel zu öffnen! Und zu den Beynen wirst du dir auch den Kopf noch zerschmettern! Hab ich dir etwa Flügel gemachet, dasz du sie nit öffnest?«
Das Engelgen heulte noch immer.
»Vergept, Vatter unser, vergept! Ich war zerstreuet allwegen der Eyl, mit der ich die süszen Gewürtze herunter sollt briengen. Spieszet mich nit auf, alswie Ihrs mit meynem Brudter gethan, Vatter unser! Vergepung! Vergepung!«
Und der Bärthichte: »Das zukünfftichte Mal, so du mir die Eyer zermalmest, werdt ich dich nit aufspieszen, sondern roh verschlingen, saltzlos und ohne Gewürtze!«
Bellaugh trat herfür, um die süszen Gewürtze aufzulesen, die auf den Boden gefallen, doch ein ander Engelgen war vor ihm zur Stell und reychte sie dem Chefkoch hinüber, der sie über die zerkleynerten Stücke zu streuen begann, die in der Pfanne dünsteten.
Nun gap der grosze Alte dem Chefkoch weythere Anweisungen:
»Itzo streue die süszen Gewürtze und reychlicht Safran darüber, dann eine Messerspitz feynen Saltzes, und wann alles gründtlich gedünstet, giep ein Glas Wasser dazu.«
Der Koch führte alles mit genauen und abgemessenen Handbewegungen aus.
Der Alte fuhr fort:
»Nimm das Mehl und vermische es mit frischem Wasser und feynem Saltze und schlage alles guth untereinander.«
Der Chefkoch liesz sich von zween Engelgen beym Walken des Theyges helffen, und alsobalde er gut durchgeknetet war, kehrte er sich wieder dem Alten zu und erwartete neue Anweisungen.
»Nimm einen kupfernen Thiegel und reip ihn aus mit einem Stück Speck, das du hast.«
Der Koch nahm nun einen kupfernen Thiegel und riep ihn mit einem Stücke Speck aus.
»Und itzo nimm den Theyg, arbeite ihn noch einmal durch und dann ziehe ihn aus mit einem Nudelholtze, dabey lasz ihn dünner und dünner werdten. Deinde sollt ihr das

Theygblatt in so viele Stücke theylen, alswie Personen seyndt, denen du willst zu essen gepen.«
Der Koch begann itzo, den Theyg auszuziehen und dann die Stücke zu schneidten, die mit dem Gedünsteten sollten gefüllet werdten.
»Nimm itzo das Gedünstete vom Kapaun und anderen Dingen und setz es in Häufgen auf die speckgefetteten Blättgen und lege ein anders Blättgen darüber. Lasz es dir angelegen seyn: lindtes Feuer von unten und starkes Feuer von oben. Am Endte wirdts eine vollendtete ungarisch Torten.«
Dieweyl der Koch das Gebäcke ins Rohr schob, leckte sich Bellaugh die Lippen, mahlte mit seynen Zähnen und bisz sie zusammen allwegen der groszen Lust, die er verspürte, ein Stück nach dem andern von dieser ungarisch Torten zu verspeysen, die mann just im Paradeise konnt machen, mit Gott in Persona, der die Kochanweisungen gab, und einem Chefkoch, der geringer nicht seyn konnt alswie die Heiligen Peter und Paul, und all die Engelgen, die um die Herdtfeuer herum thätig waren. In der Dreieyschen Purg konnt mann sich eine derartige Torten nicht einmal vorstellen, und hätt sie einer sich vorgestellet, dann hätt er die Zuthaten nicht gefundten, weder den fetten Kapaun, noch die Schweynslendt, noch frisches Schmaltze, noch süsze Gewürtze, noch Safran, noch auch die Kochkunst, derer es bey dieser Gelegenheyth bedurffte.
Bellaugh lag da im Dunkel, vollends bethäubet, mit der Zunge heraußen, darauf wartend, dasz die Torten gebakken werdt, doch dann öffnete er seyne Augen und sah den groszen geschwärtzeten Saal in der Purg, der gar nichts Vergleychbares nicht hatte mit dem Paradeise.

8 Der Graffzog Bellaugh versammlete den gesammten Hofstaat um sich, was alsoviel besagte, dasz da waren der Kurial Belcapo, die zween Hauptleut Ulfredo und Manfredo, Frater Kapuzo, der Ausrufer Bonifazio und der Verproviantierungsvorsteher Panzetta. Die Zusammenkunfft fandt in aller Heimelichkeyth statt, und bevor noch ein jeglicher zu sprechen anhub, wurdten die Fenestren und Thüren des groszen Saales verschlossen.

Sagte Bellaugh:

»Ich lege sofort und unmittelbar meyne Ansicht betreffs des Hungers vor euch dar.«

Darauf Ulfredo und Manfredo mit einer Stimm:

»Ein Betreff von äuszerster Dringlichkeyth und Schwere, Euer Hochwohlgeboren.«

Der Kurial Belcapo und Frater Kapuzo bedeuteten ihre Zustimmung durch ein Nicken mit ihren Köpfen.

»Meyne Ansicht«, sagte Bellaugh, »ist, dasz mann ein grosz Feste musz veranstalten mit gar viel Pomp und Lustbarkeythen.«

Alle Anwesendten blickten in ihre Gesichter und glaubten, ihren Ohren nicht trauen zu dürfen ober das, was sie zu hören bekommen hatten.

»Ein Feste für was?« fragte der Kurial Belcapo. »Dies scheynet mir nicht der rechte Augenblick für Festereyen, halten mit Eurer güthichten Erlaupnis zu Gnaden.«

Und Frater Kapuzo schlosz sich der Zweyffel aller übrigen an:

»Auch ich selbste bin dieser Meynung! Festumfacere potest Deus Omnipotens aut Sanctissima Virgo aut Filius aut Spiritus Sanctus aut aliquid alter sanctus calendarii. Ceterum censeo ut mille alteras occasiones per festumfacere existendas.«

Frater Kapuzo dachte bey sich, dasz Feste für gewöhnlich mit einem großen Freßgelag wurdten vervollständiget. Wann nun der Graffzog von Festerey sprach, so hatte dies wohl zu bedeuten, dasz er auch an das anschlieszende Fressen würdt gedacht haben.

Wiederum ergrieff der Graffzog das Worth:

»Obs nun ein Feste der Kyrch sey oder des Volkes, ist von geringer Bedeutung. Von Bedeutung ist dagegen alleyn, dasz es eine grosz Feierey gebe, bey der alles Volksgesindtel von Dreiey zugegen sey. Es kömmt alles darauf an, dasz so viel Gesindtel als möglich in den Purgmauern versammlet sey. Wir müssen sie herlöcken mit dem Versprechen von Essen und Trinken und andern Attraktiones als da seyndt Sänger, Geschichtenerzähler, Seyltäntzer, dressierte Pferdt und Hundt, Feuerfresser und Schwerthschlucker, Akrobaten und Gaukler, Taschenspieler, jedwedichter Art und andere Jahrmarktslustbarkeythen.«
Der Kurial Belcapo stellte sich neben den Graffzog und stellte ihm eine Frage, die seynem Zuständigkeythsbereych zugehörte.
»Und woher glaubt Ihr die nothwendichten Soldi für eine so beschaffene Festerey herzuholen, Euer Hochwohlgeboren?«
Der Graffzog sah den Kurial bissicht an.
»Die Soldi holen wir uns von der nämlichen Festerey selbste. Ich will mich deutlichter ausdrücken: dieweyl das Dorfsgesindtel im Purghoff versammlet ist und seyne Sinn aufs Vergnügen gelenket seyndt, führen Ulfredo und Manfredo mit einer kleynen Schar Soldaten eine groszangelegte und totale Zwangsrequisitio in jedem Hause, jedem Keller, jedem Hühnerstall und jedem Schweynspferch von Dreiey durch, so es Gott gefallet und mit seynem Segen.«
Itzo ward den Versammleten alles deutlich, auch Ulfredo und Manfredo, die immer etwas nachhinkten, so es ums Begreiffen gieng, auch wann sie dann schnell bey der Handt waren.
»Das scheynet uns ein genialer Einfall zu seyn und ein groszartichter Regierungsvorschlag!« rieffen alle mitsammen, außer dem Frater.
Da fragte Bellaugh:
»Was saget Ihr dazu, Frater Kapuzo?«
»Dieperaia approbare non possumus. Requisitio est approbata cum sanctissima benedictione. Deinde rogamus: handlet es sich um Requisitio aut Dieperaia?«
Bellaugh hegete nicht den allergeringsten Zweyffel.

»Es handlet sich um eine Requisitio, dubitare non potest.«
Darob erhob Frater Kapuzo die Handt zum heiligen Segen ober Ulfredo und Manfredo.
»Ego benedico vos requisitores in nomine Patris et Filii et cetera et cetera. Amen.«
Und Bellaugh:
»Euch allen versprech ich, dasz wir essen in Hülle und Fülle! Mann suche alsogleych nach Seyltäntzern, Schauspielern, Sängern und anderem Gaukelvolk!«
Die Auffordterung galt dem Kurial Belcapo, der sich zum Zeychen des Gehorsams und der Reverenza verneygte. Daraufhin ward die Versammlung aufgehoben, ein jeglicher stundt auf und verliesz Bellaugh mit einer tieffen Verbeugung.
Gleych darauf kam der Frater wieder zurück, gieng gantz dichte an Bellaugh heran und flüsterte ihm ins Ohr:
»Herinnern will ich Euer Hochwohlgeboren, dasz die decima pars der Requisitio der Pfarreicia zukömmt.«
»Mann wirdt sehen.«
Alleyn, Frater Kapuzo bestundt:
»Herinnern will ich Euer Hochwohlgeboren, ut Dieperaia peccatum est.«
»Es ist schlieszlicht als Requisitio deklarieret wordten. Eine Kehrtwendung machen non potest.«
»Si requisitio est, wiederhol ich, dasz Ihr die decima pars an die hungrichte Pfarreicia abführen müsset.«
»Ich verweygere nichts, doch wiederhol ich, dasz mann wirdt sehen.«
Frater Kapuzo verneygte sich achtungsvoll, den Vorschriften christlicher Ergebenheyth gehorchend, und entfernte sich.
Im geschwärtzten, verfallenen Purghoff ward auf den Abend ein gar grosz Feuer aus Dornbüschen angezundt. Einige Soldaten nährten die Flammen mit trockenem Wacholder, der alsobalde knisterte, als mann ihn ins Feuer warf. Einer der Soldaten rief:
»Hie tantzet und singt mann! Kommt, ihr Dorfvolk, wir wollen tantzen und singen und prassen!«

Die Dorfleut gaben die Kundte weyther und hurtigen Schrytts kamen sie vom Dorfe herauf, einer folgte dem andren, sie stellten sich um das Feuer und warteten, da sie vernommen hatten, allhie würdt geprasset.
»Was giepts zu essen?«
»Zuvörderst wirdt getantzt und gesungen.«
»Besser tantzet und singt mann, so mann zuvörderst gegessen.«
»Lauffet herbey, ihr Dorfvolk, hie nämlich tantzet und singt mann, hie nämlich wirdt auch gegessen!«
»Mann isset, mann isset.«
»Herbey, ihr Leut, herbey!«
»Mann singet und tantzet.«
»Mann isset.«
In einem Winckel des Purghoffs waren indesz dreie Formigotten, das seyndt: Bauchladenhändtler und Vagabundten, eingetroffen, die von Ulfredo und Manfredo unten im Thal längs der Pilgerstrasz waren aufgetriepen wordten. Der erste sang ein Liedgen und schlug dabey auf der Tambourtrommel.

Die Krapfen und die Muzen
Seyndt vor uns nit von Nutzen.
Wir seyndt drey Vagabundten,
Die Pferdt reytthmer zuschundten.
Wir seyndt Ambasserdori
Auf Bällen mit Baldori.

»Was singet der Fremdte da nur?« fragten sich die Dorfleut, die die Sprach der Formigotten nicht kannten.
»Was singt er, was singt er?«
»Er singt. Hörst du nit, dasz er singt?«
»Aber was singt er?«
»Ein Liedgen der Schotten.«
»Und wer denn wärn diese Schotten?«
»Die von dem Liedgen.«
»Mir scheynt, die da seyndt Formigotten und keyne Schotten.«
»Und wer denn wärn diese Formigotten?«

»Immer noch die von dem Liedgen.«
Und der Sänger sang weytherhin seyn Liedgen, wie eine alte Weis von großem Schmertz und Wehmuth, mit rauher Stimm und kurtzem Athem, mit immer denselben Worthen, die er aus seynem Mundt klopfte. Die Leut bliepen stehen und hörten zu, alldieweil noch niemandt nie ein solch Liedgen gehöret. Und seyth Bellaugh mit seynem Gefolg war eingetroffen, hatte mann keyne Stimme mehr im Dorfe oder auf der Purg singen gehöret, und dies war vor Hunger oder vor Forcht.
Ein andrer Formigotte both an seynem Tisch eckichte und geründete Steyne feyl. Er zeygte sie her und ließ sie in der Handt springen alswie ein Jongolier, die geründeten hatten das Aussehen von kleynen Wecken und Schmalznudeln, und doch warens nur Steyne, im Flusse gesammlet. Auch eine schöne Färbung hatten sie alswie Broth, wanns aus dem Ofen wirdt gezogen, und doch warens nur steynharte Steyn, und mann hörte es, so mann sie beklopfte, da gaben sie einen trockenen Laut, gäntzlicht verschieden von dem der Wecken und Nudeln.
Der Formigott rief die Leut mit gewaltiger Stimm herbey.
»Eckichte Steyn und geründete Steyn! Die besten der Welt ladten zum Kaufe ein!«
Einen Jahrmarkt alswie diesen hatten die Leute von Dreiey noch niemals nicht gesehen. Die Alten, die weyth in der Welt waren herumgekommen, das hiesz in den angrentzenden Orthen, herinnerten sich an die Jahrmärkt von Banjorea, von Montecacco und Ficulle, aber die waren gäntzlicht verschieden. Zuvörderst und vor allem ward Viech verkaufet, als da waren Ochsen, Schafe, Schweyne, Pferdte, Esel, Gänse, Hühner und Enten. Und dann waren nicht weyth vom Viechmarkt auch Ständt, allwo mann Wecken und Schmaltznudeln feylboth, aber nicht eckichte und geründete Steyn. Auch in Theyg ausgebackenes Schweynsfleysch oder gefüllte Därme wurdten feylgebothen, hier aber fandt sich nichts derogleychen zum Essen, so sehre mann auch suchte.
»Zu essen giepts, hier giepts zu essen!«

»Wo giepts zu essen?«
Die Dorfleut beklagten sich bitter, sie stampften mit den Füszen auf und streifften um die Ständt herum, um zu sehen, ob irgendtwo etwas zu findten wär, das mann sich zwischen die Zähn konnt schiepen. Unterdeß aber waren sie alle heraufgekommen zur Purg, weyl die Sache gar neu war, auch wann sie für den Augenblick noch nichts zu essen bekamen.
»Was für ein Mist von Scheiszjahrmarkt!«
Die Formigotten machten viel Lerm, um die Aufmerksamkeyth auf sich zu ziehen, und dies gelang ihnen auch, auch dem mit der rauhen Stimm.
In einer andren Ecke des Purghoffs war ein Standt, wo einer der Formigotten behauptete, Eszbares feylzubiethen.
»Ich biethe zum Kauf an Polenta, Salami, Brothlaiper, Metwörste, Kosteletten, Flachbrothe aus weiszem Mehle, Schinken, Kürbisse, Pizzen, Spanferkel, frittierte Kartoffeln, Schnecken, Rebhühner, Kutteln, Katze süszsauer, Eyerkuchen, gesottene Eyer, gefüllte Fasane, Rothrüben, Gelbrüben, gesottene Kastanien, Kohlhäupter, Ossobuki, Schafskäs, Artischokken, Aal in Marinadte, Rikotta, emilianischer Schinken gantz ohne Knochen, Äpfel, Melonen, Oberginen, Feygen, piemontesische Käsrädter undsoweyther undsowädter!«
Die Dorfleut drängten sich um den Standt des Formigotten, der all diese Köstlichtkeythen an Eszbarem feylboth. Eine Frau gieng die Dorfstrasz hinauf und hinunter, auch die letzten zu rufen, die noch in ihren Häusern zurücke gebliepen waren.
»Lauffet eylicht zur Purg hinauf, allwo mann isset!«
Das Dorfvolk strömte herbey und sammlete sich um den Standt, alldieweyl der Formigott weytherrieff und sagte, er verkaufe dies alles. Er zählete es im eintzelnen auf alswie eine heylige Litaney, und nach und nach stopfeten sich die, die zunächst stundten, die Mündter, indem sie dieselben Wörther wiederholten und durchkauten, und balde schon schien es ihnen, dasz sich, alldieweyl sie Polenta, Salami, Wecken, Metwörst, Kastanienkuchen, Spanferkel und

alles andre für sich hinsprachen, ihr Bauch sich allgemach füllte, ja, es war ihnen gar, dasz sie die vielzählichten Gerüche der Ding unter ihrer Nas vorbeyziehen fühlten, die der Formigott anpries. Dieweyl zu Beginn viele von ihnen allwegen des Hungers noch gähnten, so gab es balde schon einige, denen gewalthige Rülpser entfuhren, als hätten sie die Völlerey mit all dem fettigen, schweren Genusz, der ihren Magen versperrte, hinter sich bringen müssen.

Neben dem Standt mit den Fressereyen war ein Gaukler zu sehen, der in der Handt einen Stab hielt, den er mit einem Hanffbüschel hatte umwicklet. Er machte grosze Bewegungen mit den Armen, um seyne Lungen voller Lufft zu pumpen. Darob steckte er das Hanffbüschel in den Mundt und sandte eine gar grosze und geröthete Flamm wider den Himmel. Die Kinder wollten sich all um den Feuerspeyer drängen, doch die Eltern zogen sie fort zum Standt mit den eszbaren Dingen. Da stiesz der Gaukler zween oder dreye forchtbare Schreye aus, um die Aufmerksamkeyth wieder auf sich zu lenken, und als die Leut zu ihm herüberschauten, zog er sich die Beynkleydter herunter.

Da gieng ein staunendtes Raunen durchs Dorfvolk, alldieweyl ein Hintern doch immer ein vergnieglich Spektakel ist. Die Kinder lachten und klatschten in ihre Händt, um diesen Hintern zu feyern. Die Weiper dagegen stopen auseinandter mit Schreyen, und welche nicht stopen, wurdten von ihren Männern hinweggezogen. Ein lebhafftticht Kommen und Gehen, ein lebhafftticht Kreysen setzte ein bey dem Gaukler, der seynen blanken Hintern zeygte.

»Was ists schon Schlimmes um ein Hintern?« sagte ein Weipe.

»Nichtzit nichts, ein Hintern hant doch alle.«

»Ein Hintern ist immer was Feynes.«

Der Gaukler schwang das brennende Hanffbüschel in der Lufft, machte eine Verbeugung zum Publikum, dann streckte er seynen Hintern auf allen vieren in die Lufft, führte den Stab mit dem brennenden Büschel in ihn hinein, zog ihn dann blitzschnell wieder heraus, und zugleych mit dem Posaunenwindt liesz er eine riesige Flamm aus seynem Loch entfahren, die den gesammten Purghoff in einen röthlichen Scheyn tauchte. Erdtbebengleych war der Applaus, der die Flamme begrüszte, und Hoch-Rufe prasselten nieder.

Der Gaukler zog sich die Beynkleydter wieder hoch, machte neuerlich eine Verbeugung gegen das Publikum, und mit vieren Bocksprüng zog er sich hinter einen Vorhang zurücke.

»Es lebe das Feuer aus dem Arsche!«

»Wir wollns noch einmal sehen!«

»Komm herfür, los, zeygs uns!«

Alle rieffen nach ihm mit lauter Stimm, doch der Gaukler zeygte sich nicht mehr, er sasz in einer Wann mit frischem Wasser. Die Dorfleut vergiengen sich allmählicht, es zog sie hinüber zum Standte, allwo die Litaney mit den Wörthern vom Eszbaren hergesaget ward. Itzo war mann schon bey den Süßspeysen angekommen und allesammet wiederholten:

»Apfelkuchen!«

»Feygenbödten!«

»Kastanienkuchen mit Pinienkernen!«

»Goldgelber spanischer Biskuit!«

»Hollertorte!«

»Französisch Torten mit Rikotta!«

»Gesüszte Polenta!«

»Kuchen von sorrentinischen Nüssen!«

»Früchtebrodt aus Berceto!«

»Krümelkuchen!«

»Kringelkräntz!«

»Ungarisch Torten von Quittäpfeln!«

»Mandtelkuchen!«

»Bröseley und Bröselott!«

Indesz die Leut im Purghoff ihre Litaneyen hersagten, streyfften Ulfredo und Manfredo mit vieren muthigen Soldaten durchs Dorf, schlugen Hausthüren ein, wühlten allüberall und trugen alles fort, was sie an Eszbarem fandten, echte und würckliche Ding für die Zähne alswie getrocknete Saubohnen, Brothreste, Schinkenknochen, Zwiepelzöpfe, Rindten vom Schafskäs und getrocknete Kastanien. Sie drangen in die Hühnerställ und sackten die schlafenden Hennen ein. Sie erwischten auch Stallhasen und Katzen auf Straszen wie in Häusern. Die Katz ist gar köstlich, so sie wirdt über Holtzkohlenfeuer geschmoret mit etwas Speck, Rosmarin und Salbey, aufdasz der Geruch von Frische sich verflüchtige. Doch auch süszsauer ist sie sehr schmackhafft. Im übrichten weisz ein jeder, dasz alles Geviech wohlschmecket, so einer Hunger leydtet, und dazu gehören auch Hundte und Schlangen und Exen und Füchse und Eulen.

Ein wildter Geisbock stürmte mit gesenktem Kopfe auf Ulfredo los, versetzte ihm einen Schlag mit den Hörnern am Knie, so dasz dieser mit dem Rücken wider eine Mauer stürtzte. Geystgegenwärthig durchbohrte Manfredo das gehörnte Viech mit seyner Lanze und ludt es dann auf den Karren zur anderen Beuthe.

Der Karren war randtvoll, und mehr als so viel hätt mann nimmer aufladten können. Ulfredo und Manfredo beschlossen, zur Purg zurückezukehren, auch wann einige Häuser noch nicht durchsuchet waren.

Sagte Ulfredo:

»Der Karren ist leydter ein wenicht zu eng.«

Sagte Manfredo:

»Für mich ist er leydter ein wenicht zu kurtz.«

Migone, der wegen der Peytschenhiepe noch immer ans Haus war gefesselt, erblickte hinter seyner Fenestra den randtvollen Karren mit der Diepesbeuth. Er war noch nicht gut auf den Beynen, doch konnt er diesen Räupern die Pest an den Hals wünschen, bey verriegeltem Mundte, so er nicht das Endte des Geisbocks wollt findten.

Alldieweyl Ulfredo und Manfredo den Karren zum hinteren Eingange führten, erzählte inmitten des Purghoffs ein von weyth dahergekommener blindter Pilgersmann mit leydtvoller Stimm, baldt singend, baldt sprechend, eine Geschicht.

Es war einmal ein Manne
Merlanne bestucku gluckanne.
Der hatte aufs Felde gesähet
Vom besten hohen Grase
Bestucku gluckinase.
Da kam die Wachtel flogen
Bestucku gluckinogen.
Frasz alle Samenkörngen.
Was machte da der Manne
Merlanne bestucku gluckanne?
Er gieng zu seynem Herren
Bestucku und gluckerren.
Was giepts, meyn Freundt, sag an mir
Bestucku und gluckannir?
Gesät hatt ich vom Besten
Bestucku gluckinesten.
Da hat die fotzicht Wachtel
Mir alle Körngen fressen.
Ich sag dir, was du thun muszt, Freundte,
Bestucku und gluckeunte.
Geh itzit auf die Piazza
Merlazza bestucku gluckazza.
Und kauf vom Hanffgewürke
Merlürke bestucku gluckürke.
Knüpf daraus ein dicht Netze
Merletze bestucku glucketze.
So fangest du die Wachtel
Bestucku und gluckachtel.
Was that darob der Manne
Bestucku und gluckanne?
Er kauffte Hanffgewürke
Merlürke und gluckürke.
Und dieses liesz er spinnen
Bestucku und gluckinnen.
Dann knüpft er sich ein Netze
Merletze bestucku glucketze.
Und etwas späther fieng er
Die böse fotzicht Wachtel

Bestucku und gluckachtel.
Dann gieng zu seynem Herrn er
Merlerner bestucku gluckerner
Zu sagen, dasz sie fieng er,
Die böse fotzicht Wachtel
Bestucku und gluckachtel.

Die Dorfleut waren allesammet mürrisch, und es wollt ihnen scheynen, als hätt mann sie auf diesem Scheiszjahrmarkt am Arsch herumgeführet, allwo mann tantzet und singet, jedoch nicht isset. Daher machten sie sich wieder auf den Weg zu ihren Häusern zurücke, nichts ahnend nicht, dasz sie dieselben heymtücklicht würdten aufgebrochen und ausgeraupet findten.

9 Baldassarre, genannt der Geplagte, wollt Nutzen ziehen aus der Anwesenheyth der Soldatenrott auf der Purg und dachte bey sich, dasz ihm in seynem Leben niemals wieder ein so glücklicher Zufall zuhülfe käme, sich seynes Weipes Cesira zu entledtigen. Cesira war ein Weip mit einem gar groszen Hintern, und aus eben diesem nämlichen Grundte hatte Baldassarre sie auch geheurathet. Ein jeglichter beneydtete ihn derohalben und sagte, sieh dir nur an, was für ein Glück den Geplagten getroffen, den schönsten Hintern im gantzen Umkreys hat er sich geschnappet. In Würcklichkeyth aber lagen die Dinge anders, alldieweyl Cesira eine Lustgurkenfresserin war, allwie mann noch keyne nicht gesehen, weder im Himmel noch auf Erdten. Sie hatte den armen Baldassarre auf seyne letzten Kräffte reduzieret, ihn ausgesauget alswie ein roh Ey, und das so sehre, dasz er zu stottren begann, auch zittreten ihm die

Kniee, und er hatt bey der Nacht schröcklichte Träume, und wann er sich des Morgens erhob, schwindtlete es ihm im Kopfe alswie vom Rausche. Von den Männern der Nachbarschafft hatte ein jeglicher es mit Cesira getriepen, und das auf Einladtung und mit Einverständtnis des nämlichen Baldassarre, doch nach einer gemeynsamen Nacht loffen sie ihr aus dem Wege, und zwar dergestalt, dasz sie noch heutigentags lauffen. So Baldassarre wieder zu Athem wollt kommen, schlieff er zuweylen auszer Haus, des Winters in einem Stalle und unter dem Feygenbaume des Sommers. Doch alsobalde er wieder nach Hause gekommen, verriegelte Cesira alle Fenestren und zog ihm die Beynkleydter herunter.

Einer kapitularen Verfügung aus früheren Zeythen und einem Brauche des Königreychs von Montecacco zufolge, hatte ein Ehmann, so er sich vom Weipe seyn trennen wollt, sey es aus Müdtigkeyth, sey es aus familiärer Uneinigkeyth, das Recht und die Erlaupnis, sie auf dem Markte feylzubiethen, natürlicherweis mit der Einwilligung des nämlichen Ehweipes. Doch seyth vielen Jahren war das nicht mehr geschehen, alldieweyl niemandt im Dorfe sich das Ehweip des Nachbarn würdt kauffen. Itzo jedoch war eine Soldatenhordte eingetroffen, mit den Taschen voller Bajokki, allwie Baldassarre glaubte, und der Zeythpunkt schien ihm günstig, Cesira auf dem Markte zu verkauffen.

»Was mich betreffet, so bin ich gantz scharff darauf, mich zum Markte führen zu lassen«, sagte Cesira, »alleyn, ich habe gehöret, dasz die Soldaten am Endt seyndt mit ihrm Geldte und allem Eszbaren.«

»Ein paar Bajokki werdten wohl übricht gebliepen seyn in ihren Säckeln!«

»Was soll ich dir erwidren? Hoffmer, dasz etwas ist übrig gebliepen, hoffmers.«

Dem alten Brauche zufolge, legte Baldassarre einen Strick um den Hals seynes Ehweips und führte sie allgemach zum Markte, was hiesz, auf die Piazzetta vor der Zugbrück, zu morgendtlichter Stundt, wann die Soldaten herauskamen und ihre Schuh, ihre Beynkleydter und Hemden tauschten gegen Eyer od Feygen od Scheybgen vom Speck für die Hungermühl.

»Zieh nit so sehre!« sagte Cesira. »So ich erdrosslet ankomm, wirdt mich niemandt nit kauffen!«

Sie kamen auf die Piazzetta, und die Dorfleut schareten sich um sie allwegen der Sonderbarlichkeyth dieses Ereignisses, das sich seyth Menscheneingedenken nicht mehr hat wiederholet. Alle stundten sie da mit weyth aufgerissenen Augen, um den prallen Hintern zu begaffen, der ihnen gar sehr gefiel.

»So gehet doch aus dem Wege!«

Baldassarre hätte die Dorfleut am liebsten alle nach Hause geschicket, alldieweyl mann einen Bajokko, der ein Bajokko werth wär gewesen, in ihren Säckeln nicht hätte gefundten. Doch das Durcheinander und das Geschwätze machten die Soldaten neugierig, die sich nun gleychenfalls zu den andren gesellten.

»Laszt die Soldaten hertrethen, ihr Leut!«

Die Dorfleut wichen einige Schrytte zurücke, und die Soldaten trathen ein paar Schrytte herfür. Einer von ihnen wollt gleych die Handt ausstrecken und die Ware berühren, die Baldassarre feylboth.

»Der Arsch wird nit befummelt, du Schweyn!«

»Is ja schon gut, er wirdt nit befummelt! Und was machmer itzit?«

Baldassarre, genannt der Geplagte, erstieg einen Hocker und begann also:

»Soldaten! Es giept ein Brauch aus den Zeythen des Groszvatters meynes Groszvatters, aus Zeythen mithin, allwo die Ehmänner noch Achtung fordreten von ihren Ehweipern, sey es im Hause, sey es herauszen. Sotan war der Brauch, dasz ein Ehmann, so er mit dem Ehweipe nit mehr zusammen wollt leben, die ihm die gefordrete Achtung verwehrte, seys, weyl sie ihn hörnte, seys aus Übelwollen od andrem Grundte, dasz ein Ehmann, so sagt ich, das Recht besessen, sie auf den Markte zu führen alswie eine Kuh und sie feylzubiethen. Der Meistbiethendte konnt sie alsodann erwerpen. Itzit hapt ihr vor euren Augen das Ehweip meyn. Ich hap mich entschlossen, mit ihrer eignen rechtmäszichten Einwilligung, sie zu verkauffen. Dasz der Herrunsergott mir beysteh und mich erlöse von diesem Unheyl, das ich mir eygenhändticht ins Haus hap geschaffen! Den Freundten meyn kann ich ein ähnlich Unheyl nit wünschen allwie Cesira es war für den hie anwesendten Unterzeychner in diesen zween Jahr unsres Ehstands. Doch alsogleych will ich auch sagen, dasz das Unheyl meyn das gröszte Glück eines andren könnt erschaffen. Gewisse Weiper, die sich alswie ein reiszendt Thier wider den einen verhalten, können für einen andren alswie ein Schutzengel werdten. So hat auch Cesira ein paar guthe Eygenschafften und keinesweges nur Nachtheyle. Vorzüglich ist sie eine Lustgurkenfresserin von einmalichtem Können, und das soll wohl den interessieren, der einen tüchticht arbeitendten Balken hat, wo nit, sollt er sich garnit erst vorwagen. Sehet mich an, wie sie mich in zween Jahr unsres Ehstands zum Krüppel gemacht! Ich sag euch die allerheilichste Wahrheyth, ich bins nit mehr fähicht, mich mit ihr einzulassen, ich bins nit mehr fähicht dazu! Sehet mich an, kaum auf den Beynen halt ich mich noch! Das ist der Grundt, weshalb ich mich hap entschlossen, sie auf dem Markte feylzubiethen. Doch lasset mich weytherredten, dasz ich euch auch die andren Vorzüg meyner Cesira noch zeig. Um nur einen zu nennen: wanns meynem Weipe einkömmt, verstehet sie Schafe und Kühe zu melken, wies nur wenichte können. Ihr gelingt es gar noch, Milch aus solchen Thieren zu ziehen, die so klapperdürr seyndt, dasz sie schon halb todt scheynen. Und so sie keyne Milch nit mehr hant, da sauget sie ihnen noch das Bluth ab. Auch ist sie fähicht zu lachen und zu weynen, so es ihr gefallet, seys am Morgen, seys am Abendt, sommers und winters, bey Sonn und auch bey Regen, kurtzum: zu jedwedichter Stundt und Jahrzeyth. Sie kann auch Liedgen singen, so ihr danach zumuthe ist. Weyn verstehet sie nit zu machen, doch verstehet sie, ihn hasticht hinunterzukippen, manches Mal sogar eine gantz Flaschen, und dennoch wirdt sie nit

besoffen. Aufs Kochen verstehet sie sich auch, aufs Nähen einichtermaszen. Essen thuet sie gar wenicht, ich schwörs euch, zween Eyer und ein Stück Broth, das reycht ihr ober den Tag. Und endtlich, alldieweyl ich ihre besten Eygenschafften mir bis zum Schlusse wollt aufhepen, sey euch gesaget: sie hat einen Arsch, der alsoviel Goldtes werth ist als er wieget, ihr könnts ja mit euren eygenen Augen sehn. Und dieweyl ihr euch bedenket, will ich euch itzit ein Liedgen zu Ohren bringen, denn schlieszlich und endtlich bin ich ein Ehrenmann, und wann ich euch sag, dasz meyn Ehweip kann singen, so gep ich euch itzit eine Kostprop.«
Baldassarre gab Cesira ein Zeychen. Darob lösete sie den Strick, der ihr um den Hals lag, und begann ein Liedgen in Form eines Rätsels zu singen:

Ein Ding ists, das lieb ich,
Ist stark wie ein Baume,
Ist roth wie das Feuer,
Ist süsz wie der Honig
Und bitter wie Galle.
Was es sey, wollt ihr wissen?
Ihr müszt es errathen.

Die Dorfleut sahen einander an und lachten sich ins Fäustgen. Einer trath herfür mit ausgestreckter Handt und wollte Cesiras Hintern betatschen, doch wieder trath Baldassarre dazwischen.
»Zuvörderst will ich Bajokki sehen! Nur der hat Anspruch, den Arsch meynes Weips zu befummeln, der mir klingendte und blitzendte Bajokki auf seyner Handt zeyget.«
Die Soldaten trathen eng zusammen, um sich miteinander zu besprechen. Dann stülpten sie ihre Taschen und Säckel um und begannen, die Bajokki zu zählen. Siebene Soldaten und siebene Bajokki. Sie beschlossen, das Weip Baldassarres gemeynschafftlich zu kauffen und sie zu gleychen Theylen zum lustvollen Vergniegen zu haben. Siebene Soldaten waren sie, und siebene Tag hat die Woch, mithin kam auf einen Soldaten jeweylig ein Tag.

Doch unter den siebenen Soldaten war einer, der hegte noch Zweyffel am Kauff der Cesira. Seyth sie nämlich in Dreiey waren angekommen, hatten sie noch keinen Wehrsold nicht bezogen. Und was das Essen angieng, so bekamen sie wenig und dies wenige selten, außer zuweylen eine Saubohnenbrüh, die nicht mal die Säue nicht fressen würdten.
Sagte einer der sieben Soldaten:
»So mann nit isset, ficket mann nit.«
Doch die andren sagten, mann werdte schon zwangsläuffficht essen. Wer aber sollt für Cesira aufkommen? Da stundt die Frage des Essens und Schlafens an. So es ums Schlafen gieng, da war die Purg grosz genug und Zimmer gap es zuhauffe, ein Loch würdt sich für sie schon irgendtwo findten. So es aber ums Essen gieng, sollte ein jeder sie an dem Tag versorgen, wo er an der Reyh war. Kurtzum: es war unter den siebenen Soldaten ein grosz und heymlich Rathschlagen und Entwickeln von Plänen. Dann fuhr einer auf und sagte, es müsse nun ein Endt haben mit dem Gequassel, das Weip müsse gekaufft werdten, bevor ein andrer sie kauffe, vielleicht gar einer der Dörfler. Nicht konnten die Soldaten wissen, das die Dorfleut keine Bajokki nicht im Säckel hatten, weder reychlich noch wenig.
Ein cispadanischer Soldat nahm die gesammleten Bajokki an sich und machte sich daran, den Kauffpreys zu drükken.
»Viere Bajokks!«
Baldassarre, genannt der Geplagte, sah ihn schief an.
»Viere seyndt wenicht!«
»Viere!«
»Das reychet nit hin! Der Arsch alleyne ist das schon werth! Und die Klimperfuffi? Und der Glockenkasten? Und alles andre? Wer zahlet mir alles andre?«
»Auch nit einen Kupfersoldo mehr!« sagte der cispadanische Soldat.
Baldassarre that so, als dächte er darüber nach. Er legte seynen Kopf zwischen die Händt alswie in tiefe Gedanken versunken. Dann sprang er auf.

»Schau dir doch nur den Arsch richticht an!« sagte er zu dem Soldaten.
Der Soldat trath heran, den Hintern zu befummeln, und er schien ihm schön feste. Doch setzte er ein Gesichte auf alswie ein Kauffherr auf dem Markte, der den Preys der feylgebothenen Ware will herabdrücken.
»Er wappelt ein bisgen!«
»Der Teuffel soll dich!«
Baldassarre that so, als würdte er wüthig, doch er erwüthigte sich nicht im mindtesten. Viere Bajokki thäten ihm würcklich reychen, doch fünfe wären ebent schöner. Der Soldat trath wieder auf ihn zu mit den vieren Bajokki in Händten.
»Viere Bajokks oder nix!«
Baldassarre hielt seyne Handt dicht vor das Gesichte des Soldaten und zeygte ihm deutlich sichtbar seyne fünfen Finger.
»Viere und ein Halp!« sagte der Soldate.
Viereeinhalb waren noch immer zu wenig für Baldassarre, der darauf hoffte, doch noch fünfe zu erhalten, und so zeygete er wieder seyne fünfen Finger.
»In Ordnung, dann eben für fünfe!«
Baldassarre schnappte sich geschwindte die fünfen Bajokki, die der Soldate ihm hinhielt, und stopfte sie gantz zuunterst in seyne Tasche. Darob warff er dem Soldaten den Strick hin, der um Cesiras Hals lag.
Die siebene Soldaten umstellten das Weipe und befummleten sie überall. Einer versuchte alsogleych, ihr mit der Handt zwischen die Beyne zu greiffen, doch der cispadanische Soldat zog ihn zurücke.
»Einen Augenblick noch, du sauicht Schweyn!«
Sie brachten sie in die Purg, dieweyl die Dorfleut Baldassarre mit offenem Mundte anstarrten, der sich die Händt riep. Er hatte sich von seynem Weipe befreyet und dazu noch fünfe Bajokki eingesacket.
»Eine Fuchslist!«
»Ein schönes Geschäffte hast du gemacht!«
»Ein Geschäfft, obs euch nun auskömmt oder nit!«

»Das thuts, das thuts.«
»Was steht ihr um mich herum?«
»Wir stehn um die Bajokki herum, doch nit um dich, Baldassarre!«
Der Geplagte roch den Brathen, nahm seyne Füsz in die Händt und loff eylendts hinunter ins Dorf. Dort verschlosz er sich in seynem Haus und verrieglete die Thür mit der Eysenstang.
Die siebene Soldaten hieszen Merlino, Gontrano, Gerbino, Masolino, Ciaciotto, Fellino und Saracca, der Cispadanische. Sie hatten Cesira in eine Kammer geführt, die auf den Purghoff hinausgieng, und zählten aus, wem die erste Fickerey zustundt, die itzogleych auf dem Stroh sollt durchgezogen werdten. Ecke tecke hoy, Gontrano war dran, der sich ohnverzüglich aufknöpfte und seynen hitzichten Feuervogel herausholte, der roth war alswie der Teuffel selbste, hart alswie ein Prügel, lang alswie ein Rohr und zuckte alswie eine Schlang. Die anderen begafften ihn mit funkelnden Augen.
»Ein geyler Vogel!«
Allen schien es alswie ein herrlich Schlaraffenlandt, alldieweyl sie seyth Monaten kein Weip mehr hatten befummelt, nicht mal mit den Fingerspitzen.
Cesira blickte umher, sie wollte mit Gontrano alleyne bleypen.
»Geht itzit, alldieweyl ich mich schäm!«
»Wir hant bezahlet und itzit wollmer auch gaffen!«
Gontrano kam langsam herüber und hielt seynen Balken in den Händten.
»Auch ich hap keine Lust nit vor allen zu ficken, begreifft ihrs?«
Die anderen aber, statt sich zurücke zu ziehen, trathen näher und feuerten ihn an.
»Komm, mach schon, schieps ihr hinein, wir seyndt auch gantz stille!«
»Los, Gontrano, besteig sie!«
Cesira hielts nicht mehr aus, dies Durcheinander liesz ihren Kopf brummen, aber der Anblick von Gontranos Keyler

liesz sie innerlich kochen, und sie fühlte eine gewaltige Hitz zwischen den Beynen. Endtlich streckte sie sich auf den Bodten hin, zog die Röcke herauf und strich sich das Stroh vom Leipe.

»Los, Gontrano!«

»Mamma mia, was für eine Rappelfuffi!«

Gontrano warff sich kopfober auf Cesira, er bisz ihr das Gesichte als wollt er sie fressen, schlenkerte mit seynem Schwantze herum und stiesz ihn dann mit dem Gebrüll eines wildten Thiers in die richtige Stell.

Gerbino gieng, die Thür der Kammer zu verriegeln, aus Forcht, die Schwytzrischen Gardisten könnten herbeygeloffen kommen, die die Leipgarde des Graffzogs waren, mehr teutsch als schwytzrisch. Bösarticht und auch Spione, hiesz es unter den Soldaten. Immer giengen sie mit Lanzen herum und aufgestellten Ohren. Sie durchlöcherten die Ärsche, so ein Soldat eine That begangen, die einem Schwytzrischen mißfiel, alswie ein Huhn auf der Strasz klauen, ihm den Hals umdrehen und es auf dem Grill rösten. Itzo aber hatte Gerbino die Kammerthür verriegelt, und alle siebene fandten sie sich im Dunkeln, dieweyl Cesira aus vollem Halse zu schreyen begann vor gewaltiger Lust. Dann aber endtete sie mit erstickter Stimm alswie ein Lamento, dieweyl ihr Sinn wer weisz wohin streiffte.

Auf dem Stroh schob Gontrano seynen Saftvogel hinein und heraus, bis Cesira mit dem Kopf wider die Mauer stiesz, und nach dem ersten Schusz liesz er noch einen los und noch einen weytheren. Am Endte schrie Cesira noch einmal so sehre, als sollten die Gewölbe herunter kommen. Gontrano athmete gar schwere und schlieszlich bliep er ausgestreckt liegen und keichte alswie ein Thier. »Beym heilichten Rammler, was für ein Weip!« sagte Saracca, der Cispadanische.

Im Dunkeln waren die Stimmen der Soldaten vernehmlich. Sie waren zufriedten mit den ausgegebenen Bajokki, Cesira war ein guter Kauff.

Nach langem Gestöhn hörten sie Cesiras Stimme sagen:

»Was für eine Strapaze!«

Und die Soldaten alle mitsammen:

Blas nur, blas nur, Tramontana,
allen Weipern thust du wohle!
Du erfrischst ihre Soutana,
Blas nur, blas nur, Tramontana!

10

Der Noth gehorchend und dem eygnen Wunsche, beschlosz Bellaugh, eine Reis innerhalb der Grentzen seynes Lehens zu unternehmen. Doch für eine solche Reis gab es nicht einmal ein eintzig Pferdt nicht, alldieweyl nächtliche Räuper sie allmitsammet auf dem Herzug hatten gestohlen. So machte mann sich auf den Weg auf dem Rücken eines bastardischen Maulthiers. Allen voran gieng per pedes der Dörfler Migone von Spuckackio, der die Grentzen ziemlich guth kannte und unter den Leuten von Dreiey als der mit dem wendtigsten Verstandte und den schnellsten Füßen erschien. Zwecks Auflistung der Güther und Beschreipung jeglicher anderer Ding war Order an den Kurial Belcapo ergangen, der Bellaugh auf dem Rücken eines Esels folgte. Begleythet ward diese Expedition von sechsen Schwytzrischen Gardisten zu Fuße.

Mann begann damit, einen Graben entlang zu ziehen, der Caccone genannt ward, nicht nur bey den Dorfbewohnern, sondern auch auf den Grundtbuchkarten, und zwar allwegen des Bodtens, der das Wasser zu allen Regenzeythen gelblich trübte.

Sagte Migone:

»Wir Dorfleut nennen ihn Rio Caccone oder auch Scheiszbach.«

Antworthete Bellaugh:

»Das scheynet mir im Wesen das gleyche.«
»Euro Hochwohlgeboren haben recht, wie immer manns drehet und wendet, Scheisze bleypts doch.«
Bellaugh gab dem Kurial Anweysung, Vor- und Zunamen des Grabens oder Baches und jeglicher anderer Ding aufzuschreypen, aufdasz mann die aufgefundtenen alten Karten vervollständtigen könnt, die ziemlich lückenhafft waren allwegen dem Wurmfrasz im Pergamentum und dem Nagen von Ratten und Mäusen.
Zu beydten Seyten des Grabens dehnete sich magerer und karstiger Bodten aus Kalkgesteyn, und so war es verständlich, dasz Bellaugh Gedanken an den Wiederaufbau der Purg in den Sinn kamen, die baufälligen Wehrthürm, die bröckelnden Mauern, die Dächer, durch welche der Himmel sichtbar ward, der herabfallende Putz der Gewölbe, die Schlupflöcher der Mäus und der Ratten, die hätten verstopfet werdten müssen. Doch dafür bedurffte mann verschiedtener Brennöfen und vieler Ziegelsteyn und auch Bauleut, zuvörderst aber und ober allem bedurffte es ausreychendter Nahrungsmittel für die Verpflegung dieser Menschen. Der Graffzog verjagte die lästigen Gedanken, und der Kurial Belcapo verzeychnete im Registerbuch: Fülle natürlichten Kalksteyns in reychlichtem Masze.
Als sie weythergiengen, zeygte der Bodten ein spärlich Gehecke vor allem von Strauchwerk, Wacholder und Weydtbaum, daneben auch gar kümmerliche Eychen, auf die mann dreiszige bis viertzige Jahr hätt warten müssen, eh sie als Brennholtz hätten getaugt oder als Balken für Hühnerställ. Das Gesteyn hier ward schwärtzlich und graulich.
Sagte Bellaugh:
»Weyther hinten gaps Kalksteyn und hier findtmer Bausteyn.«
Der Kurial Belcapo verzeychnete itzo auch den Bausteyn in der Auflistung der Güther, dieweyl sich Migone voll Argwohn zu Bellaugh kehrte. Witzet er, witzet er nit? Dieses Gesteyn hier war würcklicht von der Art, das ins Auflistungsbuch gehörte!

Sagte Migone:
»Weyther da obers giepts Lehm auch, mit dem könnt Ziechlet mann backen, tja!«
Und Bellaugh:
»Ziechlet? Was seyndt das?«
»Das seyndt Ziechlet, mit den mann Mauren bauet.«
»Ach, willst du Ziegelsteyn sagen?«
»Ich nenn sie Ziechlet alswie Ihr sie Ziegelsteyn nennet, doch ist es dieselpe Sach, Euro Hochwohlgebboren.«
Als sie den Berghang oder die Kuppe oder den Kogel, wies immer beliebet, hinaufkamen, entdeckten sie ein dichticht Wäldgen von Eychen und mitten darinnen den hohen Stamm eines rostfarbenen Vogelbeerbaums, der voller Früchte hieng.
»Auch Vogelbeern hamer, Euro Hochwohlgeboren. Reych seyndtmer, tja!«
»Und was denn wärn Vogelbeeren?«
»Euro Hochwohlgeboren kennen die Vogelbeern nit? Vogelbeern seyndt köstlicht zu essen, so sie gereyffet.«
»Also auch die Vogelbeeren in die Auflistung!«
Itzo machten sie sich daran, das Landt zu erkundten. Sie zogen weyther den Hang hinauf, ober Gerölle und Steyne hinweg, ober Strauchwerk und vertrocknete Dornbüsch, allwo auch eine Geis nicht hätt gefundten ein Blättgen frischen Grases. Ein teufflischer, ein verfluchter Erdtbodten, ein infamer und elendichter Betrug des Künichs von Montecacco, dachte Bellaugh bey sich, als er dem rücken- und huflahmen Maulthier beym Anstieg die Sporen gab. Scheiszlehen, sagte er sich mit zusammengebissenen Zähnen, und andere Gedanken noch formten sich ihm im Mundte, hielten sich aber zwyschen Zunge und Zähnen zurücke, dann schluckte er sie in seynen Magen hinunter, allwo sie sich wie Nägel eintriepen. Unterdesz führte er die Inspektion schrittweys weyther, streiffte entlang der Grentz, wobey linker Handt das lehnseygene Landt und rechter Handt die Grentzgebiete lagen.
Fragte Bellaugh Migone:
»Und Häuser giepts keyne nicht?«

»Und wie denn sollts Häuser hier gepen, wos nit mal ein Streyfgen fruchtbaren Bodtens hier giept? Hier wachset keyn Getreydte nit und nit mal ein Maishalm, auch keyne Hirse nit oder Klee fürs Geviech. Hier bestellet mann nichtzit und hier isset mann nichtzit, Euro Hochwohlgeboren. Nit mal die Vögel kommen nit in dieses verödtete Landt.«
»Es giept ja wohl auch besseren Bodten als diesen, so hoff ich.«
»Ein paar Feldter giepts um die Häuser im Dorf, ein paar Gärthgen, Wiesen mit Klee und Heylkräuthern, vor allem fürs Geviech, aber wenicht ists, Euro Hochwohlgeboren. Auch ein Haus hie und da auf dem Landte, von Schäfern, von Geishirten und Schweynshütern.«
Bellaugh ward ipso stante hellhörig und öffnete den Mundt:
»Und wo denn befändten sich die Schafe, die Geisen, die Schweyne?«
»Nichtzit giepts mehr, Euro Hochwohlgeboren.«
»Schäfer giepts, Geishirten und Schweynshüter, und da gäps keyne Schafe und Geisen und Schweyne? Wie soll mann sich eine derarticht Sondterbarlichtkeyth denn erklären, Dörfler?«
»Das erkläret sich daraus, dasz die Menschen alles hapen gegessen, Euro Hochwohlgeboren. Das eintzicht forchtbare Thier, das mann hier findt, ist der Hunger. Der Bodten ist arm von Natur aus, Euro Hochwohlgeboren, wie die Menschen. Euro Hochwohlgeboren werdten hapen gesehn, dasz wir so dürre seyndt alswie der Heilichte Geyst. Mann nennet uns das Dorf von Elendt und Armuth.«
Bellaugh sah Migone scharff an:
»Du aber scheynest mir nicht sehr dürre.«
»Ich bin beleipet von Natur, Euro Hochwohlgeboren, doch bin ich keynesweges nit fett, mann nennet das: einen falschen Fettklosz.«
Bellaughs Gedanken streifften ober die trostlosen, trockenen Ländtereyen hin, die voller Gesteyn waren und voller vertrocknet Gesträuch. Doch hielt ers nicht für angebracht,

dem Dörfler seyne Wuth zu zeygen, so in ihm wider den König von Montecacco aufstieg allwegen des Betrugs an Varginia und allwegen dieses erbärmlichten Lehens. Und Bellaugh liesz sich nichts merken.

Nach einem Stück Wegs giengs steil hinab über einen Hang, bis sie gantz unten in einer tieffen Schlucht waren angekommen, die wieder den schwärtzlichten harten Steyn zeygte, dann zogen sie abermals einen Hang hinauf, der vertrocknet und dürr war alswie die leiphafftichte Barmhertzichtkeyth.

Auf der Spitze des kleynen, schroff abfallendten Berghügels, zu der Bellaugh mit Trytten in die Seyten des Maulthiers hinaufgehinkt war, pflantzte er seynen Blick auf einen Baumstumpff, der erst frisch war gefället wordten, und hierin erblickte er eine neuartige Mittheylung von einem Stück Erdte, das von Gethier und von Menschen verlassen schien.

Fragte der Graffzog:

»Und wer schlug diesen Baum? Von seynem Stumpffe zu urtheylen, war er gar grosz.«

Und der Dörfler:

»Jemandt, den ich nit kenn, Euro Hochwohlgebborn.«

Bellaugh kehrte sich an den Kurial:

»Schreip! Es wirdt befohlen und verfüget, dasz sich niemandt nicht erkühne, Bäume in den Besitzthümern des genannten Graffzogs Bellaugh von Kagkalanze zu schlagen, bey Androhung so vieler Knuthenhiepe als der geschlagne Baum an Fusz der Läng nach misset.«

Der Kurial schriep, und als er hatte geschriepen, stellte er eine Frag:

»Die Läng eines geschlagnen und geraupten Baumes messen non potest, mit Eurer güthichten Erlaupnis.«

»Die Läng wirdt kalkülieret mit der Anzahl der Knuthenhiepe!«

Der Kurial schriep mit fliehender Fedter ins Registerbuch, alldieweyl der Esel sich wandt und austrath wegen der Fliegen, die das eintzicht Gethier schienen zu seyn, die Bewirthung und Unterschlupf in diesen Ländtereyen fandten,

neben einigen Exen und schwartzen Schlangen, die zwischen Steynen und Gestrüpp dahinhuschten.
Des Graffzogs Aug streiffte von der Höh der kleynen Bergkuppe ober das Landt, und er sah unten zur Linken eine Schafsheerdt, die ober hundert seyn mochten, dazu zween Hirten, die sie inmitten des Gerölls auf das Wäldgen zutriepen.
Fragte Bellaugh mit einer Stimm, die eine jähe Fröhlichkeyth verriet:
»Wem könnt wohl die herumstreunendte Schafsheerdt gehören?«
»Was für ein Schafsheerdt?«
»Je nun alldie, die sich da geschwindte ober dem Gerölllandt entfernet.«
»Euro Hochwohlgebborn, ich sehe nichtzit.
Nun begannen Bellaughs Eyer, vor schröcklichem Zorn zu dampfen.
»Du Dorftölpel, du muszt sie doch gantz genau sehen!«
»Euro Hochwohlgebborn, meyn Blick schwanket, es thut mir sehr leyde, doch seh ich ein wenicht scheel allwegen des Hungers.«
»Der Blick schwanket dir also! Wann wir auf der Purg zurücke seyndt, dann sorg ich dafür, dasz dir der Arsch auch schwanket!«
»Verstehn thu ich nit, was Euro Hochwohlgebborn damit will sagen.«
»Ich werdt dir so viele Knuthenhiepe auf deynen Arsch gepen lassen, als es braucht, dasz du wieder gradtaus siehest mit deynen Augen.«
»Sos Euro Hochwohlgebborn gefallet, kann ich Euch wohl auch erzählen, dasz ich fünfehundret Schafsviech seh.«
»Siehest du sie oder siehest du sie nicht?«
»Wie viele sollt ich sehen?«
»Mir thuns hundert.«
»Ich seh sie.«
»Und wem gehören sie?«
»Jemandt.«

»Du glaupest wohl, ein schlaues Füchsgen zu seyn, du Tölpel?«
»Ich glaupe nichtzit, Euro Hochwohlgeboren.«
»So du nicht glaupest, lasz ich dich verbrathen alswie einen Härethikanten.«
»Euro Hochwohlgeboren, ich bin nur ein Dörfler. Derohalb bitt ich, saget mir nit solche Ding und lasset mich nit daran denken. Dafür giepts die Priester, die Bischöf, die Kartinäl und den Papste. Mir aber solltet Ihr den Kopf nit verwirren mit solchen Gedanken ans Glaupen oder ans Nitglaupen, ah!«
»Dann denk an die Schaf und wisse mir zu sagen, wem sie gehören!«
Migone kratzete sich die verschwitzte Stirn, und er dachte weniger an die Schaf als an die vom Graffzog versprochenen Knuthenhiepe. Dem nämlichen schoß die Wuth durchs Gederm und gab Migone wenig Aussicht auf glückliche Zeythen. Zuvörderst, weyl er begriffen hatte, dasz Gethier war vorhandten, auch wann es weyth von der Purg im Umkreys herumstreiffte und es schwierig seyn würdt, es zu fangen, allen voran die Hasen, die flüchten, alsobalde sie nur den Schrytt des Jägers gewahren. Zu lange Zeyth schon waren die Dorfbewohner ohn irgendt einen Herren gewesen, allzu lange schon der Freyheyth oberantworthet, ohne jedwedige Visitationes von Gesetzhütern, verwildtert ob des Mangels an Führung und Knuthe. Bellaugh wär der Schafsheerdt am liebsten nachgejaget, wann er an seyne Hungerpurg dachte, an seyne Soldaten, die damit endten würdten, sich gegenseytig aufzufressen, schon gab es Hungerstreythigkeythen unter den Schwytzrischen Gardisten und allen anderen. Und dann auch das Hungergezwyst unter den Höflingen. Schafe seyndt nämlicht eine gar herrliche Köstlichkeyth, wann sie zerkleynert in der Pfanne schmorgeln mit Öl und Zwiepeln. So sie aber alt seyndt und ihr Fleysch ledricht, werdten sie schmackhafft, wann sie in weyszem Weyn werdten gedünstet, und gar noch gesotten ergeben sie eine hertzhaffte Brüh gleych der von alten Hühnern. Alldieweyl seyn Maulthier itzo am Randt

einer frischgrünen Kleewiese äste, verlor Bellaugh sich in seynen Gedanken an gewisse kleyne Lämmer, die ober dem Feuer werdten gebrathen, an das bruzzelndte Fett, an ihre göldtliche Farbe und an ihr ach so zarthes Fleysch unter der Gabel. Auch Strohschober waren da unten zu sehen und Stallhütten für das Gethier, wo aber war das Geviech nur? Und wohin waren derweylen die hundert und mehr Schafe mit den zween Hirten verschwundten? Etwa zu denen, die in jener Nacht aus der Purg waren entflogen? Nicht gar zu weyth entfernet erstreckte sich ein dichtes Gehöltze von Steynbuchen, in das die Schafsheerdt war eingedrungen, doch war dies Gehöltze zugleych mit undurchdringlichem Gestrüpp und mit Dornbüschen durchwachsen, dasz es nicht angerathen war, sich dareyn zu verlieren. Es sey denn, der Dörfler Migone würdt einen Weg zeygen, auf dem mann ohn Schadten hinein- und herauskommen konnte.
Fragte Bellaugh Migone:
»Und wo giepts einen Pfadt, Dörfler, auf dem mann könnt ins Gehöltze eindringen?«
»Was für ein Pfadt, mit Euro Erlaupnis zu fragen?«
»Der Pfadt, auf dem mann ins Gehöltze könnt eindringen! Es wirdt ja wohl einen Pfadt, einen Weg oder einen anderen Zugang gepen, oder nicht?«
»Es thut mir leyde, Euro Hochwohlgeboren, doch weisz ich nichtzit von einem Pfadte. Ich bin Vermittler und nit Schafshirt, ah!«
»Vermittler von was?«
»Von allem.«
»Auch von Geviech?«
»So es mir unter die Handt kömmt, auch von Geviech.«
Bellaugh wurdt laut:
»Und wo denn wär dieses Handelsgeviech?«
»Was soll ich Euch antworthen? Hie und da.«
Bellaugh biß die Zähne zusammen und gab seynem bereyts ermüdteten Maulthier einen Trytt in die Flanken, dieweyl der Kurial in seyn Registerbuch dreie Strohschober, eine Stallhütten, noch zween Strohschober, eine Wasser-

quell, hundert entloffene Schaf, eine Kleewies mit vieren wildten Kirschbäum, ein Steynbuchenwäldgen verzeychnete, das er auch auf der Karte aus Schafshauth eintrug, die in parzellierte und numerierte Gevierte war aufgetheylet allwie die groszen Grundtbuchkarten.
Sagte Bellaugh zum Kurial:
»Eine vollständtichte Verlistung aller Güther, allen Geviechs, aller Häuser und aller anderen Ding soll innerhalb kürtzester Zeyth erstellet werdten! Eine Verlistung von allem und jedem soll erstellet werdten! Mann soll in den Grundtbuchkarten die Besitzthümer von Wiesen, von Wäldern und Heerdten klären!«
Der Kurial gab zu bedenken:
»Euer allerhöchste Hochwohlgeboren, Heerdten findten sich auf den Grundtbuchkarten nicht verzeychnet!«
»Dann soll mann ebent diese lückenhafften Grundtbucheintragungen verbessern!«
Der Kurial liesz darob die Ohren hangen und zog seynen Kopf zwyschen die Schultern zurücke.
Bellaugh gab ein Gruntzen von sich alswie ein Wildtschweyn und setzte sich wieder in Bewegung, Migone folgend, der zur Linken weythergieng und ein Landthäusgen auszer Acht liesz, in dem Schwartzenten und Weißgäns und eine Vielzahl sonstigen Geflügels schnatterten und kreyschten. Bellaughs Augen erglänztzten beym Anblick dieser köstlich wohlgenährten Essensvorräthe, und er wollte sich mit dem Maulthier in diese Richtung begeben, aber Migone, hinter dem das Maulthier, das seyn war, hertrott, schlug den Weg nach links ein, und folglich wandte sich auch das Maulthier nach links.
Fragte Bellaugh:
»Und wohin führest du mich? Ich will diesem Haus gutsituierter Dörfler die Ehre meynes Besuchs erweysen.«
»Euro Hochwohlgebborn können thun, was Euch beliepet, das stehet Euch frey. Dorten jedoch seyndt wir bereyts auszerhalp der Grentz.«
»Was sagst du da, Tölpel?«
»Ich sag, dasz jenes Haus dorten bereyts auszerhalp unserer

Grentz lieget. Wann Euro Hochwohlgebborn was Gutes sehen, gehöret es unseren Nachbaren.«
»Und wer denn wären unsere Nachbarn?«
»Schröcklichte Menschen, gar wildte Krieger und Rytther. So mann nur einen Fusz auf ihr Landt setzet, durchbohren sie einen alswie ein Ferkel am Spiesze. Schlimmer als Landsgeknechte seyndt die, Euer Hochwohlgebborn!«
Bellaugh war voll der Gedanken.
»Wie nennen sie sich?«
»Sie seyndt die Gargotten von Septefenestren. Auf der gegenüberliegendten Seyt findt sich Kastellazzo, und die Kastellazzesen seyndt noch mal so forchtbar alswie die Gargotten.«
»Die Grentzen müssen neugereglet werdten, alldieweyl sie das Gute drauszen und das Schlechte herinnen lassen!«
»Das seyndt politische Händtel, in die misch ich mich nit ein und will auch nit hineingezogen wern.«
»Soferne du dich nicht zu meynem Bothschaffter ernennest.«
»Das wär ja zum Lachen, ah!«
»Briengen dich Bothschaffter etwaicht zum Lachen?«
»Mit Euro Erlaupnis, sie briengen mich zum Lachen!«
»Wann hast du denn je einen Bothschaffter vor die Augen bekommen, du Tölpel?«
»Ich denk da an gewisse Geisböck, die Ihr Euch mitgeschleppt hapt, Euro Hochwohlgebborn.«
Der Kurial Belcapo liesz seynen Lippen einen stummen Pfiff entfahren und hielt die Worthe zurücke, die er auf Migone abschieszen wollt. Doch Migone that so als wär nichts und gieng vor Bellaughs Maulthier her, wobey er an einem Mäuergen von aufgeschichteten Steynen entlangschrytt, das die Grentze bezeychnete. Es schien sehr sonderbarlich, wie auf der anderen Seyt die Wiesen und die Olivenbäum grünthen, dieweyl herüben das Landt dürr und vertrocknet war, mit ein paar abgestorbenen Bäum hie und da, die unter Sonne und Windt weyther verfielen.
Auf Mittag zu schleiffte Migone seyne Beyn hinter sich her allwegen der Erschöpfung, die ihn ankam, und Bellaughs

Maulthier wankte nach links und nach rechts allwie besoffen. Am besten noch hielt sich des Kurials Esel, sey es allwegen des geringen Gewichtes des nämlichen, sey es allwegen der Ausdauer des Eselsgeviechs. Also erreychte die ermüdtete und vollgestaupte Gesellschafft die Nähe der Purg, die nun von der anderen Seyte her sichtbar ward als von der, da sie waren aufgebrochen. Der Kurial hatte noch siebene Häuser verzeychnet, davon zween bewohnet und fünfe verlassen, sechse Stallhütten, achte Strohschoper, sechse Nuszbäum, zwantzige Tollkirschenbäum, einundzwantzige Winterbirnbäum, achtunddreyszige Sommerapfelbäum und zwölffe Herbstapfelbäum. Der Graffzog hätte zwar gern auch noch die Kornelkirschbäum, die Erdbeerbäum, die Mispelbäum, die Haselnußsträucher und andere Waldfrücht verlistet, sogar noch die Vögel, die während ihrem Erkundtungszug ober ihre Köpfe hinwegflogen, alleyn der Kurial führte einige Entschuldtigungen und Vorwändt an, aufdasz er dergestaltige Torheythen nicht mußte niederschreipen.

11 Bellaugh verspürte gar große Lust, der Gattin seyn Varginia und dem Künich von Montecacco, ihrem Vatter, frey von der Leber weg zu sagen: Behaltet nur euer Scheiszlehen, ich aber pack mich und gehe! Nach seyner Inspektionsreis unter der Führung Migones verschloß Bellaugh sich in seynem Zimmer und hätte vor Wuth am liebsten heulen wollen. Ein Lehen ward ihm versprochen, und itzo besasz er armselige Ländtereyen voll Noth und Elendt, eine verfallene Purg und die räuperischsten und dürresten Unterthanen des gantzen Königreychs. Wer

wußte, wie sehre der Künich lachte, aber es blieb noch zu sehen, wer zuletzt lachen würdt.
In der Purg hatten die Schwytzrischen Gardisten die Rüstungen abgeleget und waren damit beschäfftigt, die Bödten zu fegen, den Putz von Wändt und Gewölben zu schlagen und Spinnengeweb voll Staubs und schwartzen Ruszes aus den Zimmerecken und von den Fenestren zu entfernen. Das Vogelgeschisz war so hart alswie Zement, und um es abzulösen, benutzten die Soldaten ihre Dolche und Hellebarden. Varginia in Persona leythete die Säuperungsarbeithen nach dem Strohfeuer, das um Haaresbreyth die gesammte Purg einschlieszlicht der gemauerten Wändt im Brandt hätte aufgehen lassen.
Bellaugh stieg ober Hauffen von Dreck und Staup und Verputz und Asch und todtes Gethier und andrer Verbleypsel der langen Unbewohntheyth und des Feuers hinweg. Er flüchtete sich in ein Zimmer, in dem eine Bank, ein Tisch und viere wackelichte Stühl stundten. Von der Fenestra her sah er, wie im Purghoff die Soldaten um einen Korb getrockneter Kastanien herumkreyschten. So es getrocknete Kastanien gap, dachte Bellaugh bey sich, musz es auch Kastanienbäum gepen, wofern die Soldaten die Baumfrücht nicht außerhalb der Lehnsgrentz geraupet hatten. Daß seyne dörflichen Unterthanen gar grosze Diepe wärn, hatte mann alsogleych nach der ersten Nacht sehen können, doch itzo warn seyne Soldaten noch größere Diepe geworden als sie, und dies löste für den Augenblick die Frage der Viktualien, so es Gott gefiel.
Bellaugh verschlosz die Thür mit dem Schlüssel und oberliesz sich seynen Gedanken. Zuvörderst schnappte er sich Varginia und entkleydtete sie sämmetlichter Gewändter, die sie am Leipe trug. Sodann liesz er griechisch Hartz erwärmen und strich es auf ihre Hauth und auf all ihre Härgen, einschlieszlich ihres Gesichtes, ihres Kopfhaars und aller Löcher, sowohl vorn alswie hinten. Und so mit Hartz übergossen, schleiffte er sie in den Purghoff, bandt sie an einen Pfahl feste und legte Feuer an sie. Vom Untergang der Sonne an brannte die Flamme bis an den nächsten

Morgen. Ein gar wundterbar Schauspiel wars auch für die trübsinnigen Soldaten, die itzo sich mit Gesang und Tantz durch die Nacht um die bruzzelnde und zischende Varginia versammleten. Alleyn, Bellaugh verscheuchte diese allzu herrlichte Vorstellung, zuviel der Gnadte wär es gewesen.

Auch hätt er Varginia in einen Keller versperren können, allwo er ihr Wildtäpfel und Heylkräuter und anderen Dreck von den Lehnsfeldtern hätte zu fressen gegepen, als da seyndt Eckern und Eycheln und Korneln und Wildtkirschen, er hätt ihr das Gefängnis mit Eidexen und Schwartzschleychen und schleymichten Schnecken und Kanalratten und Spuckkröthen anfüllen können und dazu sagen: Alldies seyndt die besten Erzeugnisse des Lehens, das deyn Vatter die Groszzügichtkeyth hatte, dir als Mitgifft zu gepen. Frisz nur, Varginia, und sättige dich an den reychen Früchten dieses Landtes. Inmitten dieses Gedankens verweylte Bellaugh länger bey den Schnecken, ein feynschmeckerisch Essen, das er auch gerne für sich selbste hätte gesammlet.

Bellaugh verwandte auch einen Gedanken auf die Verstoszung, die die Bibel selbst anerkannte, so Unfruchtbarkeyth der Anlasz war. Aber wie lange müszte er noch warthen, bis er den Beweys in der Handt hätt? Und so der Beweys erbrachte, dasz Varginia voll süszer Hoffnungen war? Doch wie der Herr, sos Gescherr. Und noch eine Sach: allzugleych mit Varginia müszte er auch das Lehen verstoszen. Alleyn, so sehr armselig das Lehen ihm auch schien, ein Graffzog ohn Lehen und ohne Purg, ohne Heym und heymischen Herdt, war allsoviel werth alswie ein Rytther ohne Pferdt. Bellaugh entsagte dem Gedanken der Verstoszung, doch alsogleych erschien ihm Varginias Pfannengesichte, ihn daran zu herinnern, dasz er das Unheyl selbste auf sich gezogen, mit seynen eigen Händt, und das vor Ehrgeitz und Verzweyfflung. Oiweh, dieser ohnselichte Mann!

Doch wie stündts mit einem Unfall, einer unerwarteten Kalamitäth? Sie würdt geheiszen, den höchsten Thurm zu ersteygen und dann vermittelst eines kleynen Schupses in den Abgrundt befördert. Bellaugh verdeckte die Augen seyn, hörte Varginias Schrey, die in den Purghoff stürtzte, einen lang anhaltendten, markerschütterndten Schrey, und dann das Krachen zerschmetternder Knochen auf dem Pflaster. Itzo fühlte er sich befreyt und erleychtert, itzo konnt er herumfliegen alswie ein Vogel, ober die Lehnsgrentz hinaus in benachtbarthe Gebiete dringen und nächtlichte Streiffzüg zwecks Raup frischer Hühner und junger Schweyne erkundten. Bellaugh öffnete die Augen, der Traum war vorbey. Die Schwytzrischen Gardisten würdten ihm keine Hülffe nicht leysten, sich von Varginia zu befreyen, sie konnten den Anblick von Bluth nicht ertragen, alldieweyl sie zu lang schon den Kriegsaventüren entwöhnet warn.

Bellaugh dachte lang nach, er schlosz und öffnete wieder die Augen, wohl wissend, dasz die Ding von alleyn nicht geschahen. Sie wollten befördert werden, mit eygener Handt od einem Stosz od einem Hammerschlag od einem Messerstych. Alleyn, Bellaugh führte das Messer nur gern, so es gesottenes Fleysch zu zertheylen galt, doch nicht das rohe Varginias. Auch befiel ihn beym Anblick von Bluthe der Schwindtel.

Einen Stockschlag am Ufer des Sees, und dann einen Steyn am Halse. Bellaugh sah vor sich schon Varginias Leip, allwie er in der grünen Tieffe versank, noch ein paar aufsteygendte Lufftblasen, ein lautlos Glucksen an der Oberfläche des Wassers und dann Stille und Amen. Alleyn, auf dem Lehnsgrundte fandten sich keine Seen nicht, nicht mal ein Weyher oder gar Tümppel, nur das faulichte Wasser des Purggrabens gaps vor aller Augen.

Ein wildtes Thier, das sie zerfleyschte auf einen Prankenschlag hin, dann läge sie ausgestreckt da, in zween Theyle zerrissen. Darob würdt er fliehen und schreyen und um Hülffe rufen. Als unthröstlichter Gatte würdt er heulen und sich die Haare zerrauffen, bey diesem Gedanken entfuhr ihm ein Lachen, er würdt immer noch heulen, die Soldaten und seyn Hofstaat um ihn herum, ihn zu thrösten,

und Frater Kapuzo, der um der Verstorbenen Seele würdt bethen, deinde überkäm ihn ein Seufztzer, und alle würdten vermuthen, er heule um seynen unerwartheten Wittmannsstandt. Doch wo würdt mann ein wildtes Thier findten? Wann es blosz Wildtschweyne gäp, allwie in der Nähe von Montecacco. Aber nicht einmal die gaps.
Ein polyphemischer Steyn, der von ohngefähr von der Mauer herunterstürzte. Bellaugh würdt oben auf der Mauerumgehung mit dem gekippten Steyne stehen und selbigen Varginia auf den Kopf fallen lassen, der alswie eine Wassermelone zerplatzte. Doch kams darauf an, den Kopf zu treffen, alldieweyl, würdt der Steyn daneben niedersausen, Varginia Argwohn könnt schöpfen. Dann würdt sie womöglicht den Künichsvatter von Montecacco herbeyrufen, der Bellaugh wieder in die Ställe verbannte, allwo er den Stallpursch müszt machen, was heiszet: den Stallrytther, allwie er es vordem gewesen, bevor er zum Graffzog war aufgestiegen.
Ein Jagdunfall schien ihm gemeynplatzicht und äuszerst verdächticht, so Freundt oder Feyndt, Ehweiper, Verwandte und Anwärther sollten hinwegbeschiedten werdten. Noch am selbigen Tage des Unfalls käme der Künich von Montecacco herbeygeeylet mit vieren Landtsenknechten und brächte ihn an den Galgen. Bellaugh war entmuthiget, er schleppte sich in seynen Gedanken dahin auf der Suche nach etwas Neuartigem.
Gifft! Ihm war es zu Ohren gekommen, dasz die Päpste fast ohn Ausnahm durchs Giffte verschiedten, mit einem vergifften Hackkloß. Doch verstandten sich die Kartinäle auf die Kunst der Dosierung von Bley und Arsen und wuszten, allwo es war aufzutreipen. Allwegen des Fehlens von Bley und Arsen würdt er den Koche anweisen, einen Salat aus Schierling und Wolffskirsche zuzubereythen, alleyn, würdt Varginia ihn fressen? Die nämlich hatte ein wachsames Aug, vertrauete niemandt nicht und kannte vielleicht gar die Kräuther. Doch setzen wir einmal voraus, sie würdt den Gifftsalat fressen. Allwegen höherer Gewalt könnt sie im Bauche zu brodteln beginnen et inde nicht

sterpen, dagegen mit gröszerem Zorn und ärgerer Wuth wider ihn aufstehn.

So sie aber in die Händt wildter Räuper fiel, die mann im Wäldgen verborgen hielte, ergriffen und an einen Baum aufgeknüpft würdt oder gehäuthet und ober einen Holtzstosz verbrennet oder gegen Bezahlung in klingenden Pergamentbajokki in einen Köhlerofen gesteckt würdt? Doch fragte sich Bellaugh, wo es denn Räuper gäpe oder einen Köhler. Und wo die Bajokki?

Mann könnt sie im Schlaf auch in einen verlassenen Schoper schaffen und Feuer an ihn legen. Bellaugh machte einen Lufftsprung, denn itzo schien er die rychtige Lösung gefundten zu haben. Die Gattin seyn in einem der verlassenen Heuschuppen verbrennen, die er auf der Inspektionsreys mit dem Kurial Belcapo und dem Dörfler Migone hatte gesehen. Mann muszte sie nur dazu briengen, einen Ausflug durchs Lehnslandt zu machen, um auch ihr die Besitzthümer der Mitgifft zu zeygen. Und dabey würdt sie am Wegesrandt ausruhen wollen. Sie würdten mitsammen in einen Schoper gehen, sich auf dem Stroh ausstrecken, er würdte so thun, als wollt er sie reytten, doch nicht obertreipend, alldieweyl sie könnt argwöhnisch werdten. Alsdann käm sie der Schlaf an. Um gantz sicher zu gehen, würdte Bellaugh secum eine Feldtflasche voll Weyns oder Wasser vom Weynstock führen und im richtigen Augenblicke ein Schlafpulver aus Mohnstaup ihm beymischen. Und endtlich würdt er Feuer ins Stroh legen, alsobalde Varginia tieff schlummerte.

Bellaugh stündt da und voller Zufriedtenheyth den Rauch und die Flammen betrachten, die aus dem Schoper herausschlagen, er würdt Verbranntes riechen. Der Graffzog athmete tieff durch die Nase ein und roch itzo würcklich Verbranntes, dort, in dem Zimmer der Purg. Ein Streiffen Rauchs drängte unter der verschlossenen Thüre herein. Da sprang er auf, die Thüre zu öffnen, alleyn, sie öffnete sich nimmer. So war er also gefangen und er würdt sterpen an Varginias Statt. Itzo begann er, im Zimmer herumzuspringen, er warff sich wider die Thür, die endtlicht nachgap und sich weyth öffnete. Von dorten gieng er mit vorgestrecktem Kopfe schnurgestracks auf ein Feuer zu, das Unrath verbrannte, faulicht Holtze, mottenzerfressenes Fenestragehäng, Mausnester und Nester von Vögeln. Er rettete sich just mit ausgestreckten Armen, um nicht mit dem Gesichte in die Gluth zu stürtzen, was soviel heiszet, dasz er das Gesichte zwar hätte gerettet, jedoch die Händte versenget.

Unten traf er auf den Kurial und schrie ihm in die Ohren: »Hier fähret mann fort, die Purg überall niederzubrennen!«

»Ich glaupe, es handlet sich dabey um gantz normale Säuperungsarbeith, Euer Hochwohlgeboren.«

»Es soll itzo verbothen seyn, jedwedticht Materiale innerhalb der Purgmauern zu verbrennen, bey der Straff, dasz zween Finger an jeglichter Handt werdten abgeschnitten dem, der das Feuer entzündt, und dem, der das Feuer hüthet.«

Der Kurial schriep die Verfügung ins Registerbuch nieder und deinde auf ein Blatt Pergamentum, das er im Purghoff anschlug. Die Verfügung gelangte auch zu Ohren des Kochs Panzirone, der darob gleych zum Graffzog loff.

»Es thuet mir gar leyde, Euer Hochwohlgeboren.«

»Was thuet dir gar leyde?«

»Nit kann ich länger mehr Koch seyn.«

»Aus welchem Grundt?«

»Allwegen des Feuers, Euer Hochwohlgeboren.«

»Welch Feuers?«

»Des Feuers innerhalb dieser Purgmauren, Euer Hochwohlgeboren.«

»Sprichst du von der Verfügung?«

»Von genau der nämlichten, Euer Hochwohlgeboren. Es heyszet, dasz die Finger von beydten Händt sollen abgeschnitten werdten dem, der innerhalb der Purgmauren Feuer entzündt. Euer Hochwohlgeboren werdten verstehn, dasz ich ohn angezundt Feuer kein Essen nit zubereythen kann.«

»Dann verfüge ich, dasz dir die Finger solln abgeschnitten werdten, so du es ausgehen lässest. Ist es dir recht so?«

»Was kann ich Euch antworthen? So es Euer Hochwohlgeboren Vergniegen bereythet, den Leuten die Finger abschneydten zu lassen.«

»Glaupest du denn, es sey ein Vergniegen, den Graffzog zu machen in einer dergestaltichten Herrschafft, allwo mann zu jeglichter Zeyth ein jeglicht Ding verbrennet?«

»Halten zu Gnadten, doch scheynet es mir immer noch besser, den Graffzog zu machen als den Koch für die Hungrichten, sintemalen sich keyn Mehl, keyne Eyer, keyn Fleysch, ja nit mal getrocknete Saubohnen oder Kohlhäupter oder römischer Salat nit findten, und als obs damit noch nit genug sey, musz mann auch noch beforchten, dasz einem die Finger werdn abgeschnitten.«

»Und was solln die Soldaten essen?«

»Ratten, Euer Hochwohlgeboren, und Fledtermäus und Schnecken mit Wildtkräuther, die sie auf den Wiesen einsammlen. Und zudem musz ich Euer Hochwohlgeboren auch sagen, dasz die Vorräth an Mehl und an Speck zuendte gehn, die Euch gehören und dem Hofe.«

»Wann die Vorräth an Mehl zuendte gehn, dann, statt der Finger, schneydt ich dir die Rübe ab!«

Der Koch antworthete nichts, doch Bellaugh bestundt:

»Hast dus begriffen? So antworthe!«

»Was kann ich antworthen?«

»Dasz du begriffen hapest und es dir zusaget, allwas du begriffen hapest.«

»Es saget mir zu.«

»Du kannst gehn.«

Panzirone, der Koch, gieng hinaus, durchquerte den Purghoff, durchschritt das Purgthor und loff dann die Straß hinunter ins Thal, und von diesem nämlichen Tag an läufft er noch immer, er verschliß seyne Schuhe und auch seyne Füsz auf staupichten, steynichten, schlammichten Straßen, auf steilen Bergpfadten, inmitten der Wäldter, ober Furchen hinweg, in Dornengestrüpp und auf Feldtern, ohne jemalicht innezuhalten.

12 Bellaugh und Varginia wältzten sich im Bette allwegen des wüthenden Hungers, der ihnen den Magen und die Gederme zusammenkniff. Varginia holte sich den Kertzenleuchter ans Bette und öffnete das Buch mit den Rytthergeschichten, in denen der Herr Tristan und Ghedin, seyn Schwäher, durch die Wüste von Andernantes rytten, ohn einer Menschenseel zu begegnen, bis sie nach links schauthen und eine Eynsiedtlerey erblickten.
Und also las Varginia:
»Da rytten sie in alljene Richtung, und als sie daselbst an der Pforte waren angekommen, rieffen sie Krysostymos beym Namen, denn früher war ihnen eine Schrifft begegnet, die sagte: ›An jenem Orth, inmitten der Wüsten, hauset ein heilichter Eynsiedtler, der den Namen Krysostymos traget.‹ Also trath der heilichte Eynsiedtler herfür mit schlohweiszem Haare, und dieser war der nämliche Krysostymos.«
Und Bellaugh:
»Wenn du wüsztest, wie sehr mich der heilichte Krysostymos interessieret!«
»Eine gar grosze Unterweysung in den Lebenskünsten der Ryttherschafft ziehet mann aus diesen Romanzen und ebenso groszes Vergniegen aus ihren Aventüren. Es stündt dir guth an, aufmerksam zuzuhörn, so wirst du Vorbilder findten für ein ryttherlicht Betragen.«
»Ich brauche keyne Vorbilder nicht, sondern ein paar Metwörst, den Bauch mir zu füllen.«
»Hör nur, hör die Aventüre des Herren Tristan: Und also fragte er, was sie begehrten, und Tristan erwidrete: ›Der Zufall hat uns an diesen Orth geführet, Rytther seyndt wir aus fernen Landten, die einer Unterkunfft bedürffen. Auch haben wir heutichten Tags noch keinen Bissen nicht zu uns genommen.‹«
Bellaugh klagte:
»Auch ich hab noch nicht gefressen!«
Und Varginia:
»Darob sprach der Eynsiedtler also: ›Es ist schon sechsundachtziege Jahr, da ich zuerst diese Klause betrath, und

seyth jenem Tage hab ich andres nit gegessen als wilde Gräser und Früchte, und andres nit hab ich getrunken als Wasser.‹«

Und Bellaugh wieder:

»Aber was für eine Geschicht erzählst du mir dann? Und was solln das für Rytther seyn, in der Wüst, bey dem Einsiedtler, der Gras frisset?«

»Lasz mich weytherlesen, denn es gehet um den Herrn Tristan und seynen Schwäher, die sich in der groszen Wüste verirret hapen: Und also befreythen sie ihre Rösser von allem Geschirre und lieszen sie weydten. Darauf trathen sie eyn und ruheten sich allda aus. Und der Herr Tristan fragte und sprach: ›O du Diener des Herrn, sag an, in welchem Theyl dieser Wüste bedürffet mann unserer ryttherlichten Dienste und wo fyndten wir andere Rytther?‹«

Und Bellaugh:

»Hör dir nur an, was für ein Viech dieser Herr Tristan ist! Da gehet er auf die Suche nach Aventüren, wo ihm doch der Hunger das Darmgeschling zerfrisset!«

»So du doch nur ein Körngen vom Herrn Tristan hättest!«

Varginia seuftzte ober das Schicksal ihres Herrn Tristan, der von gar groszem Hunger befallen ward und dennoch auf rytttherliche Thaten sann.

Und wieder Bellaugh:

»In Vermangelung jedwedichter Nahrung geh ich und suche den Schlaf und nichts andres.«

»Die Romanze schlaget dem Hunger ein Schnippgen.«

»Derartticht Gequassel verstimmet mich gar sehre für die gantze Nacht.«

Bellaugh streckte die Handt aus und löschte mit den Fingern die Kertzen, alsdann zog er sich die Bettdecke über den Kopf.

Und Varginia lamentierte im Dunkeln:

»Du hindrest mich zu lesen, und wo ich die Augen meyn schliesz, werdt ich vom Herrn Tristan träumen, diesem groszen und groszzügichten Rytther.«

»Träum, was dir am liebsten ist, träum du von Tristan und ich träum von Schweynsmetwörsten.«

Der Himmel war noch gäntzlich schwartz, als Bellaugh, alldieweyl er keinen Schlaf nicht konnt findten, aus dem Bette aufstundt und zu Ulfredo gieng, der engumschlungen mit Manfredo schlieff. Beyde lagen ausgestreckt auf einem Strohsack mit Maislaup. Schnell streiffte sich Ulfredo die Beynkleydter ober, doch die Augen seyn waren noch verklebet vom Schlaf, als er sich erhob und dem Graffzog folgte, dieweyl Manfredo sich auf die andere Seyt drehte und weytherschlieff.

In umfängliche Überwürffe gehüllet alswie Briganten, die auf nächtlichten Raupzug giengen zu den Pilgerlagern an der Römischen Straß, stiegen Ulfredo und Bellaugh die Stufen hinunter, durchquerten den Purghoff, gelangten zum Purgthor, allwo sie die Schwytzrischen Gardisten eingeschlafen fandten, mit dem Rücken wider die Mauer gelehnt und den Hellebardten zu ihren Füszen.

Bellaugh zischte leys zwischen seynen Zähnen hervor, um sie nicht aufzuwecken:

»Schläfrichte Kanaljen!«

Sagte Ulfredo:

»Auf leeren Magen sollt mann eher wachen als schlafen.«

»Vielleicht schlafen sie absichtlicht ein, um nicht den Hunger zu fühlen.«

Einer der zween Wachtposten schlieff mit auseinandtergespreytzeten Beynen ohne Beynkleydter. Bellaugh, der ohnehin schon zornig gewesen, hielt inne, als wär ihm ein jäher Gedanke eingekommen, und ohne jedweytheres Wort, versetzte er dem Schwytzrischen einen Trytt in die Eyer, der ipso stante unter forchterregendtem Schreyen alswie ein wildt Thier aufsprang und sich krümmte und im Purghoff herumloff. Darob erwachten auch die übrigen Wachtposten, die dachten, ein Feyndtangriff wäre hereingebrochen und machten sich bereydt, stehenden Fuszes zu flüchten.

Bellaugh und Ulfredo streifften, in ihre Mäntel gehüllet, ums Dorf und drangen in Hühnerställ ein auf der Suche nach Eyern im Stroh, doch fandten sie keines. So verschlossen sie zween Junghühnern die Schnäpel, dreheten ihnen

den Hals um und verbargen die Beuthe unter ihren Mäntheln. Deinde flohen sie zu den Wiesen hinunter und durchschrytten, nachdem sie einen groszen Bogen ums Dorfe gemacht, das Purgthor, das die Wachtposten hatten verlassen, sie durchquerten den Purghoff, ohne auch nur ein Anzeychen von Leben nicht zu findten, alswie alles verlassen wär.
Da sagte Bellaugh zu Ulfredo:
»Allhie trytt mann ein und trytt heraus alswies nichts wär. Und wo könnten die Schwytzrischen Wachtposten sich hinverschlagen hapen?«
»Sie seyndt gewiszlicht auf Suche nach Eszbarem, Euer Hochwohlgeboren.«
»Allwegen höherer Gewalt hat der Koch die Purg verräthrisch verlassen.«
»Die Quaestio, halten zu Gnaden, liegt nicht beym Koche, sondern im Mangel an Nahrung.«
»Das Fernseyn des Koches ist ein gar gefährlicht Unheylszeychen.«
Ulfredo hatte den Muth nicht, dem Graffzog zu widersprechen, welcher verkündtete:
»So seyest du der Purgkoch von diesem Augenblick an. Und als erstes sollst du diese zween Junghühner bereythen und so viel andres, als du findtest, ober dem Holtz- od Holtzkohlenfeuer zu brathen od auch zu sotten in Thiegeln und Pfannen, sey dies nun Fleysch vom Haus- od Wildtthier oder auch Eyer von jedwedtichtem Federgeviech.«
»Allererlauchtigster Graffzog, es thuet mir sehr leyde, doch ist die Küche niemals meynem Fachbereyche zugehöricht gewesen.«
»So wirdt sies von itzo an seyn, allwie ichs durch meyne Auctoritas in dieser Stundt und für die kommende Zeyth befehlige. Dasz mir das Huhnsfleysch nur ja schön gegaret werdt, dawider das Rindtsfleysch schön bluthicht sey, mit vielen Gewürtzen und Kräuthgen aus dem Garthen.«
»Allererlauchtigster Graffzog, ich hap die Beforchtung, eyner ebenso schwierichten wie delikaten Aufgap wie dieser nicht gewachsen zu seyn, alldieweyl ich keyn Kochdiploma nicht besitze, das hierfür nothwendig wär.«

»Geh itzo ohn weythern Verzug in die Küchen!«
»Ich geh schon, allererlauchtigster Graffzog.«
Ulfredo heulte alswie eine Katz, dieweil er auf die Stiege zugieng, die in die Küchen hinabführte. Und er heulte noch immer, dieweyl er sie wieder heraufstieg, um Manfredo um Hülffe zu rufen, der noch viel weniger als er von der Kunst, Hühner zu brathen, verstundt.
Bevor mann sie obers Feuer giept, sollten sie wohl gerupfet werdten, so dachte Manfredo bey sich in fachmännischem Denken. Doch mit den Federn rissen auch Hauthfetzen heraus. Alleyn, mann mußte sie rupfen, das konnten Ulfredo und Manfredo mitsammen beschwören. Zwar stimmte es, daß die zween nur selten Hühner gegessen in ihrem Leben, doch niemals nicht mit den Federn. Nachdem es mit Rosmarin, Salbey und Saltze, mit eynigen Knoblauchzehen und ein paar Stückleyn Speck zwischen dem Darmgeschlinge gewürtzet war, bohrten sie das erste Huhn auf einen Spieß. Das Feuer unten zischte vom herabtropfendten Fette, und der Geruch schien den Nasen der zween gar köstlich. So der Geruch köstlich ist, sagten Ulfredo und Manfredo sich, wirdt es auch schmecken. Und dieweil Ulfredo den Brathenspieß drehte, begann Manfredo das andere Huhn zu rupfen.
In seynem Raume im oberliegendten Stockwerk roch Frater Kapuzo einen fernen Brathengeruch, der ihn in Unruh versetzte und aus dem Bette triep. Was konnt dieser herrliche Wohlgeruch zu früher Morgenstundt ante lucem nur seyn? Mit ausgerichteter Nas alswie ein Jagdhundt, der die Beuthe aufspüret, gieng Frater Kapuzo durch die leeren Räume der Purg, durchschritt einen Saal, kam durch die Vorhalle, trath in den Purghoff hinaus, stieg andere Stufen hinunter und gelangte am Endt in die Küchen.
»Quod hic facetis, vos duos?«
»Frater Kapuzo! Und Ihr, was thuet Ihr hier um diese Stundt in der Küchen?«
»Odor gallinarum arrostitarum mihi pervenit in somno et odorando cum naso hic arrivatus sum.«
»Hertzlicht willkommen, Frater Kapuzo. Vielleycht könnt

Ihr uns Hülffe gewährn beym Rupfen dies anderen Huhns für unseren allerhochwohlgeborenen Graffzog.«
Frater Kapuzo blickte voll Entsetzens auf Manfredo, der das Huhn in rohem Zustandte rupfte und wieder mitsammet den Federn die Huhnshauth herausrisz. Er erhob die Händte zum heiligen Himmel und schloß die Augen seyn vor dem schröcklichten Anblick.
»Sed quod facetis? Die Federn sollst du doch rupfen und nit die Hauth!«
»Und wie macht manns?«
»Acquam bullantem necesse est.«
»Siehest du, ich sagt es ja!«
Manfredo schlug sich mit einer Handt an die Stirn. Itzo trath ihm in die Herinnerung, daß er irgendtwann irgendtwo hatte gesehen, wie ein Huhn, bevor es gerupfet, in siedend Wasser getunket ward. Nachdem das Geheymnis des Rupfens von Federgeviech durch die Wissenschafft des Fraters enthüllet war, ward es alsogleych und ohnverzüglicht in die That umgesetzet. Alsobalde das Huhn oberbrühet war, rupfte Manfredo die Federn leycht aus, zu Büscheln, ohn dasz die Hauth noch wäre versehret wordten.
Sagte der Frater:
»Pro mea pretiosissima collaboratione nunc debitum reddere debetis.«
»Was soll das heyszen, Monsignore?« fragte Ulfredo aufgeregt.
Zur Antwort nahm der Frater das bereyths gerupfte Huhn und steckte es sich unter die Kutte.
»Der Graffzog wirdt mich am Halse aufspieszen, mich Armselichten! Er in Persona fieng auf waghalsichter Nachtjagd die zween gefiederten Viecher!«
»Vere?«
»Ich selbste war ihm nächtlicher Jagdgefährt«, sagte Ulfredo.
»Doch zum wenichsten lasset ihr die decima pars der Pfarreicia zukommen!«
»Die Zehnten ziehet mann gewiszlich nicht in den graff-

zoglichen Küchen ein. Die zween Hühner seyndt private und persönliche Besitzthümer Bellaughs.«

Ulfredo und Manfredo giengen auf den Frater zu, und mit freundtlichter, aber fester Handt holten sie das Hühngen wieder unter seyner Kutte hervor.

Der Frater erhob Einspruch:

»Gar verbiestert cum vobis sum ego, ihr verrottet Geschlecht!«

Mit allen Strafen der Höll drohete Frater Kapuzo den zween, allwegen der Gewalt, die sie einem Vertreter der Sacratissima Ecclesia angethan. Gepet, so wirdt euch gegepen. Ein Hühngen mehr oder wenichter, das würdt der Graffzog nit merken. Doch der würdt die Scharrfüsz zählen, und alsogleych wüszt er bescheydt. Dann lasz ich euch die Scharrfüsz, und ihr gepet mir die Köpf. Am Endte waren die Hühner gebrathen, und der Frater trug die Köpf mit sich fort.

Ulfredo trath in Bellaughs Zimmer mit den zween Hühnern und dazu in Speckfett frittierten Weißrüpgen. Diese waren um die Hühner zur Verzierung geordnet alswie eine Korona. Alleyn, die Säuperung des Gederms ward nicht mit der nothwendigen Sorgfalt ausgeführet, und Bellaugh, der eine gar feyne Nas hatte, sagte alsogleych: »Ich riech einen Geruch alswie Scheisze!«

»Euer Hochwohlgeboren, ich rieche das nit, was Ihr saget.«

»So schneutz dir die Nas, und dann riechest du einen starken Geruch alswie Scheisze!«

Ulfredo öffnete mit den kleynen Fingern seyne verstopfte Nas, dann zog er die Lufft ein, um den Geruch zu riechen, den der Graffzog genennet.

»Nun denn?«

»Ich rieche Brathengeruch, Euer Hochwohlgeboren, und er scheynet mir angenehm in der Nas.«

»Du Vieh! Nimm Salbey und Rosmarin und rothe Pefferschote und schwartzen Peffer und Samen vom Fenchel und Basilikum und Mintze und Thymian, alsdann zerstöszest du alles in einem Mörser und streuest es ober diesen stinkenden Frasz!«

Ulfredo loff in die Küchen, die Mischung aus Kräuthern und Gewürtzen zuzubereythen, die sodann ober die Hühner sollten gestreuet werdten, dieweyl sich Bellaugh vor Hungers auf seyner Zunge herumbisz. Alleyn, er wollte sich ein Gerichte wie dieses nicht verleyden, mit dem Geruche, der ihm nun durch die Nase immer stärker und deuthlichter aufstieg, itzo, da das Fleysch gantz allgemach erkaltete und der Dufft von angebruzzeltem Specke verflog. Er legte seynen Kopf zwischen die Händt und liesz seyner Kehle ein Gruntzen entfahren und bittere Flüch. Würdten alldiese Gewürtze den gemeynen Geruch vertreipen?
Dieweylen Ulfredo in der Küchen die wohldufftenden Gewürtze im Mörser zerstiesz, schlosz Bellaugh die Augen und verstopfte sich die Nas, daß er den Geruch von Scheisze nicht müszte riechen. So kam es, daß zween streunendte Katzen herbeyschlichen, die gar großen Hunger verspürten, und mit vieren geschickten Pfotenhiepen trugen sie die Hühner weg, auch machten sie kein Aufhebens nicht um Gerüche und Düfte und verschissenem Gederm. Die Geräusche ließen Bellaugh aus dem Schlafe herauffahren, und so ward er der Räuperey gewahr.
»O Rammel! O forchtbares Ohnglück!«
Alsogleych sprang er auf die Füsze und begann, wider die Katzen zu sakramentieren, die ihm die Hühner hatten weggeschnappt, welche er nächtens geraupet, wobey er seyne graffzogliche Würdte aufs Spiel gesetzet und seynen Kopf einem Steynhagel hingehalten hätt, so die Bauren die Dieperey hätten bemerket.
Im Nebengelasse nagten die Katzen indessen mit wildter Eyligkeyth die Knochen und letzten Knorpel. Die Hühner selbste waren bereyths verschlungen. Bellaugh begann ob seyner Verzweyfflung zu heulen. Er verschloß die Fenestra und die Thüre und hielt so die zween Katzen in dem Zimmer gefangen, deinde rieff er mit lauter Stimm nach Ulfredo, der gantz auszer Athem mit dem Mörser kam angeloffen und den zerstoßnen Gewürtzen.
»Hier seyndt die Gewürtze, euer Hochwohlgeboren!«

Sagte Bellaugh:
»Die Katzen hapen meyne schönen Hühner gefressen!«
»O was für ein schröcklichtes Ohnglück!«
»Pack sie alle zween und brathe sie ober dem Feuer! So ich die Katzen verspeys, verspeys ich auch die zween Hühner!«
»Euer Hochwohlgeboren, alles wirdt so ausgerichtet alswie Ihr befohlen!«
Ulfredo loff von einer Wandt zu der andren auf der Jagd nach den Katzen, dann bekam er schließlich eine zu fassen, die ihn bis aufs Bluth kratzte, doch am Endt, mit dem Hals in den festen Griffen des Würgers, entfuhr ihr der letzte Athem, und sie ließ die Läuffe starr baumeln. Der andren geschah ein gleyches, nach wildtem Gekratz und Miauen. Bellaugh hatte die Jagd beobachtet und dabey vor Wuth und vor Hungers geheulet.
Er sagte Ulfredo:
»Du bräthst sie im Gantzen, ohne sie zu zerhauen.«
»Ich brath sie also mit allem Gederm, so Euer Hochwohlgeboren es befehlet.«
»Wozu das Gederm?«
»Die gefressenen Hühner findten sich im Gederm der Katzen, Euer Hochwohlgeboren.«
»Das Gederm ist voll Scheisze!«
»Dann wollen mir Euer Hochwohlgeboren sagen, was ich soll machen.«
»Du entfernest die Derm, doch lässest du den Magen voll, da nämlich findten sich die zween Hühner.«
»Ich entferne die Derm und lasse den Magen voll allwie Euer Hochwohlgeboren befohlen.«
»Und bestreuest die zween Katzen mit alljenen Gewürtzen, wie du ansonsten mit den Hühnern hättest gethan.«
»Ich führ alles aus, wie Euer Hochwohlgeboren befohlen.«
»Und dann sollst du die zween Viecher in weiszem Weyn von Orvieto garen.«
»Ich werdt die zween Viecher in weiszem Weyn von Orvieto garen.«

»So gehe denn itzo ohn weytheren Verzug in die Küchen, alldieweyl mir meyn Bauch brodtelt und mich peyniget allwegen des bestialischen Hungers!«
Ulfredo stürmte hinunter in die Küchen. Dort wurdten die zween Katzen gehäuthet und, mit Hülffe Manfredos, ihre Gederme entfernet, deinde in einem Tiegel mit weiszem Weyn gesotten, der sich im Keller befundten.
Alsobalde Ulfredo Bellaugh die zween im Weyne gegarten Katzen gebracht, schnitt Bellaugh mit groszzügichter Geste die Schwäntz der zween Katzen ab, einen für Ulfredo, den andren für Manfredo. Deinde befahl er:
»Die Gattin meyn brauchet gar viel Ruhe. Mann soll sie aus keinerley Grundte nicht wecken!«

13

Dieweil Bellaugh und Varginia sich beym höffischen Ballspiel vergniegten, um der Zeyth wie dem Hunger ein Schnippgen zu schlagen, ward vom Dorfe her ein hohes Thiergeschmetter vernehmbar, das den Ia-Schreyen eines Esels ähnlich schien. Bellaugh spitzte die Ohren alswie ein Raupthier auf der Lauer, das das Geräusch seynes Opfers in der Nähe hatte gehöret, und verliesz das Spiel bey der Hälfft, um auf die Suche nach dem Esel oder Maulthier zu gehen, was immer es seyn mocht.
»Ulfredo! Ulfredo!«
Auf des Graffzogs Rufen kam Ulfredo herbeygeloffen, und mitsammen giengen sie hinunter ins Dorf, von wannen das Schreyen des vierbeynichten Thiers war gekommen. Alsobalde Bellaugh in den Straßen erschien, zogen die Leut sich in ihre Häuser zurücke alswie beym Vorbeyzug eines

groszen Räupers od Raupthiers. Was kam der Graffzog denn itzit schon wieder zu suchen? Ein jeglicht Erscheynen von ihm im Dorfe bedeuthete neue Steuern od Abgapen, und das hieß: Prohibitionen, und also war es besser, sich in keyner Weis nicht blicken zu lassen. Und so fandt Bellaugh die Straßen entvölkert, die Thüren verschlossen und die Fenestren verriegelt, als wär das Dorf allwegen der Pest od einer Hungersnoth verlassen.

»Wo nur seyndt all meyne dörflichen Unterthanen? Warum nur verbergen sie sich bey meynem Erscheynen als gieng ein heymtückicht Ungeheuer herum?«

»Es ist aus Achtung und Forcht vor Euer Hochwohlgeboren.«

»Und allwegen der Achtung verbergen sie sich?«

»Aus Achtung und Forcht.«

»Mir scheynet, die Forcht oberwieget die Achtung.«

Bellaugh und Ulfredo kamen indessen am Endte des Dorfes an und blickten ins verlassene Landt. Noch hatte mann keine Ahnung nicht, wo das Geviech war verstecket, das sich in der Purg befundten am Tage der Ankunfft. Und dieser Gedanke quälte den Graffzog gar noch in der Nacht und in seynen Träumen. Die Ställe waren leer bey jedwedtichter Inspektion, auch des Nachts, als wären alle Thiere auf gemeynsamen Beschlusz der Dörfler jäh abgeschlachtet wordten oder verstecket in felsigen Schluchten oder im dichten Gehöltz des Wäldgens, allwie das Schweygen der Dörfler ob jeder diesbezüglichen Frag ließ vermuthen. Die Erkundtungsreis durch das Lehen hatte in dieser Richtung nichts erbracht, außer einer dahinziehendten Schafsheerdt, die eylends vor den Blicken in die Macchia verschwundten und nie wieder beobachtet ward.

»Mann sicht keine Christenseel nicht od vierbeynicht od zweenbeynicht Geviech, wo immer mann suchet.«

»Mann sicht garnichts nicht, Euer Hochwohlgeboren.«

»Und doch ward in der Purg das Schreyen eines vierbeynichten Thiers vernehmbar.«

»Es ward deutlicht vernehmbar.«

»Ich ertheyle dir Auftrag, innerhalp von siebenen Tag her-

auszufindten, wo die Dörfler das Geviech halten verstecket, bey der Straf, dasz dir die Ohren werdten abgeschnitten.«
»Warum gradt die Ohren, Euer Hochwohlgeboren?«
»Ist dir die Nas denn lieber?«
»Euer Hochwohlgeboren, nein.«
»Die Händt?«
»Auch die nicht.«
»Die Arme?«
»Das wär noch schlymmer, Euer Hochwohlgeboren. Zu den Armen gehören ja auch die Händt.«
»Die Zung?«
»Euer Hochwohlgeboren, nein.«
»Die Eyer?«
»Besser dann doch die Ohren, Euer Hochwohlgeboren.«
»Erkennest du also meyne Sanfftmuth?«
»Ich erkenne sie, Euer Hochwohlgeboren.«
Bellaugh spitzte die Ohren, alldieweyl er ein Hufscharren da unten vernommen, nicht weyth entfernet, inmitten des Laupes von einem großen Feygenbaume, und an dieser Stell spitzte er auch die Augen und sah, daß sich dorten etwas bewegte mit hellem Fell.
»Ich seh alldort ein grosz Thier!«
»Einen vierbeynichten Esel, Euer Hochwohlgeboren!«
Sie näherten sich und fandten eine junge Eselin mit hellem Fell an den Stamm des belaupten Feygenbaums gebundten, die ihre Ohren beym Erscheynen der zween aufrichtete, zwey neue Gesichter für sie, die ihre Augen rollte als wollte sie nach Hülffe suchen, ihren Kopf bewegte und im hohen Gras mit ihren Hufen scharrte.
»Ein schönes Thier!«
»Noch gantz jung.«
»Zartes Fleysch!«
»Mann könnt sie am Spiesze brathen mit starkem Gewürtze«, sagte Ulfredo.
»Und Speckscheypgen.«
Bellaugh näherte sich dem Thiere noch mehr, löste den Hanffstrick vom Baumstamm und reychte ihn an Ulfredo.

»Es ist eine weiplichte Eselin, Euer Hochwohlgeboren.«
»Du ziehest sie und ich schiep sie.«
Die Eselin kehrte sich zu Bellaugh um und leckte ihm die Handt.
»Ein wollüsticht Geprickel!«
Bellaugh kam ihr näher und liesz sich das Gesichte belekken. Ein Gelecke und noch eines, die Eselin leckte und leckte an Bellaugh. Und er ließ sich das Gesichte belecken, deinde den Hals und wieder die Handt. Er hielt der Eselin seyn Ohr hin, die ihm auch dieses leckte und ihre Zungenspitz in die Öffnung schop, und er begann vor Wollust zu winslen, alsdann begann er, die Zunge der Eselin zu lecken, Zunge an Zunge, und riep seyne Nas wider die Nase des Thieres. Ulfredo gaffte verwundtert. Was war seynem Graffzog und der Eselin widerfahren? Er kehrete sich in eine andere Richtung, kratzete sich die Eyer und blickte verschämt herum, um zu sehen, ob nicht jemandt sich näherte. Niemandt.
Bellaugh sprach zu Ulfredo:
»Du hältst sie itzo am Halse feste, und ich fick sie.«
»Wen wollen Euer Hochwohlgeboren ficken?«
»Die Eselin.«
»Euer Hochwohlgeboren?«
»Hast du zufällicht etwas dawider zu sagen?«
»Oberhaupt nichts.«
Bellaugh gieng nach hinten und streychelte der Eselin weyches Fell, kitzelte mit den Fingern seyn die Öffnung und zog dann unter Anstrengung seynen Saftvogel heraus, der so hart war alswie Holtze, und ohn weythere Zeyth zu verlieren, bohrte er ihn in die Höhle. Deinde rammelte er vorwärts und rücke, umarmte das Hintertheyl des Thiers, das wollüstig sich zu freuen anfieng, seynen Rücken krümmte und mit heraushängendter Zung keichte. Und dieweil es Bellaugh hinten in sich aufnahm, leckte es Ulfredos Gesichte.
Eine Fickerey alswie diese konnte Bellaugh sich aus seynem gantzen Leben nicht herinnern. Tieff und in einem so warmen und jungfräulichen Loche, alldieweil die Eselin

noch jungfräulich war. Bellaugh stockte der Athem, er gap einen letzten Stosz aus den Hüfften, dann zog er seynen Schwantz heraus und liesz sich ins Gras fallen, inmitten des Schattens, unter dem Laupe des Feygenbaums.
»Diese Eselin gehöret mir! Den soll die Pest holen, der sie von nun an berühret!«
»Euer Hochwohlgeboren, niemandt nicht wirdt sie berühren.«
»Es wirdt deyne Aufgape seyn, dich um sie zu kümmern.«
»Ich werdt mich um sie kümmern.«
»Sie soll am Hofe gehalten werdten alswie jed andrer Höfling.«
»So soll es geschehen, Euer Hochwohlgeboren.«
»Ich bestimme und verfüge, dasz sie zur höfischen Mätresse soll ernennet und in das Adelsbuch bey Hofe eingetragen werdten. Des weytheren soll sie Behandtlung erfahren und Speysen erhalten, alswie ihrer Stellung als Mätresse zukömmt.«
»Die Eselin?«
»Wer denn sonste? Schlieszlicht hast du zween Ohren, um zu hören!«
Ulfredo verneygte sich zum Zeychen der Zustimmung und der Ehrerbietung. Deinde öffnete er den Mundt:
»Dann soll sie wohl nimmer gebrathen werdten mit starken Gewürtzen und Scheypgen vom Speck.«
»So du nicht willst erhenket werdten.«
»Der Befehl, sie zu brathen, wirdt inde widerrufen.«
»Gäntzlicht widerrufen.«
Ulfredo zog am Hanffstrick das Thier hinter sich her. Bellaugh folgte hinterdreyn und berührte und glättete der Eselin Fell, das allwegen ihrer Jugendt noch gar wollig gewesen. Bisweilen gieng er auch dichte an ihr Ohr, um ihr Worthe zuzuflüstern, Worthe der Liebe, alswie Arsch und Fötzgen und noch andere Worthe mehr der Liebe.
Allgemach erreychten sie die Purg, und hier rissen die Wachen die Augen weyth auf, da sie dachten, die Eselin würdt ober einem schönen Feuer inmitten des Purghoffs gebrathen

od auch in Theyle zerleget und im Thiegel gegaret od auch durch den Fleyschwolff gedrehet und zu Salami verworstet. Frater Kapuzo beobachtete von seyner Fenestra her den Einzug und loff eylig die Treppen hinunter. Er schritt auf Bellaugh zu, indeß er schon kräfftig mit den Zähnen kauete, allwies ihm der Hunger eingap.

»In fine cibum habemus. Das Fleysch asinina exquisitissima est!«

Bellaugh aber, statt einer Antworth, gap einen Thon von sich, der dem eines Eselschreys glich, und er selbste war gar sehr verwundtert ob des Thons, der seynem Mundt war entfahren.

Sagte der Frater:

»Quod debeo cogitare? Rumor sicut clamor asini audire mihi erschienbat.«

Und Bellaugh antworthete mit sinnendem Sinn:

»Gar manch Thier ist wohl besser als gar mancher Christenmensch, insondterheyth gewisse Weiper, so sich christlich nennen dem Namen nach, doch nicht aus ihrem Wesen.«

»Quod cibum habere betreffet, dubiosum non est: christianus aut christiana sicut cibum habere non potest.«

»Ich sprech nicht vom Fressen.«

»Quod ceterum dann?«

»Von persönlichten Dingen, diesbetreffs.«

Frater Kapuzo begriff keines von Bellaughs Worthen und hätte doch so gerne etwas mehr gewußt bezüglich des Thieres, das Ulfredo am Hanffstricke führte.

»Asina aut asinus est?«

»Asina.«

»Et essenere non potest, si habeo bene capito.«

»Non potest.«

»Et quod ceterum facere potest cum asina hic praesens?«

Bellaugh antworthete mit fester Stimm:

»Matrimonium celebrare.«

»Matrimonium inter quem? Ubi sunt partes in causa?«

»Ich und Bianchetta.«

»Bianchetta cognoscere non cognosco.«

»Bianchetta ist die Eselin, die allhie vor Euren Augen stehet.«
»Matrimonium inter quem sollt es seyn?«
Bellaugh prustete und stampfte mit den Füßen auf.
»Inter Euerm allhie anwesendten Graffzog Bellaugh von Kagkalanze und die allda anwesendte Bianchetta. Die Ehe wirdt zu früher Stundt in der Pfarrkyrch geschlossen, und zwar von Euch selbste, Frater Kapuzo, nach meynem Wunsch und Willen.«
Frater Kapuzo wischte sich den Schweyß ab, der ihm von der Stirne herabtroff alswie Regen, wann es regnet. Deinde fuhr er sich mit den Kleynfingern in die Ohren, um sie von etwaichten Brocken zu befreyen.
»Mihi resultat, ut dominus noster, ergo Ihr selbste, maritatus est cum madama Varginia a Monscaccatus. Matrimonium iam celebratum et consumatum impedimentum est.«
»Consumatum et non consumatum.«
»Ecclesia facit oppositionem. Bigamia peccatum est.«
»Frater Kapuzo, Ihr wisset doch selbste, dasz dies Bigamia nicht ist in diesem besondteren Falle. Varginia schlieszet die Eselin nicht aus und viceversa.«
»Inauditam rem auriculi mei auscultant!«
»Es gefallet mir nit, facere discussionem vobiscum, Frater Kapuzo! Mann soll die Hochzeyth im Stillen und Geheymen vorbereythen auf den morgichten Morgen zu früher Stundt.«
»Non possumus.«
»Was soll das heiszen non possumus? Ich lasz meyne Weysungen nicht diskutieren! Dasz mir für morgen frühe nur ja alles in der Pfarrkyrch gerichtet werdt!«
»Vederemus.«
Bellaugh wurdte ganzt roth im Gesichte, alldieweyl mann ihm so auf den Eyern herumsprang.
»Vederemus beym Rammel!«
Bellaugh gieng auf Bianchetta zu und küszte sie auf die Lippen, vor den Augen von Frater Kapuzo, der sich abkehrte. Die Wuth, einen safftichten, schmackhafften Bissen von einer jungen Eselin in Lufft aufgehen zu sehen, ver-

bandt sich im Frater mit der ober die befohlene krumme Heurath zwischen dem Graffzog und Bianchetta.

»Celebrare matrimonium inter hominem et asinam non possumus sine permissione specialissima Sacratissimae Romanae Ecclesiae et licentia particulare des Summus Papa Pontifex.«

»Lassen wir doch den Papste ruhicht bey seynen Angelegentlichkeythen in Rom!«

»Sed ego mihi interrogo et dico qua de causa matrimonium celebrare debemus! Euer Hochwohlgeboren non potest ficcare asinam sine celebrare matrimonium?«

»Fickare Eselinnen und Stuthen und Kälber und Ferkel und andres Geviech ist eine Gewohnheyth von altersher. Das Sakramentum besiegelt und heiliget diese Gewohnheyth.«

»Surgit semper quaestio bigamiae.«

»Ich könnt Varginia den Scheydebrief geben.«

»Mihi paret ziemlicht difficile.«

»Und warum?«

»Alldieweyl Euer Hochwohlgeboren auch müszt auf das Lehen verzychten cum castello et possessionibus.«

»Possessionibus von groszem Scheiszdreck.«

»De merda, sed semper possessiones sunt.«

»Die Possessiones können mich am Arsch lecken et idem Varginia.«

»Dann ficket doch einfach mit Bianchetta et simulatis ut nullam esse!«

»Ein feyger Rath, Frater Kapuzo.«

Bellaugh war düsteren Sinnes und zog die Eselin in die Purgräume. Von Ulfredo liesz er ihr gleych neben seynem Schlafgemach ein Strohlager aufschütten, frisches Gras und einen Zuber mit Wasser briengen. Alsobalde er sie hatte gewaschen, striegelte er Bianchettas wolliges Fell mit der Bürste, alleyn, es wollte nicht gläntzen. Doch war es nicht wichtig. Indeß war Varginia durch die Räume der Purg gestreiffet auf der Suche nach einem Soldaten, der sie sollt reytten, doch fandt sie keinen nicht, alldieweyl ein jeder Forcht hatte vor Bellaugh. Da hörete sie ein Stampfen im

Zimmer, sie näherte sich auf Zehenspytzen und trath ein. Sie überraschte Bellaugh, wie er die Eselin küßte und liebkoste.
»Was sehe ich da?«
»Ich hap sie vor den Soldaten gerettet, die sie am Spiesze wollten verbrathen.«
»Die Liebkosungen schienen mir aber gar zweydeuthicht.«
»Du wirst doch allwegen einer Eselin eiffersüchticht nicht seyn?«
»Es handlet sich hierbey um ein gar widerwärticht Faktum, das für einen Rytther gar unziemlicht ist und eher einem Pferdtshüter oder Stallpursch anstehet, als welcher du dich mit jedem Tag mehr erweisest, den ich dich kenn. Ein dergestalt viehisch Betragen hätte ein Rytther alswie der edle Herr Tristan von der Tafelrundt nie und nimmer gekennet!«
»Itzo hast du mir die Eyer hinreychend zertrümmert mit deynem Tristan und seynen verlogenen Aventüren!«
»Verlogene Aventüren? Den Adel seyner Seele, die Groszzügichtkeyth seynes Empfindtens, die Gluth seynes Hertzens, all dies nennest du verlogene Aventüren? Und die abgrundttieffe Verachtung deyner dir angetrauthen Gattin und die zweydeuthichten Liebkosungen, die du einer Eselin lässest zutheyl werdten, wie nennest du die?«
»Darauf werdt ich dir nicht einmal antworthen!«
Und Bellaugh antworthete nicht, späther aber rechtfertigte er sich, indem er eine Schwächung der Wirpelsäule just an der Stelle vorgap, durch welche die Spermen bis gantz weyth hinunter zum Saftrammel fließzen. Er beklagte den Mangel an Viktualien für sich und seyne Soldaten, das elendtige Lehen und die ungünstige Lage der Purg. Zuletzt verbarg er sich im Bette und zog seynen Kopf unter die Decken. Varginia legte sich neben ihn und fuhr an der Stelle fort zu lesen, allwo sie ein Zeychen geleget hatte in die Romanze vom Herrn Tristan, dem Rytther von der Tafelrundte.

14 »Wir verfügen und bestimmen, dasz der Dörfler Migone von Spuckackio, angeklaget allwegen hartnäckichter Aussageverweigygerung in betreffs des aus der Purg entfleuchten Gethiers, zweybeynichtem et vierbeynichtem, geflügeltem et nicht geflügeltem, mit Schnautzen od Rüsseln schnüffelndem et auf den Weydten grasendem, versperret werdt auf einen Tag, vom Aufgang der Sonne bis zu ihrem Untergang, und zwar in einen eysernen Käficht et inde auf dem öffentlichen Platze vor dem Eingang zur Purg und in der Lufft schwebend ausgestellet, allwo er mit Viechsgeschisz soll oberschüttet werdten, das die Soldaten nach und nach auf ihn niederzukippen angewiesen seyndt. Des weytheren wirdt verfüget und bestimmet, dasz der Nämlichte, bevor er in den Käficht wirdt versperret, gäntzlicht werdt entkleydtet all seyner Kleydter, dergestalt, dasz er splitternackicht erscheyne vom Kopfe bis an die Füsze, worunter mann verstehe auch die vordtere und die hintere Scham.«

Zufolge dieser Bellaughschen Verfügung ward Migone ergryffen und entkleydtet und alsodann in den eysernen Käfig versperret, der an einem Haken neben der Purgmauer ausgestellet ward. Alleyn, die Soldaten giengen vorüber, ohne Geschisz ober Migone zu kippen. Alsobalde Bellaugh dies gewahrte, schoß ihm die Wuth in die Eyer.

»Wieso und warum vollführen die Soldaten nicht den Befehl, Scheisze ober den Dörfler Migone zu kippen?«

»Euer Hochwohlgeboren«, sagte Ulfredo, »im gesammten Lehen findt mann keyne Scheisze nicht, selbst so mann sie mit Goldte wollt bezahlen.«

»Und wie konnte ein derartichter Umstand eintrethen?«

»Der Umstand ist, dasz keyn Geviech nicht da ist et inde ist auch keyn Scheisz nicht da, Euer Hochwohlgeboren.«

»Dasz mann in diesem Scheiszlehen keyn Scheisz nicht findt, scheynet mir denn doch ein Skandal ohnegleychen. Doch da dieser ohnbestreythbare Umstand ist gegepen, bestimmen und verfügen wir, dasz der obgenannte Dörfler Migone, alldieweyl sich keyn Viechsgeschisz nicht findt, soll bedecket werdten mit Christengeschisz. Eine entspre-

chendte Ergäntzung zu unserem Dekret soll geschriepen werdten, aus der die Umstellung auf eine andere Art Scheisz musz ersychtlicht seyn.«
Die Ergäntzung ward von des Kurials Belcapo eygener Handt unter das Dekret gesetzet, das an der Mauer neben Migones Käficht war angeschlagen.
Ein jeglichter, der vorübergieng, betrachtete den nackichten Migone im Käfig neugierigen Blickes und hörte ein Rumoren alswie von Erdtbeben, das aus Migones Bauch kam, doch niemandt nicht war stehengebliepen, um des Graffzogs Befehl auszuführen. Als Bellaugh herunterkam, um Migone zu sehen, gewahrte er, daß auch nicht ein Sprytzer von Geschisz war auf den Nackichten gefallen. Da that er etwas, das sowohl die Soldaten herauszen, als auch die auf den Zinnen et idem Frater Kapuzo und den Kurial Belcapo, die ihn begleytheten, höchlich verwundterte. Bellaugh ergrieff eines Wachtposten Hellebardte, die eine breythe Klinge besasz, legte sie auf die Erdt, zog sich die Beynkleydter herunter und plazierte darauf einen gar großen Scheiszhauffen. Außerordentliche Verwundterung durchfuhr die Leut, die des Graffzogs Hintern hatten gesehen. Dieser nun rückte sich die Beynkleydter und das Hemde wieder zurecht, packte die Hellebardte beym Stiel und schleudterte das Geschisz auf Migone. Alleyn, ein Sprytzer traff auch Bellaughs Gesichte, doch der größere Theyl landtete auf dem Dörfler, der sich in seynem Käfige nicht konnt bewegen und abkehren, alldieweyl dieser nach kleynstem Menschenmaße ward hergestellet.
»Wir verfügen und bestimmen, dasz jeglichter Soldat, so die Purgschwell oberschreythet, verpflichtet ist, den Dörfler Migone, allhie im schwebendten Käfichte versperret, alldieweyl er hartnäckicht die Aussag verweygert und wegen unredtlichter Gesinnung, mit Geschisz zu bewerffen auf jedwedtichte Art und mit jedwedtichter Sort von Geschisz. So keyn Geschisz nicht vorhandten, sollen die obgenannten Soldaten die Beynkleydter herunterlassen und einen Scheiszhauffen an Orth und Stell produzieren, allwie ihnen ihr Herr, der hie unterzeychnete Graffzog

Bellaugh von Kagkalanze, ein Beyspiel gegepen in nomine Dei.«
Vom Augenblicke dieser Ordre an hielt jedwedter vorübergehende Soldat, zog die Beynkleydter herunter und that, was mann üplicherweys nur an stillen Orthen zu thuen pfleget, vor aller Augen verborgen, alswie hinter einem Busche oder an einem eygents für die Soldatenrott vorgesehenen Orthe.
Die Dorfbewohner kamen einer nach dem andren und versammleten sich unter dem Käfig Migones, sie sahen ihn zuerst an und hielten nur mit Mühe ihr Gelächter ob des nackichten und mit Scheisz überhäufften Menschen zurücke, doch dann lachten sie frey heraus, wann ein vorübergehendter Soldat sich die Beynkleydter herunterliesz und das that, was des Graffzogs Befehl von ihm fordrete. Auch die Weiper rotteten sich zusammen, um die Hintern der Soldaten zu sehen, und obwohl sie so thaten, als würdten sie zur anderen Seyte sich wendten, wagten sie doch einen verstohlenen Blick. Ein Weip rieff das andre, und allgemach bildtete sich ein kleyner Volkshauff von Weipern und Alten, sogar von Männern und Kindtern unter dem Käfig, um Migone zu verspotten.
»Lacht nur und vergnieget euch reychlicht, ah!« begann Migone wider das Dorfvolk zu wettern, das da unter ihm zuhauffe stundt. »Stattdessen müszte das heulendte Elendt in euch fahren! Ihr verstehet den Umstand nit oder wollet ihn nit verstehen, dasz ein Mensch von Dreiey, alswie ihr Menschen von Dreiey seydt, werdt bis auf die Hauth entkleydtet und mit Kacke oberküpelt in diesem Hängekäficht. Nit einmal hapet ihr euch nach dem Warum dieses Umstands gefraget. Daran siehet mann deutlicht, dasz ihr euren Kopf nit wollet gebrauchen, alldieweil ihr nit gelernet hapt, ihn zu gebrauchen. Mir thuet das für euch nur hertzlicht leyde. Doch soll es genug seyn, wann ich euch sage, dasz ich allhierherinnen versperret bin, weyl ich nit sagen wollt, wo euer Geviech verstecket sey. Es musz euch klarr werdten, dasz der Unterzeychnete dem Beruf des Vermittlers nachgehet und also keyn eintzicht Thier nit be-

sitzet noch jemals hat besessen, nit mal ein lahmes Schaf. So derselbe also nit hat geredtet und nit wirdt redten, ist das vor allem zu eurem Vortheyle. Wollet ihr nun endtlicht begreyffen oder wollt ihr es nit, dasz dieser Graffzoch vom Wichsbalken hier eingetroffen ist, uns allemitsammen unter die Knuthe zu zwingen, dasz ihn die Pest . . .«

Hier unterbrach sich Migone und fuhr fort, gäntzlich verschieden zu sprechen, da er einen Schwytzrischen Wachtsoldaten vorbeygehen sah, der gewyszlich seyne Worthe dem Graffzog hinterbrachte, der im Purghoffe just einen Galgen hatte errichten lassen aus dem gelagerten und vierkanticht geschnittenen Holtze von Eychen, das eygenthlich zum Bau des Brauthbettes hätt dienen sollen.

Sotan nahm Migone vor dem Schwytzrischen Wachtposten seyne Redt von der anderen Seyt her wieder auf.

»Es thuet mir forchtbar leyde, dasz unser ober alles geliepter Graffzoch Bellaugh von Kagkalanze sich verdrossen fühlet, alldieweil ich ihm nit hap gesaget, wo euer Geviech denn sey, eure Schafe und Geisen und Kühe und Esel und Schweyne. Ich weisz oberhauppt nichtzit von nichtzit, ja hap sie nit mal nit gesehen, seyth das hier zur Frage stehendte Geviech entfleucht ist, und so ich sie nit gesehen, ist dies ein ohntrüglicht Zeychen, dasz sie an keynem Orth sich nit befindten.«

Dieweilen hatte der Schwytzrische sich die Beynkleydter heruntergezogen und alsodann seynen Hauffen Migone ins Gesichte geschissen, der itzo zu spucken anfieng und sich mit dem Handtrücken säuperte. Deinde raffte der schwytzrische sich wieder zusammen und gieng die Strasze hinunter ins Dorf auf der Suche nach Eyern und anderem Eßbaren. Und also begann Migone erneut seyne Redt an die Dorfleut, die sich da unten hatten versammlet.

»Die Wahrheyth ist, dasz das Geviech ist vorhandten, und ich weysz genau, wohin ihr es habt verstecket. Doch ich krieg all diese Kacke in die Fresse um euretwegen, alldieweyl es mir gerechte erscheynet, euch vor diesem Hundsfott von Graffzoch zu schützen, der uns hie kommandieret, dieser Wichsbalkentyrann, und uns mit Steuern aufs Wasser

und aufs Sonnenlichte beleget, auf Thüren und Fenestren, ja gar noch, wo wir uns bey einer Bumpserey wollen vergniegen, würds mich nit wundren, so wir müßten Steuern entrichten, ja gar noch, wo wir die Sonne des Tags und den Mond des Nachts wollen anschauen, gleych als wär er der Ewigevaterherr des Universums, dasz ihn die Pest . . .«
Just in diesem Augenblicke zog ein andrer von den Schwytzrischen ober der Zugbrück vorüber, er bliep unter dem Käfichte stehen und zog sich die Beynkleydter vor aller Augen herunter. Alleyn, das was er wollte, fiel nicht aus ihm heraus.
Und Migone:
»So du nit frissest, kannst du auch nit kacken.«
Der Schwytzrische schwieg in seyner gekrümmten Haltung, und das Volk lachte. Er aber versuchte es wieder, schwoll an, ward von purpurner Farb im Gesichte, ein Lufftstrom entfuhr ihm, und dann wars Schluß.
Und Migone sprach also aus seynem Käfig:
»Es thuet mir ja leyde, doch das Dekret unseres Graffzochs besaget, so du mir nit ein bisgen Scheysz oberwirfst, hast du nit die Erlaupnis, die Purg zu verlassen, ah!«
Der Wachtposten zog sich die Beynkleydter hoch und gieng in den Purghoff zurücke, allwo er dem Staup Trytte versetzte vor Wuth und Verzweyfflung. Und Migone begann aufs neue, zu den Dörflern zu sprechen:
»Hapt ihr die Schwytzrischen Soldaten gesehen, wie sie seyndt heruntergekommen? Sie fressen nit, sie kacken nit, und doch gehorchen sie alswie Schafsviech. Ja, dazu seyndt sie verkommen, den Kopf zu senken vor jedtem Befehle des Graffzochs. Und dasselbichte will er mit uns Dorfvolk machen. Wo es darum gehet, mit der Hacke die Feldter zu bearbeithen, da sicht mann den Graffzoch nit. Wo es darum gehet, das Heu zu schneydten, die Gemüsgärthen umzugrapen, Steyne zu entfernen, sicht mann den Graffzoch nit und seyne Freundte. Doch wo es darum gehet, die Frücht unsrer Arbeith zu fressen, wo es darum gehet, uns mit Abgapen zu erdrosslen, da kömmt er, dann ist er da. Wir seyndt das Dorfsgesindtel und sie die Herren. Sie befehli-

gen und wir müssen uns achtungsvoll verbeugen. Nit weisz ich, ob ihrs hapet gesehen, im Purghoff wurdt ein Galgen aufgestellet, um uns alle zu henken, so wir die Abgapen nit entrichten.«

Dieweyl zu Beginn es unter den Dorfleuten eynige gap, die lachten beym Anblick des nackichten und mit Scheisz oberhäufften Migone, stundten itzo allesammt da, mit gespitzten Ohren zu hören, was er hatte zu sagen.

»Sie seyndt schlau alswie Füchs, diese Hurensöhn. Sie seyndt nach Dreiey gekommen, um auf unsere Kosten zu fressen. Doch wer hat sie gerufen? Wer hat ihnen gesaget, sie sollen kommen und uns die Eyer zertrümmern? Mir gepen sie Scheisze zu fressen, doch ihnen sollt mann das eygne Gederm gepen zu fressen. Ihr werdet sagen, euch paszt es nit, am Galgen im Purghoff zu enden, und damit hapt ihr auch recht. Nit mal der Unterzeychnete hat grosz Lust, erhenket zu werdten, das sey ferne. Aber einen Weg giepts, unsere Hauth zu retten und ihnen zu zeygen, dasz wir Schafsviech nit seyndt. Hapt ihr den Frater gesehen, der so dick ist alswie ein Weynfasz? Mann sicht also, dasz er frisset! Mir kömmts vor, als wären wir allesammet entnervt und gemagert vor Hungers, auszer ein paaren, die von Natur aus robust seyndt, alswie der Unterzeychnete, doch so wir seyndt einer Meinung, können wir auch sie Hungers leydten lassen, denn: so sie die Frücht unsrer Arbeith nit fressen, was fressen sie dann?«

Aus der Mitten der versammleten Dorfbewohner erhoben sich Stimmen, die sagten, daß alle mit Migone wären, daß mann den Graffzog und seyne Räuperbande, die nach Dreiey gekommen wären, um sich auf Kosten der Ärmsten der Armen vollzufressen, Hungers leyden lassen werdt. Doch just in diesem Augenblicke trath Bellaugh in Persona aus der Purg, erhobenen Hauptes, mit gekreutzten Armen und einem pfauenrothen Gesichte, das sich ins Violette verfärbte.

»Das ist ja herrlicht, du Tölpel! Ich hap deyne gantze aufrührerische Redt gehöret! Ich hap mit weyth auf-

gesperrten Ohren deyne aufwieglerischen und niederträchtichten Vorschläg vernommen!«
Zur Antworth kam ein zornichtes Rumoren aus Migones Bauch.
Dann sagte Bellaugh wieder:
»Antworthest du deynem Herren und Graffzog mit deynem Arsche?«
»Mit Verlaup gesprochen, es handtlet sich nit um den Arsch, sondtern um den Bauch, Euro Hochwohlgebboren.«
»Antworthest du also deynem Graffzog mit dem Bauche?«
»Manchereins antworthet mit dem Maule, manchereins mit dem Bauche und wieder ein andrer mit dem Arsche.«
»Was willst du damit sagen, Dörfler?«
»Woher kömmt dann all die Scheisz, die auf mir sitzet? Doch wohl aus dem Arsche, mit Verlaup gesprochen. Zum Glücke kriegen die Soldaten wenicht zu essen und kacken deshalp noch wenichter, doch so der Frater Kapuzo herauskäm, würdt er mich in seyner Scheisze ertränken.«
Und Bellaugh voll Argwohn:
»Und wie das?«
»Alldieweil ich gesehen hap, wie der Frater klammheymelicht, unter Büschen verstecket, ein Huhn frasz, Euro Hochwohlgebboren. Und deshalb wollmer nit, dasz er uns saget, so er die Predigt in Latinorum hält, das Fleysch von Hühnern sey peccatum est.«
Bellaugh bliep einen Augenblick lang mit offenem Mundte und zusammengekniffenen Augen stehen, um Migone in seynem Käfige anzusehen.
»Das glaup ich nicht!«
»Thuet, was Euch gefallet, Euro Hochwohlgebboren.«
»Mir gefallet es, klarr und deutlicht zu sprechen, auf dasz ich verstandten werdt von dir und deynen Freundten allhie. Frater Kapuzo spricht Latinorum, und das ist, verdammt nochmal, seyne Angelegentlichkeyth und betreffet mich nit, weder viel noch wenicht. Ich versuche, mich in eurem Interesse verständtlicht auszudrücken.«
»Wir seyndt gantz Ohr.«
Die Dorfleut wurdten gar weiß im Gesichte und waren

gefaßt, schlimme Ding ober neue Strafen zu hören. Alleyn, Bellaugh hatte sich nach einem ersten Aufschäumen schon wieder beruhiget, und itzo schwandten ihm gar die Falten aus dem Gesichte und er war sehr bemühet, auf seyne Lippen ein Lächeln trethen zu lassen.
Da sprach nun der Graffzog also:
»Ihr werdtets nit glaupen, doch bin ich wie ihr, und so ich will, kann ich euer Geredt auch bestens verstehen und sogar redten alswie ihr.«
»Das reychet nit hin«, sagte Migone, »redten könnt Ihr, alswie ihr wollt, Euro Hochwohlgeboren, doch solang Ihr ober unsren Köpfen fresset, könnt Ihr uns mit Eueren Worthen nit verzaupern, ah!«
»Soferne ihr mir einen Augenblick nur Gehör schenkt, werdt ich euch etwas sagen, das euch alle angehet.«
»Wir hören.«
»So sag ich euch also, dasz ich keyneswegs nit bin gekommen, um ober Euren Köpfen zu fressen. Zuvörderst, weil mann allhie auch in der Purg nichtzit frisset. Zum zweyten: ich bin nach Dreiey gekommen allwegen ehelichter Vertragsrechte, um Ordnung in dieses Scheiszlehen zu briengen, aus dem ich keyn Mittag- und keyn Abendessen nit erwirtschafft. Arm seydt ihr, und arm ist der, der euer Herr ist. So das Volk sich zerfleyschet, so es keyn Gesetz und keyne Ordnung nit giept, thaumelt das Volk früher od späther in die Verzweyfflung. Euch tauget ein Herr, der euch schützt, der Ordnung hält, der euch mit seynen Truppen wider die Feyndte verteydiget.«
»Und wo seyndt dann diese Feyndte, Euro Hochwohlgeboren?«
»Die Feyndte seyndt allüberall.«
»Und dic Truppen, die uns vor diesen Feyndten sollen vertheydigen, wären die viere Scheyszschwytzrischen Gardisten, die sich nit mal auf den Beynen können halten?«
»Aus eben diesem nämlichten Grundte hap ich die Abgapen gefordret und eben derohalpen ist mir die Wuth in die Eyer gefahren, als ihr das Geviech hapet verstecket und alles andre dazu. So wir Friedten schlieszen und ihr

euren gutthen Willen bezeyget, werdtet ihr besser dran seyn, als wenn ihr euch wider die stellet, die Gottunserherr zu euren Herren hat eingesetzet. Sintemalen zu allen Zeythen, seyth die Welt bestehet, die Völker das Bedürffnis verspürthen, vermittelst Verfügungen und Gesetzen geführet zu werdten. Und als euer Graffzoch will ich euch beweysen, dasz ich groszhertzicht bin. Was thät wohl irgendteinandrer Vasall oder Valvassore an meyner Stell? Er liesz euch ohnverzüglicht am Galgen henken! Doch ich denk nit entfernet daran, dergleychen zu thun. Ich verzeyh euch! Und ich verzeyh gar auch diesem Dörfler, der euch wider mich aufwieglet, doch wo ihr ihm folget, werdtet ihr am Galgen henken mit herausgestreckter Zung.«
Und Migone:
»So Ihr mir hapet verziehen, lasset Ihr mich nun auch wieder aus dieser Falle heraus?«
»Ich lasz dich heraus, nur sollst du mich um Verzeyhung bitten.«
»Verzeyhung wofür?«
»Dafür, dasz du das Volk aufgehetzet hast.«
»Ihr bringt mich zum Lachen, mit Euro Erlaupnis.«
»Lach nicht, du Dörfler!«
»Soll ich also heulen?«
Bellaugh begann wieder zu sprechen:
»So du Verzeyhung erbittest, wirdt dir verziehen. Dies ist der treffendste Beweys meiner Guthmütichtkeyth.«
»Und so ich nichtzit erbitt, bleyp ich hier bis auf den Abend. Dann sage ich Euch, dasz ich es vorzieh, bis auf den Abend in der Scheisze stecken zu bleypen, als vor Euch den Kopf zu beugen, sintemalen mich keyne Schuldt nit trifft.«
Bellaughs Eyer glühten vor Wuth, er kehrte sich ab und gieng mit hastigen Schrytten auf den Purghoff zu, dieweylen aus seynen Augen Bluthrache schoß.
Migone sagte zu seynen Freundten:
»Ah, Purschen, wir lassen uns nit rammeln, hapt ihrs verstundten? Der glaupt, viere Worthe reychten hin, und wir lieszen uns in den Arsch ficken, doch da irret er sehr. Auch

wenn ich bis morgen hier herinnen musz bleypen, Migones Dickschädel verneyget sich vor niemandt nit und keynem, verstundten? Was wollen eygentlicht diese Fremden von Montecacco hier? Wozu seyndt sie gekommen? Herinneret euch, dasz diese Fremden unsere Feyndte seyndt, nothgedrungen. Ah, ihr Purschen, ich legs euch ans Hertz, gehet nach Haus, doch lasset euch nit verzaupern durch diesen Hundsfott von Graffzoch vom Wichsbalken. Und von itzit an und für immer, so er zu redten beginnet, verstopft eure Ohren, hört nit auf ihn. Verstopfet euch gar auch die Augen und sehet ihn nit an, kehret euch lieber von ihm ab. Wir wollen so thun, als wär nichtzit, wir wollen so thun, als wär er oberhauppt nit da. Doch itzit, gehet nach Haus, wir sehen uns wieder bey Sonnenuntergang.«

Die Dorfleut kehrten sich in Richtung Dorf und entfernten sich fürsichtig und lauthlos.

15

Ein junges Mädgen war heymelich bey Dunkelheyth aus dem Hause geschlüpft, um einen Korb Feygen zu stehlen, die mit dem Broth von der Schwartzwicke sollten gegessen werdten. Da traf sie auf Bellaugh, der in einen weythen Manthel gehüllet war und auf Zehenspytzen daherschlich, um keynen Lerm nicht zu machen. Dicht an dicht begegneten sich ihre Gesichter, und alsogleych ergrieff Bellaugh sie bey den Armen.

»Und wohin gehest du Räuperin, etwa Eyer zu diepen in den Hühnerställen?«

»Keyne Eyer nit, Euer Hochwohlgeboren, sondtern Feygen.«

Das junge Mädchen, das vorigen Tags auf der Piazza

gestundten und Berlocchio hatte gesehen, erkannte ihn itzogleych im Dunkel der Nacht und auch seyne Stimm, liesz sich aufs Grase niedersinken und streckte seynen Leip aus. Bellaugh warff sich alsogleych ober sie, alldieweyl er die Lage des Mädgens als eine Eynladung hatte verstandten. Und so wars auch gemeynt.

»Ich thus!« sagte sie.

Und der Graffzog:

»Mir gefallet deyne Offenheyth. Wie heiszest du?«

»Ich heisze Martina, doch nennen mich alle Ballonflasche.«

»Und warum dann Ballonflasche?«

»Alldieweil ich mich mit Mannsbrühe auffüll, bis ich oberlauff.«

Also fandt auf dem Grase eine gar hitzichte Reytterey statt, und Bellaugh mußte mit seyner Handt dem Mädgen den Mundt verriegeln, das wildte Schreye von sich gap und mit den Füßen in der Lufft herumstrampelte vor geyler Lust und schließlicht in ein wimmernd Lamento ausbrach, als die Brühe reychlich heranschwappte und die Ballonflasche füllte.

Sagte Bellaugh:

»Eine gar grosze Fickerin bist du!«

»Ach, wo ich nur könnt, dann würdt ich von morgens bis abends nichtzit andres nit thun.«

»Und warum kannst dus nit?«

»Alldieweil die Männer so wenicht nur essen, und daher auch wenicht nur rammeln.«

»Aber etwas esset ihr doch.«

»Ein bisgen Milch gehen wir holen, aber das ist gar wenicht, alldieweyl wir unser Geviech hant gegepen in halpe Pacht.«

»In halpe Pacht?«

»Sie müssen auch ein Interesse dran hapen, die sich ums Geviech kümmern.«

»Wer seyndt ›sie‹?«

»Die Alte vom Kastellazzo und ihre Leut.«

»Ah!«

Bellaugh sprang auf die Füß und gieng eylig zur Purg zu-

rücke, dieweyl er ober jeden Steyn auf dem Weg stolperte. Seyn Gesichte leuchtete alswie eine Lanterne, und seyne Augen sprühten im Dunkel der Nacht. Just bevor er bey der Zugbrücke ankam, fiel ihm ein, daß er seynen Keyler noch draußen hatte, und schop ihn zurück in den Stall. Deinde loff er, Ulfredo und Manfredo von ihrem Schlaflager aufzujagen, deinde auch den Kurial Belcapo, um dringlichten Kriegsrath zu halten.
»Kriegsrath?« fragte alljener.
»Kriegsrath.«
»Wider wen?«
»Wider die vom Kastellazzo.«
»Wen meynt Ihr?«
»Ich meyne die von der benachbarten Purg, allwo unser Dorfsgesindtel seyn vierbeynicht Geviech in Rente hat gegepen.«
Ulfredo und Manfredo sahen sich höchlich verwundtert an. Sagte Bellaugh:
»Wir brechen morgen früh vor Sonnenaufgang auf, mit sämmetlichten Soldaten und all unsren Waffen und eropern das Kastellazzo im Sturmangriff, wir knüpfen die Feyndte am Galgen auf und briengen deinde das Geviech wieder nach Dreiey zurücke, und zwar innerhalb unserer Purgmauern!«
»Euer Hochwohlgeboren, könnten wir nicht noch ein paar Tage zuwarthen, um die Soldaten mit den Waffen vertraut zu machen?«
»Dazu hapen wir noch die gantze Nacht vor uns. Wir müssen die Feyndte unerwarthet und heymelicht angreiffen, noch bevor die Sonn aufgehet! Weckt ohnverzüglicht alle Wachtposten auf und alle Schwytzrischen Gardisten, sammlet und vertheylet alles Gewaff, sattlet die Pferdt!«
»Euer Hochwohlgeboren wirdt sich herinnern, dasz die Pferdt uns wurdten gestohlen auf der Herreis.«
»Meyne Befehle werdten nicht diskutieret!«
Und Ulfredo:
»Aber keyne Pferdte giept es nicht, Euer Hochwohlgeboren! Zween Maulthier seyndt uns verbliepen, dazu ein Esel,

doch keyn andres vierbeynicht Gethier nicht, auszer Eurer Eselin, die aber nicht unters Kriegsviech wirdt gezählet.«
»So sattle mann die zween Maulthier, und was den Rest betreffet, so gehe er hurtichten Schryttes zu Fusz, und zwar noch vor Sonnenaufgang. Die Kriegsbefehle sollen ohn weytheres Gequassel ausgeführet werdten!«
Ulfredo und Manfredo eylten fort, der eine nach unten, der andre nach oben. Sie weckten die Wachtposten auf, die auf den Stufen waren eingeschlafen, und jene, die in den Schlafsälen schlieffen. Die Hellebardten und Lanzen wurdten eingesammlet und an die Soldaten vertheylet, summa summarum warens neunundreiszige. Darob wurdten alle Waffengattungen im Purghoff versammlet. Bellaugh bestieg das erste Maulthier, Ulfredo und Manfredo das zweyte an der Spytze des Fußheers. Zween Wachtposten bliepen an der Zugbrück zurück, um die Purg zu bewachen.
Varginia stundt an der Fenestra. Frater Kapuzo stieg die Stufen auf Zehenspytzen herunter und lugte hinter einer Thür hinaus, aber er ließ sich nicht blicken, denn er wollte nicht wissen, auf welche Unternehmung sie hinauszogen.
Die Soldaten verschnürthen sich noch die Bänder, rückten die Beynschienen zurecht, rafften die Beynkleydter und die Hemden zusammen, die sie im Dunkeln hasticht übergestreifft hatten. Bellaugh rytt auf dem Rücken des Maulthiers dem Kriegszug voran zur Purg hinaus und schnurgestracks auf den Hügel zu, auf dem er das Kastellazzo während seyner Erkundtungsreis hatte gesehen. Zwyschen Gesteyn und Strauchwerk kamen sie weyther. Die Soldaten stolperten, eynige zogen die Hellebardten hinter sich her und eynige andere ihre zween Beyne, die nicht lauffen wollten vor Schläfrigkeyth und vor Hungers.
Die Soldaten frugen sich nicht mal, wohin sie dann giengen mit all dem Gewaff, das sie schleppten. Von Krieg hatten sie redten hören, doch wollten sies nicht glaupen. Als sie endtlicht auf der Hügelkuppe in Sychtweythe des Kastellazzos waren angekommen, hielt Ulfredo den Soldatenzug an und befahl:

»Keynerley Geräusche nit! Gehet auf Zehenspytzen bis unter die Wehrmauer des Kastellazzos, und zwar schnell und geschwindte, so dasz wir noch beym Licht der Dunkelheyth da seyndt, bevor die Sonne aufgehet!«
Wieder setzte sich der Kriegszug in Bewegung und hielt auf das Kastellazzo zu. Bellaugh beschleunigte seynes Maulthieres Schrytte, alleyn die Soldaten konnten ihm so schnell nicht folgen. So mußte er anhalten und auf sie warthen. Ulfredo und Manfredo rytten hinter dem Zug her, um die vorwärts zu treypen, die langsamer giengen. Als sie unter einen voll mit Feygen behangenen Baum kamen, hielt die gantze Soldatenrott ein, und wenicht Zeyth nur brauchte es, da war der Baum kahl, nicht mal ein eintzicht Blatt hieng mehr an ihm. Deinde setzte sich der Zug abermals in Richtung Kastellazzo in Bewegung.
Ulfredo und Manfredo rytten dicht an Bellaugh heran.
»Euer Hochwohlgeboren, eine Sach hammer vergessen.«
»Was hammer vergessen?«
»Die Leythern, um die Wehrmauern des Kastellazzo zu ersteygen.«
»Findtmer dann niemandt nicht, der sie uns borget?«
»Wo dann, Euer Hochwohlgeboren?«
»Dorten, am Kastellazzo.«
»Aber die seyndt doch unsere Feyndt.«
»Dann nehmen wir sie ebent mit Gewalt!«
»Doch um sie zu nehmen, müssen wir zuvörderst eindringen, Euer Hochwohlgeboren.«
»Dann dringen wir ebent ein!«
»Aber um einzudringen, brauchen wir die Leythern.«
»Das ist richticht! Diese Schweyne verdienen sich eine schwere Bestrafung!«
»Welche Schweyne?« fragte Ulfredo und leckte sich schon die Lippen.
»Die Schweyne vom Kastellazzo, die uns nicht mal die Leythern borgen.«
»Schweyne seyndt die, Euer Hochwohlgeboren, gantz richticht.«
»Derohalpen oberziehn wir sie mit Krieg.«

Und wieder setzte sich Bellaughs Heer in Bewegung, das balde danach die Grentz erreychte, die durch eine hohe Dornenhecke ward gekennzeychnet, an der sich die Soldaten stachen. Die ersten zween schlugen einen Durchlasz mit ihren Hellebardten, durch den Bellaugh mit seynem Maulthier hindurchrytt, gefolget vom zweyten Maulthier mit Ulfredo und Manfredo, und hinter ihnen die gantze restliche Soldatenrott. Einige bliepen stehn, um die Brombeeren aus dem Gesträuch zu pflücken und zu verspeysen, denn jedwedte Art von Nahrung war gut, das leere Gederm zu füllen.

»Vorwärts, ihr Fettsäcke!«

Bellaugh triep die Soldaten an, schneller zu gehen, da der aufkommende Morgen die Lufft schon weißlich färbte. Vor ihnen lag das Kastellazzo, sie zogen ober einen gepflügten Acker, deinde ober ein Stoppelfeldt und am Endte waren sie unter den Wehrmauern des Kastellazzos angekommen.

Sagte Bellaugh:

»Umschwärmet die Mauern und suchet einen Durchschlupf, durch den wir hinein können!«

Die Soldaten folgten Ulfredo und Manfredo und schwärmten auf dem kleynen Weg, der unter der Mauer herumloff, alldieweyl sich Bellaugh mitsammt zween Schwytzrischen Wachtposten auf der Seyte hielt.

Vor dem verriegelten Thore hielt Bellaugh inne und betrachtete etwas zwyschen den Kieseln mit scharffem Blick.

»Das hier ist Kuhgeschisz! Und das da seyndt Köttel von Schafen. Dieses Geschisz und diese Köttel seyndt ein hinreychender Grundt für den Krieg, den unser Heer wider die Räuper vom Kastellazzo wirdt führen, die unser lehnseygenes Geviech hier zu Unrecht verwahren!«

Doch just in diesem Augenblicke fiel aus dem Himmel plötzlich ein feyner und dann immer dichter und immer rauschender werdtender Regen auf ihre Köpfe hernieder.

»Es regnet, Euer Hochwohlgeboren!«

»Und doch ist der Himmel heyther, und die Sonne scheynet!«

Ulfredo und Manfredo richteten ihre Blicke nach oben

und sahen auf den Mauern eine aufgereyhthe Mannsschar, die ihre Schwäntze in Händten hielten und den Regen ober die Köpfe der Soldaten und des Graffzogs schickten, was eine arge Beleydigung und ein übles Späßgen war. Bellaugh und die Soldaten wichen schnell aus, dieweyl die Dörfler da oben so schröcklicht lachten, daß sie sich mußten den Bauch halten.
Bellaugh nahm einen Blechtrychter und kehrte sich an die Kastellazzesen oben.
Er schrie in den Trychter und posaunte mit gewaltichter Stimm:
»Ihr werdtet diese infame Beleydichtung noch bereuen! Wir seyndt gekommen, unser dreieyisch Geviech zurückezuholen! So ihr parlamentieren wollet, parlamentieren wir, wo nicht, dringen wir ein mit Gewalt und reiszen euch die Gederme heraus, alswie manns machet mit Feyndten und räuperischen Briganten!«
Auf diese Worthe des Graffzogs zogen sich eynige zurücke, und andre steckten ihren Schwantz wieder hinein.
Und neuerlich schrie Bellaugh in den Trychter:
»Wer ist euer Anführer?«
Sofort zeygte sich daraufhin ober der Mauer eine Alte mit einer von der Sonne gegerbten und in tausend Falten geschrundtenen Haut.
»Ich bin die Herrin! Was wollt Ihr?«
»Was wir wollen? Wir wollen unser Geviech!«
»Ich hör nit! Sprecht lauter!«
Bellaugh wiederholte, er wolle das Geviech zurückehapen, doch wieder hörte die Alte ihn nicht. Ein Dörfler, der neben der Alten stundt, gap durch ein Zeychen zu verstehen, daß die Herrin ein gar hartes Gehör besaß, und warff ein Seyl hinunter.
»Jemandt komme herauf, mit der Herrin aus der Nähe zu parlamentieren.«
Sagte Bellaugh zu Ulfredo:
»Ich ernenne dich zum Feldt-Bothschaffter mit allen Verhandtlungsvollmachten betreffs der Rückführung allen Geviechs in die Grentzen unserer Herrschafft. Ansonsten

legen wir das Kastellazzo in Schutt und Asche, aufdasz keyn Steyn nicht auf dem anderen bleip.«
»Zu Befehl, Euer Hochwohlgeboren.«
Ulfredo nahm den Trychter, um seyne Stimm stärker thönen zu lassen, inde näherte er sich der Mauer und bandt sich den dicken Strick um die Hüfften. Dreie Dörfler oben zogen ihn bis kurtz unter das Endte der Mauer hinauf. Und dorten ließen sie ihn hängen.
»Lasset ihr mich etwa hier auf halper Höh hängen? Ziehet mich hoch, zum Donnerwetter noch eins!«
Und die Alte:
»Sprich du von dort, ich hör dich von hier!«
Ulfredo stemmte sich mit seynen Füßen wider die Mauer, alleyn, das Seyl schnürthe ihm gewaltig in den Hüfften.
»Wie soll ich von hier aus sprechen? Ich häng hier schlimm in der Lufft, und das Seyl schnüreth mir den Athem ap!«
»Schlimmer wirdts, so es dir den Hals apschnüreth!«
Ulfredo hielt die Füße und Händt wider die Mauer gestützt, um nicht mit seynem Gesichte dawider zu schlagen, doch mußte er eine Handt wegnehmen, um den Trychter an den Mundt zu halten, alldieweyl die Alte ihn sonst nicht hätt verstandten. Das Seyl ward oben um einen Pfahl gewicklet, und Ulfredo schwebte dort in lufftichter Höh, indeß Bellaugh und die anderen unten seyne Worthe erwarteten, um zu hören, was die Alte vom Kastellazzo darauf würdt erwidern.
»Wir seyndt gekommen, zuvörderst in Frieden, doch dann mit Krieg, die Rückgape unsres Geviechs zu erbitten, das mit Arglist allhie wirdt verborgen gehalten, jedoch zur Lehnsherrschafft unseres hie unter uns sich befindtlichten Herren Graffzogs Bellaugh von Kagkalanze gehöret! Wie ist eure Antworth?«
Und die Alte:
»Ein Scheiszdreck!«
Ulfredo blickte zu Bellaugh hinab, der deutlichte Zeychen gab, daß ihm die Wuth in die Eyer geschossen war.
»Dann befindten wir uns also im Krieg!«
Die Alte lachte sich eins ins Fäustgen.

»Machmer also den Kriech, so vergniegen wir uns ein bisgen!«
Ulfredo blickte wieder zu Bellaugh hinunter, der nach oben rieff:
»Ihr Elendtichten!«
Und Ulfredo wiederholte:
»Ihr Elendtichten!«
Und die Alte:
»Schneydet das Seyl durch!«
Ulfredo ward auf der Stell von Panik befallen:
»Der Bothschaffter fordret die Achtung des Feyndtes nach altüberlieffertem Recht und nach zivilisiertem Brauche!«
»Und wer dann wär der Bothschaffter?«
»Ich bin es!«
Die Alte hielt sich eine Handt ans Ohr.
»Ich hör nichtzit! Hap verstopfte Ohren!«
Und Ulfredo schrie aus voller Brust in den Trychter:
»Der Bothschaffter bin ich!«
»Scheybenwichse!« sagte die Alte und gab einem der Dörfler ein Zeychen, daß er das Seyl sollte durchschneydten.
Der Dörfler durchtrennte das Seyl mit einer Axt, dieweilen Ulfredo versuchte, sich mit Händt und Füß an der Wehrmauer feste zu klammern. Alleyn, keine Vorsprünge gab es nicht, nichts, woran er sich hätt festhalten können. Das Seyl zerrisz, Ulfredo ließ den Trychter sausen und stürtzte mit rudternden Armbewegungen hinab. Zu seynem großen Nachtheyl fiel er mit seynem Hintern geradeswegs auf den Trychter, der sich in seyn Loch bohrte. Ulfredo sprang mit dem Trychter in seynem Hintern wieder auf, jagte brüllend und schreyend von hinnen und gab gar gewaltige Trompetenstösz von sich alswie von Donnerrollen. Und noch immer loff er, durch den Trychter trompetend, durchs Lager, das Seyl hinter sich herziehend alswie eine Riesenschlang, die durchs Grase dahinhuscht.
Schrie Bellaugh:
»Fanget Ulfredo und brienget ihn vor meyn Gesichte!«
Alsogleych loff Manfredo, seyn Freundt, und stellte den Fuß auf das Seyl, um die Flucht zu beendten. Alleyn, er

beendtete nicht die Trompetenstöße, die dem Hintern Ulfredos entfuhren. Mit einem Ruck zog Manfredo den Trychter heraus, deinde führte er Ulfredo vor Bellaughs Gesichte.
»Wie war die Antworth auf unsere Bothschafft?«
»Euer Hochwohlgeboren hapen mit eygenen Augen gesehen und mit eygenen Ohren gehöret: das Seyl ward zerschnytten mit der Folge, dasz ich den Trychter hap in den Arsch bekommen!«
»Hast du deynem Graffzog nichts andres nicht zu berichten?«
»Euer Hochwohlgeboren, sie lassen uns nicht eindringen.«
»Und was machmer also?«
»Bey Euch liegt die Entscheydtung, Euer Hochwohlgeboren.«
Bellaugh war der Gedanke zuwider, durch den Trychter zu sprechen, der geradt eben erst aus Ulfredos Loch ward herausgezogen. Er stundt auf und formte mit den Händt einen Trychter:
»In nomine des Herrnunsersgotts, allhie gegenwärthicht vor den Wehrmauern des Kastellazzos, erklär ich im Namen meynes Volkes, dasz wir von diesem Augenblicke an den Krieg wider das obgenannte Kastellazzo eröffnen. Doch da wir keyne geeygneten Leythern zum Erklimmen nicht haben, verfügen wir, dasz eine Belagerung werdt durchgeführet, bis der Feyndt, vom Hunger gewürget, das Kastell öffnet und uns das Geviech oberantworthet, das zu unserem herrschafftlichten Besitz gehöret und den Gegenstand dieses Kriegsstreythfalls darstellt! Also hat zu euch gesprochen der allhie anwesendte Bellaugh von Kagkalanze, euer Herr und Führer im Frieden wie im Kriege!«
Ulfredo und Manfredo trathen neben Bellaugh hin, um Klärungen über das weythere Verhalten in dieser Angelegenheyth zu erhalten.
»Welcher Art seyndt Eure Befehle, Euer Hochwohlgeboren?«
»Das Kastell soll ispo stante vermittelst Hungers gestürmet werdten!«

»Und wie stellet mann das an, Euer Hochwohlgeboren?«
»Mann belagert es und warthet, bis die Kastellazzesen hungricht alswie Wölffe heraustrethen.«
»Das scheynet mir ein vorzüglichter Kriegsplan zu seyn. Doch wie warthen wir?«
»Was wollet ihr damit sagen?«
»Ich wollte fragen, Euer Hochwohlgeboren, ob wir stehend warthen sollen?«
»Auch sitzend.«
»Das ist schon besser, Euer Hochwohlgeboren, alldieweyl uns die Knie schwer schlottern vor Hungers.«
Und Bellaugh:
»Hunger? Hungricht sollten doch sie seyn, die Belagerten.«
»Das ist richticht, Euer Hochwohlgeboren, wir können unmöglich hungricht seyn. Wir setzen uns hieher und warthen darauf, dasz sie hungricht werdten, die Feyndte.«
»Einen nach dem andern will ich jeden vor Hunger krepieren sehen, die Räuperbande!«
»Mit Eurer güthichten Erlaupnis, Euer Hochwohlgeboren, können wir uns also setzen?«
»Rührt euch!«
Ulfredo, Manfredo und all die anderen neunundreiszige Soldaten sanken auf die Erdt nieder und setzten sich auf ihre Hintern.

16 Migone hatte auf die Nacht Baldassarre, Galletto, Luigione, Pedrotto und Beletto in Baldassarres Heuschoper unter dem Steylhang zur Rechten zusammengerufen. Sie waren vom Dorf herab gekommen, tiefverhüllt in ihre Mänthel aus Schafswoll, und so schwartz alswie ihre Mänthel waren auch ihre Gesichter. Eine nächtliche und gar geheyme Versammlung, um miteinander zu berathschlagen, nachdem Migone aus dem Käfichte war befreyet wordten und sich von Kopf bis auf die Füß hatte gewaschen. Die Dorfleut setzten sich im Kreyse hin, und Migone entzundt eine Öllampe und fieng also an zu sprechen:

»Freundte seyndtmer, und in der Scheisz sitzmer alle mitsammet bis oben an.«

Und Baldassarre:

»Würcklich in der Scheisze, so leyde es mir thut, hast du gesessen auf einen Tag und nit wir.«

»Ich sag euch, alle mitsammet sitzmer drinn.«

»Und Recht hatter«, sagte Galletto, »alle mitsammet sitzmer drinn, und zwar in dem Sinn, daszmer beschissen werdt seyth dem Tag, allwo dieser Trottel von Bellauch hie ist aufgetauchet.«

»Im oberthragenen Sinn sitzmer alle mitsammet in der Scheisz«, sagte itzo Luigione.

Und Beletto:

»Hantmer uns nächtens und heymelich versammlet, um uns zu erzählen, daszmer in der Scheisze sitzen?«

»Versammlet hantmer uns«, sagte Migone, »um zu entscheydten und zu beredten, wasmer thun könnten, um uns zu retten. Einen Ausweg musz es schlieszlich gepen. So einer einen Gedanken hat, seyndtmer hie, darüper zu diskuttern.«

Und Pedrotto:

»Das Geviech hantmer mehr oder wenichter in Sicherheyth verbracht.«

»In Sicherheyth? Dann weiszt du wohl nit, dasz Bellauch mit allen seynen Soldaten ist abgezogen, um mit der Alten vom Kastellazzo Kriech zu führen!«

Pedrotto fuhr auf die Füß.
»Und wann seyndt sie abgezogen?«
»Heute vor Morgengrauen.«
»Dann könnt es auch seyn, dasz sie all unser Geviech fressen!«
»Das verstehet sich! Derohalpen seyndt sie ja dahin abgezogen und nit wegen andrem«, sagte Migone.
»Hast du verstundten? So es ihm diesmal gelinget, frisset dieser Bellauch unser gesammt Kapital.«
»Erst mal sehen, obs ihm gelinget, das Kastellazzo der Alten zu eropern«, sagte Pedrotto.
»Hoffmer, dasz es ihm nit gelinget.«
»Doch selbst, wann es ihm nit gelinget«, sagte Migone, »bleypet das Faktum, dasz die Ankunfft von Bellauch uns alle mitsammen die Pest hat gebracht. Euch vor allen andren, alldieweyl ihr euer Geviech bey der Alten müsset in Rente gepen, die es zwar verpfleget, doch indessen frisset sie selber die Hälfft.«
»Eine Fresserin ist auch die Alte vom Wichsbalken!«
»Wollt ihrs begreiffen«, sagte Migone, »dasz sich die Herrschendten alle gleychen, und einer ist schlymmer als der andre?«
Und Baldassarre:
»Dann sag uns itzit, wasmer solln thun.«
»Wir müssen abwarthen, dasz Bellauch mit gekappten Hörnern aus diesem Kriech mit der Alten zurückkömmt und uns ober ihn stürtzen, solang er noch geschwächet ist von der Rückkehr.«
»So ich recht hap verstundten, sollmer ihn apmurksen! Doch warum sagst du nit klar heraus, wasmer solln thun?«
»Zuvörderst wollte ich warthen, bis einer von euch dies ausspricht«, sagte Migone, »und dann wollt ich euch sagen, dasz ich was Beszres im Sinn hap.«
»Was Beszres als ihn apmurksen giepts nit«, sagte Baldassarre.
»Und dennoch giepts etwas, das mir besser erscheynet.«
»Und das wär?«
»Das wär, was ich euch itzit will zeygen.«

Migone zog unter seynem Manthel zween Mettwörst herfür, so lang alswie eine Handt.
»Sollmer itzit essen?« fragte Beletto.
»Nichtzit wirdt gefressen.«
Und Migone zog des weytheren unter seynem Manthel ein Männergewandt herfür, halb scharlachfarben und halb schwartze, mit goldenen und sylbernen Styckereien versehen und lauter vergoldeten Knöpfen.
»Dies Gewandte glaup ich zu kennen«, sagte Baldassarre.
»Und wie auch nit?« sagte Migone, »das ist doch das Gewandte von Bellauch, das für die Feste, und ich haps ihm gestohlen aus seynem eygen Zimmer auf der Purg.«
»Und was sollmer mit diesem Gewandte?«
»Damit sollmer am Galgen im Purghoff henken, so sie uns damit erwischen«, sagte Luigione.
»Aber sie können uns doch nit erwischen, alldieweyl sie alle seyndt in den Kriech gezogen. Derohalpen hap ich euch alle auf diesen Abendt zusammengerufen. Und itzit werdt ichs euch zeygen.«
Migone stopfte das halb scharlachfarbene und halb schwartze Gewandte voll Heus, und zwar so viel, bis es von selbst aufrecht zu stehen begann, als wär es der Graffzog persönlicht und besser. Sodann lehnte er es an die Wandt, und an die Stelle des Kopfes plazierte er einen getrockneten Kürbis. Die Männer vom Dorfe begafften sich diese Bellaughsche Puppe beynahe voll Forcht, als wären sie mit ihm zusammen in diesem Heuschoper in tieffer Nacht, beym Scheyn der Öllampe, die die Schatten bewegte.
»Und spielen wir itzit etwa Theater?« fragte Baldassarre.
»Hapt ihr Geduldt noch für einen Augenblick?«
Migone nahm eine der Mettwörst und hängte sie zwyschen die Beyne der Puppe, indem er sie dergestalt in die Beynkleydter steckte, daß sie würklicht aussah alswie ein Saftvogel, sowohl von der Form, als von der Läng und Dicke und Steyffheyth her. Alle gafften, ohne zu ahnen, was Migone im Schildte führte.
Sagte Baldassarre:

»Da machen wir wohl gantz gewyszlicht Sandkastenspiele!«
Alleyn, Migone antworthete nichts, er gab einen Pfyff, der die Lufft durchschnitt. Da kam mit heraushängender Zung ein Wolffshundt angeloffen, in Wahrheyth mehr Wolff als Hundt. Das Thier hielt einen Augenblick inne auf der Schwelle des Heuschopers, blickte sich um, sah die Puppe, sah die Mettworst, warff sich wie eine gar wildte Bestie darauf, schlug seyne Zähne hineyn und verschlang sie im Nu.
»Nit weisz ich, ob ihrs hapt begryffen«, sagte Migone.
»Es thuet mir leyd um die Metworst«, sagte Baldassarre, »doch scheynet mir, das Vorhapen ist klar.«
»Itzit machen wirs ein weytheres Mal, um ihn noch besser daran zu gewöhnen. Ich halte den Hundt, und du gehest und steckest die Metworst an die Stelle des Rammels.«
Migone gab Baldassarre die andere Mettworst, der zog sie sich unter der Nase her und verspürte Lust, sie selber zu fressen, doch dann steckte er sie zwyschen die Beyne der Puppe.
»Zur Seyt, Baldassà!«
Baldassarre wich zur Seyt, und Migone ließ den Hundt los, der schnurgestracks auf die Mettworst zuloff und sie mit einem Biß herausriß.
Migone fieng an zu erklären:
»Wann dieser Wichsbalkentyrann nach Hause zurückekehrt mit gekappten Hörnern, alldieweyl er doch nit wirdt in der Lag nit seyn, das Geviech der Alten vom Kastellazzo zu entreyszen, halten wir den Hundt zween Tage ohne Fressen. Danach reycht es hin, wann er Bellauch nur sicht in diesem Gewandte hier, dasz er ober ihn herfällt und seynen Lustrammel frisset. Ein Tyrann ohne Lustrammel wirdt freundtlicht und güthicht alswie ein Ochs.«
»Der Gedanke scheynt mir nit üpel«, sagte Baldassarre, »aber ist es auch sycher, dasz ein Tyrann ohne seyn Saftvogel nit noch viel böser werdt?«
»So er noch böser wirdt, laszmer den Hundt nach dem Rammel auch noch seyn Rüpe fressen!«

»Und warum lassen wir nit gleych auch die Rüpe mitfressen, das ist doch ein Aufwasch?«
»Wollen wir uns dann nit auch ein bisgen vergniegen?«
»Das scheynet mir richticht«, sagte Beletto, und auch die anderen nickten bestätigend, dasz es lustiger wär, sich auf Bellaughs Kosten ein bisgen zu vergniegen.
»Dann seyndtmer uns eynicht?«
Alle mitsammen bestätigten das. Migone nahm die Puppe herunter und entleerete sie. Danach schüttelte er das Männergewandte aus und legte es zusammen, alldieweyl es zur Purg muszte zurückgebracht und wiedter an seynen Platz geleget werdten, nämlich in dem Zimmer, aus dem es entwendtet ward.
»Und wann der Hundt ihm hat den Saftvogel gefressen«, sagte Migone und spann den Faden seynes Gedankens weyther, »dann henken wir ihn auf am Galgen, wann es uns einkömmt, als obs nichtzit wär. Ein Mann ohne Saftrammel, was ist der schon? Er wirdt weychlichter und weychlichter, und so wir ihn aufknüpfen am Galgen, thun wir ihm am Endt noch einen Gefallen, ah!«
Migone löschte die Öllampe aus.
»Dasz ihr mir nur ja mit niemandt nit redt ober das, wasmer hant beschlossen, erst recht nit mit den Weipern im Hause, das erwarth ich von euch.«
Die Männer vom Dorfe nahmen verschiedtene Straszen, um nach Haus zu gelangen. Migone kehrte nicht nach Haus zurück, sondtern gieng zur Purg. Alsobalde er am Eingangsthor war angekommen, zog er sich die Schuh aus und schlich barfüszicht und auf Zehenspytzen an den Wachtposten vorbey, die eingeschlafen waren. Er gieng durch eine Thür, stieg eine Stiege hinauf, loff einen Gang hinunter, durchschrytt einen Saal, öffnete eine Thür und verschlosz sie dann wiedter ganz sachte, stieg viere Stufen hinauf, öffnete ein kleynes Thürgen und trath, noch immer auf Zehenspytzen, in einen Raum ein, allwo er verharrte, alldieweil er Geräusche und Lauthe vernahm. Die Geräusche kamen vom einem dürfftichten Bette, und die Stimmen gehörthen zu einer Frau und einem Manne, die beyde

unter den Bettüchern schwytzten und aus voller Kehle stöhnten.
»Intratus sum!«
Und die Stimme der Frau:
»Itzo thu so, als wärst du Herr Tristan, der Rytther und gar grosze Reytter! Galoppiere geschwyndter! Uuh!«
»In principio est melius trabere, deinde galoppare poteremus!«
»Wann also galoppieren wir?«
»Ego praeferro trabere noch um ein Weylgen.«
Alleyn, da gab die Frauenstimm einen strengen Befehl:
»Galoppier auf der Stell!«
Und der Reytter mit erstickter Stimm:
»Incipit galoppus!«
Noch für ein Weylgen ward das Stöhnen und schwere Athmen des Galopps zu hören. Migone verbliep an der Wandt gelehnt im Dunkeln, bis ein Schrey aus beydten Kehlen drang alswie ein gar wildtes Brausen und Thosen, das die Mauern liesz erzittren. Migone hatte die Stimmen Varginias und des Fraters Kapuzo erkannt, die itzo prusteten von der Anstrengung. Auf Zehenspytzen schlich er sich wieder von hinnen, in das kleyne Zimmer zurück, von wannen er war gekommen, indeß die schwerathmende Stimm des Fraters wieder vernehmlich ward:
»Nur noch ein kleyn Weylgen, dann könnmer wieder beginnen.«
Und Varginia raunte:
»Mmmh!«
»Delitia grandissima est equitare!«
»Mmmh!«
Migone begann, durch die Räume zu streyffen, bis er die Truhe hatte gefundten, in der Bellaughs Kleydter aufbewahrt wurdten, und legte das wohl zusammengefaltete schwartzrothe Gewandt auf die andren. Inde verschwandt er mit eingeknickten Knien, stieg die Stiege hinunter, durchquerte den verlassenen Purghoff und gieng wieder an den zween Wachtposten vorüber, die in der Nähe des Purg-

thors schnarchten und ihre Hellebardten zwyschen die Beyne geleget hatten.
Drauszen erwartete ihn Baldassarre.
Der sagte:
»Wann der Hundt ihm hat den Saftvogel gefressen, machen wir ein grosz Feste und besauffen uns alle mitsammet.«
»Und ladten dazu auch den Frater Kapuzo ein.«
»Den Frater? Was soll das?«
»Frater Kapuzo rammlet das Weipe von Bellauch, unserem Feyndte.«
»Dasz er Varginia rammlet, kann mir nur recht seyn, doch den Priestern und Fratern, den vertrau ich nit. Sie seyndt immer auf der Seyt der, die die Herrschafft in Händten hant.«
»Keyne Sorge nit, wir ladten ihn auf das Feste, und danach lassen wir auch seyn Schwantz fressen.«
»So gefallts mir.«
»Und wannmer Bellauch und das Weipe seyn Varginia, den Frater und den Kurial, die zween Haupptleut Ulfredo und Manfredo und alle, die uns die Eyer zerhauen, hant aufgeknüpfet, machmer alles alleyn, ohne dasz einer sich auf unsre Kosten vollfresset.«
»Was machmer alleyn?«
»Die Dreieysche Regierung.«
»Doch einen musz es auch gepen, der ober die Dorfleut bestimmet!«
»Das aber sollen die Dorfleut entscheydten, wer bestimmen darff und Verfügungen erlassen.«
»Doch wär so die Gefahr nit gegepen, dasz ein jeglichter für sich alleyne bestimmet und wir uns untereinander zerfleyschen?«
»Zerfleyschen thunmer uns auch so.«
»Das beste ists, erst einmal diese Räuperbandt apzumurksen, und wannmer alle im Purghoff hant aufgeknüpft, findtmer eine Vereinbarung.«
»Es könnt der Umstand auch eintrethen, dasz dem Bellauch eine Ladtung auf die Rüpe fällt, dieweyl er unter der Purg-

mauer stehet, dann brauchten wir uns die Müh nit zu machen mit dem Aufknüpfen.«

Unter diesen Gesprächen giengen Migone und Baldassarre die Dorfstrasz hinauf und hinunter, mit kaum hörbarer Stimm, damit keyner nichts hörte, alldieweyl es ein Geheymnis sollt bleypen, das keyner nicht wissen durft, außer denen, die im Heuschoper versammlet waren, die Verschwörer. Also gehend und miteinander sprechend, listeten die zween Männer bereyts die Entscheydungen der zukünftigen Regierung auf:

»Abgapen zahlen nur die, die mehr hant, als sie verbrauchen.«

»Die Armen, die nichtzit zu beyszen hant, erhalten von der Regierung selbste Broth und Lebensmittel.«

»Die Alten und Gebrechlichten werdten von der Regierung versorget.«

»Die Regierung kümmert sich auch um den Bau von Straszen und Brunnen vermittelst der Abgapen.«

»So einer, der die Regierung führet, sich auch nur an einem Soldo vergreyffet, dem soll die Handt abgeschnytten werdtn.«

»So einer nach dem Priester verlanget allwegen der Sakramenta, ist er frey, so zu thun.«

»Alle mitsammet dürffen schlecht über die Regierung sprechen, wann und wie es ihnen einkömmt.«

»Bey jedem Wechsel des Mondes versammlet sich alles Dorfvolk in der Piazza und beredtet, was es will entscheydten im Interesse aller und eines jeden.«

»Das Wasser aus den Brunnen musz unentgeltlicht seyn für alle.«

»Die Regierung musz Rücklagen von Soldi vorsehen, um Broth zu kauffen, wann es eine Hungersnoth giept.«

»Die Regierung darff ein jeden ins Gefängnis versperren, doch sollen alle mitsammet entscheydten, so es sich darum handlet, einen aufzuhenken.«

»Dem Priester wirdt es verbothen, in Latinusque mit den Gläubichten zu sprechen auszen vor der Kyrch.«

»Die Regierung ergreyffet Besitz von der Purg, um dorten

das Geviech unterzubriengen und Wohnung zu gepen dem, der keyne Wohnung nit hat.«
»Jeglicht Jahr werdt eine neue Regierung gebildet.«
»Der Regierendte darf nit mehr als dreie Jahr hintereinander regieren.«
»So der Regierendte sich wider jemandt eine Unfläthichtkeyth einfallen lasset, werdt er mit der doppelten Straf beleget, die dieser jemandt allfür die gleyche Unfläthichtkeyth würdt erhalten.«
»So der Regierendte ein Schacherspiel treypet, um ober die vorgesehene Zeyth hinaus die Regierung zu führen, soll er vor aller Augen auf der Piazza des Dorfes in den Arsch getrethen und, so er insistieret, an der Groszen Eych neben der Quelle aufgeknüpfet werdten.«
»So der Regierendte nit will aufgeknüpfet werdten und erkläret, auf andre Weis sterpen zu wolln, darff er mit ein Steyn um den Hals ertränket werdten.«
»So der Regierendte eine Verfügung erlässet, die ihm einen pekuniären od anderen Vortheyl einbringet, werdt er abgesetzt und in den Schwebkäficht versperret auf einen Tag ohn Essen und Trinken und mit Scheisz oberküpelt von allen Bewohnern des Dorfes.«
»Fluchen sey erlaupet, so jemandt aus gutem Grundt die Eyer kochen.«
»Es werdt bestimmt, dasz die Weiper eine den Männern gleyche Seel hant.«
»Huren dürffen gleychweis in die Kyrch alswie jedes andere Weip.«
»So der Regierendte mit Gewalt oder Täuschung das Weip von jemandt will ficken, werdt ihm der Saftrammel abgeschnytten.«
»So eine schwierichte Entscheydtung ist zu treffen, werdt diese Aufgap den zehen Ältesten des Dorfes obertragen, Weiper sowohl alswie Männer.«
»So es sich darum handlet, Landt od Geviech der angrentzenden Nachtbarn zu diepen, müssen alle Bewohner des Dorfs, die sich auf der Piazza versammlen, darin einer Meinung seyn.«

»Ein Volksgerychte werdt bestellet, um Vergehen und Räupereyen und andre Üpelthaten unter dem Dorfvolk selbste zu verhandlen und zu ahnten.«
»Alle mitsammet dürffen alle mitsammet zum Teuffel wünschen als Ausdruck unbegrenztzter Freyheyth.«
»Freyheyth den Männern und Freyheyth den Weipern zu ficken, wann und wies ihnen einkömmt und gefallet.«

17

Bellaughs Soldaten saßen zu allen Stundten unter den Trutzmauern des Kastellazzos, alldieweyl der Hunger ihre Beyne hatte schlotterischt werdten lassen. Sie versuchten zwar, sich zu erhepen, doch ihre Beyne knickten sich just an der Stell, allwo sich die Knie befindten, und so setzten sie sich wieder hin und wartheten darauf, daß die im Kastellazzo Verschantzten sich vor Hungers würdten ergepen. Alleyn, Hunger hatten die draußen vor, und hin und wieder schlossen die Soldaten die Augen und träumten von Schinken und Salami und Hackbrathen und Schweynsmettwörst und Schafskäs und Rikotten so groß alswie Räder und Streiffen von Speck auf dem Brothe und auch Broth ohne Speck und ohne alles oder auch von Polenta mit Grieben und gehacktem Gederm, aber auch von Polenta ohne Grieben und ohne alles. Warme weyche Polenta, kalte und harte Polenta, Polenta auf dem Feuer geröstet und trockene Polenta. Nach einem dieser Träume öffneten Ulfredo und Manfredo wieder ihre Augen und giengen geradeswegs hinüber zum Graffzog, der in einem Zelte hauste, das auf viere Pfählen ward aufgerichtet. Sie fandten ihn mit weyth aufgerissenem Maule und herausgesprungenem Backenknochen, der sich nicht mehr wollt

einränken, alldieweyl der Graffzog so ober alle Maszen hatte gegähnet. Bellaugh machte ihnen ein Zeychen mit Händten und Armen, daß sie ihm sollten den Mundt wieder verschlieszen, und Ulfredo ergrieff des Graffzogs Kinnlade und bewegte sie so lange auf und nieder, bis er sie schließen konnt. Bellaugh öffnete darauf sofort wieder seynen Mundt, um zu fragen, ob sich die vom Kastellazzo hätten ergepen.
»Ach, iwo.«
»Und wieso, bey allen dampfenden Eyern, ergepen sie sich nicht?«
»Unbegreyfflicht ists«, sagte Ulfredo, »jedoch hape ich sagen hörn, dasz gewisse Belagerungen auch Monate dauern und manchmal gar Jahre.«
»So lange kann ich nicht warthen.«
»Wir auch nicht, Euer Hochwohlgeboren. Wir müssen sie zwingen, sich zu ergepen, bevor wir alle vor Hungers sterpen.«
Bellaugh sprangen wüthig die Eyer.
»Doch hiesz es nicht, dasz die Feyndte müszten vor Hungers sterpen?«
»Die Feyndt hant zu essen, Euer Hochwohlgeboren, indeß wir hie unter den Mauern nichts nagen und beiszen.«
»Was essen die Feyndte?«
»Von herauszen höret mann Geblök von geschlachteten Schafen und Ochsen, auch sicht mann Rauch von geröstetem Fleysche. Und mann riecht auch den Dufft von Brathen, Euer Hochwohlgeboren.«
»Unser Geviech!«
»Gantz genau, Euer Hochwohlgeboren.«
»Könnt mann das Kastellazzo nicht mit Feuer einnehmen?«
»Wie aber leget mann Feuer an die Wehrmauern?«
»Mann könnt erst mal das Thor niederbrennen.«
»Es ist schwiericht, sich dem Thore zu nähern, Euer Hochwohlgeboren, alldieweyl die Kastellazzesen einen Steynhagel regnen lassen.«
»Und wir könnten das nicht auch?«

»Steyne fallen besser als sie steygen, Euer Hochwohlgeboren.«
Bellaugh legte seynen Kopf in die Händt und verharrte in tiefen Gedanken.
»Eine Geheymwaffe brauchts, einen listichten und heymtückichten Gedanken, dieses Kastellazzo zu eropern.«
»Die Soldatenschafft ist gar schwer erschöpft, Euer Hochwohlgeboren.«
»In Vermangelung von Viktualien könnt mann die Soldaten durch Flöh wieder belepen.«
»Wie meynet Ihr das, Euer Hochwohlgeboren?«
»Ich hape vernommen, dasz die dürkkischen Reytter ohnzählicht viel Flöh am Leipe tragen, die ihnen keyne Ruh nicht gönnen. Aus diesem Grundte seyndt sie die tüchtigsten Reytter der Welt.«
»Unsre Soldaten hapen zwar Flöhe, doch keyne Pferdt nicht, Euer Hochwohlgeboren.«
»Dann müssen die Flöh alleyn ebent hinreychen!«
»Mann sollt sagen, sie reychen nicht hin, Euer Hochwohlgeboren.«
Bellaugh fuhr sich ober den noch schmerzenden Backenknochen, hielt ein Gähnen zurücke, kratzte den Kopf sich, riep sich die Augen, ließ die Finger knacken, deinde die Zehen, kaute auf seyner Spucke herum, steckte sich in die Nas einen Finger, liesz aus leerem Magen einen Rülpser entfahren und versuchte, auf die Beyne zu kommen, aber alsogleych fiel er wieder auf seynen Hintern zurücke. Er wollte sprechen, doch kam keyn Worth nicht heraus.
Ein Soldat versuchte, Erdtdreck zu essen. Ein andrer kochte den Dreck in einem Thiegel mit wildten Kräuthern. Ulfredo und Manfredo unternahmen eine Erkundtungsreis ober das Landt und fandten ein Feldt mit weißen Rüpgen. Schau an! Und endtlich aßen sie alle weiße Rüpgen ober dem Feuer geröstet oder im Thiegel gesotten oder ober der Gluth gebrathen. Itzo wollte es ihnen erscheynen, als könnten sie unter der Wehrmauer auch noch hundert Jahre verweilen, itzo, wo sie sich die Bäuche mit Weyszrüpgen hatten gestopft.

Auch Bellaugh aß Rüpgen, nur mit dem Unterschiede, daß sie für ihn zuvörderst in Scheyben, deinde in Würfel und nochmals deinde in hauchfeyne Streyffgen wurdten geschnytten. Ulfredo versuchte, ein groszes Rüpgen in die Form eines Hähngens zu bringen und ober dem Feuer zu rösten. Alleyn, Bellaugh lamentierte wieder:
»Die Gestalt ist zwar verändert, jedoch der Geschmack ist noch immer der von Rüpgen!«
»Mann könnt es auch bey verschlossenen Augen essen, dieweyl mann denket, es sey ein Hähngen«, empfahl Ulfredo.
Und Bellaugh aß mit verschlossenen Augen.
»Doch mit verschlossenen Augen seh ich nimmer die Gestalt des Hähngens nicht!«
Ulfredo fieng an zu heulen allwegen seyner Verzweyfflung.
Bey den Soldaten hatte das Übermaß an weißen Rüpgen eine forchtbare Kackerey verursacht und ein derartig Bauchweh, daß sie nicht konnten schlafen. Im Lager hörte mann nächtens lautes Rumoren wie von Donner und Windt, und die Kastellazzesen beobachteten an der Wehrmauer den Himmel, um zu sehen, ob es wollt regnen. Doch der Himmel war klar, und die Sterne leuchteten. Auch des Tags kamen sie und suchten nach Wolken am strahlenden Himmel, alldieweyl das Donnerrollen zu allen Stundten war vernehmbar. Dann aber sahen sie Bellaughs Soldaten, die, einer nach dem andren, hinter einen Hollerbusch loffen und laute Trompetenstösz alswie von Windt und Donnergetöse von sich gapen. Und also fiengen sie an zu begreyffen und schüttelten sich vor Lachen und spuckten die Knochen der Thiere hinunter, die sie hatten gegessen.
Da sagte Bellaugh voll Zornes:
»Die da fressen!«
»Und werffen uns voller Verachtung die Knochen hin wie vor die Hundte.«
Bellaugh trath vor seyn Zelt und brüllte mit aller Krafft zur Wehrmauer hinauf:

»Scheiszhundte!«
Deinde kehrte er sich an Ulfredo:
»Was stehet ihr da? Warum oberprasselt ihr sie nicht mit gemeynen Wörthern?«
»Wirdt sofort ausgeführet, Euer Hochwohlgeboren.«
Ulfredo und Manfredo versammleten die Soldaten in gebührendem Abstand unter der Mauer und gapen Befehl, die vom Kastellazzo mit gemeynen Wörthern zu oberschütten. Die Beschimpfungen von Bellaughs Soldaten giengen los von unten und trafen die im Kastellazzo alswie Steyne.
»Hosenkacker!«
»Stinkdärme!«
»Sackärsche!«
»Kackscheiszer!«
»Dauerwichser!«
»Furtztrompeten!«
»Aufschneydter!«
»Puffereyer!«
»Stockfische!«
»Rabengeyer!«
»Bluthsauger!«
»Hurensöhne!«
»Plattschwäntze!«
»Feystärsche!«
Bellaugh gap mit dem Arm ein Zeychen, um den Hagelsturm gemeyner Wörther wider die vom Kastellazzo abzubrechen. Dann stemmte er die Händte in die Hüfften und warthete ab, welches Ergepnis dieser Angryff würdt hapen. Aber nichts geschah, sie sahen da oben einen ruhig hin und wider gehen, ohne auf die da unten aufmerksam zu werdten, die sich die Kehle aus dem Hals geschrien hatten, um ihre Beleydigungen hinauf zu schicken. Am Endte erschien die Alte, die sich ober die Mauer beugte, einen Vorsprung erklomm, den Belagerern ihren Rücken zukehrte, dann ihren weythen Rock hochzog und ihnen ihren blanken Hintern zeygte.
Bellaugh zu Ulfredo:
»Was soll diese Geste bedeuthen?«

»Sie hat uns ihren blanken Hintern gezeygt, Euer Hochwohlgeboren.«
»Könnts nicht ein Zeychen der Aufgepung seyn?«
»Ich forchte nein, Euer Hochwohlgeboren.«
»Was thunmer itzo?«
»Eygentlicht müsztet auch Ihr itzo Euren Hintern zeygen, Euer Hochwohlgeboren.«
»Das ist deyne Aufgap als Befehlshaper der Soldatenrott.«
»Ich erlaupe mir zu bemerken, dasz der Alten Euer Hochwohlgeboren antworthen müszt in Eurer Eygentschafft als Graffzog und Befehlshaper des belagernden Heeres.«
»Dann lasz Manfredo rufen!«
Manfredo ward gerufen und erschien vor Bellaugh.
»Zu Euren Diensten!«
»Zieh dich aus und zeyg der Alten deynen Arsch!«
Manfredo zog sich auf der Stell die Beynkleydter herunter und war im Begriff, seynen Hintern zu zeygen, allwie der Graffzog befohlen. Dieser reychte ihm itzo den Trychter.
»Schiep dir alldiesen Trychter hinten hinein und mach den lautesten Lerm, als du kannst!«
Manfredo nahm den Trychter aus des Graffzogs Händten, alleyn, er bliep mit dem Trychter in seynen Händten dorten stehen. Nun nahm Ulfredo den Trychter und schob ihn mit geübter Handt dem Freunde ins Loch. Ipso stante und unerwarthet vernahm mann ein gewalthicht Trompetengetös.
Und Bellaugh:
»Bravo! Noch einmal diesen Lerm!«
Manfredo schwoll an, er verrenkte sich.
»Es kömmt nicht, Euer Hochwohlgeboren.«
Bellaughs Eyer kochten augenblicklich vor Wuth.
»Alle Soldaten sollen die Beynkleydter herunterlassen, ihre Ärsche in Richtung der Feyndtsmauer zeygen und lautes Gefurtze aus sich herausfahren lassen!«
Die Soldaten stellten sich mit Müh auf ihre Beyne, zeygten ihre blanken Hintern in Richtung der Wehrmauer und gaben ein Konzerte von wildten, tosenden Geräuschen.

»Die Soldaten sollen ihre Beynkleydter wiedter zusammenraffen, danach ziehen wir auf unsere Purg zurücke, alldieweyl wir die Genugthuung wider die Feyndte gehapt, ihnen mit dem Arsch unter die Nas trompetet und sie mit niederträchtichten Beleydichtungen oberschüttet zu hapen!«
Die Soldaten stellten sich in Reyh und Gliedt auf und richteten sich zur heymatlichten Purg aus. Bellaugh stundt an der Spytze des Heerzugs, gleych darauf folgten Ulfredo und Manfredo.
Der Zug setzte sich in Bewegung, doch die Soldaten hielten sich nur schwer auf den Beynen allwegen der Schwäche, die ihnen der schwartze Hunger verursachte. Sie bewegten sich in Reyh und Gliedt und schwankten alswie verkrüppelte Ameysen.
Ulfredo und Manfredo verspürten Schwindtelgefühle, und die Soldaten taumelten und wankten, je nachdem, woher der Windt blies. Sie zogen vorwärts obers Landt, einer abgetrennt vom andern, ihre Eysenrüstungen und Hellebardten hinter sich herschleyffend. Mancheiner von ihnen kniete zuweylen nieder als wollte er bethen, doch ihm strömten nur Girlandten von lauten Flüchen aus dem Mundte wider den Himmel, der sich endtlich, nach vielem Rumoren aus den Bäuchen, mit wahrhaftigen Wolken hatte verdunkelt.
Bellaughs Maulthier trott lahmend vorwärts und seyn Bauch hieng ihm zur Erdte hinab. Dieser ward nur durch zween Lanzen ober dem Bodten gehalten, die viere Soldaten umfaszten, so auch sie nicht einknickten. Doch die rechte Orientierung verlor mann zu jeder Minute, alldieweyl die Soldaten ihren Schrytt immer auf ebenes oder abschüssig Geländte hinlenkten.
Da brüllte Bellaugh:
»Mann gehe in die Rychtung unserer Purg!«
Doch die wenigen Soldaten tappten vorwärts alswie eine Riesenschlang, die bald sich nach rechts und bald sich nach links verlor und jene Pfadte suchte, die weniger Steyne und stechend Gestrüpp auf ihrem Weg hatten. Zu dem

Rumoren der Bäuche trath itzo auch das Grollen des Donners, und balde schon fielen von oben große Tropfen herunter, die im Staupe versickerten, immer stärker und immer rauschender und endtlich als gewaltiger Schauer.

Da brüllte Bellaugh, der bereyths troff:

»Pest und Teuffel!«

Und nach diesem Ruf des Graffzogs flogen Pest und Teuffel von einem Soldaten zum anderen wider den Regen, der den Staup verschlammte und durch die Kleydter drang und in die Schuhe spülte und den Soldaten die Sicht nahm. Und wer auf die Knie fiel, gieng kniend weyther und stützte sich mit den Händten alswie ein vierbeynicht Viech. Und auch der Staup in den Haaren und auf den Gesichtern versuppte, dergestalt, daß die Soldaten das Aussehen hatten alswie Karnevalsmasken. Der Heerzug kam im Schlamm nur schlecht vorwärts, indeß Blytze die Lufft durchzuckten, von Donnergrollen begleythet und vom Rumoren der Bäuche.

Bevor sie die Purg erreychten, trennte sich Bellaugh von der Spytz seynes Heeres, allwie es einem Befehlshaper zukömmt, wann er von fernen Kriegsunternehmen heymkehret. Alleyn, auch Bellaugh war gäntzlich durchnäßt allwie seyn begleythender Heerzug und von Schlamm verdrecket ober allen Gewändtern.

Alsobalde die Purg in der Ferne sichtbar ward, befahl der Graffzog mit lauter Stimm:

»Singet ein gar stoltzes Lied vom Krieg und vom Siege!«

Da begann der Soldat Saracca, der Cispadanische, zu singen, und die anderen antwortheten ihm im Chore:

Fersenzertrether
Ober Landt ziehn wir später
Arsch und Arschrädter!
Mit leeren Bäuchen
Führen Krieg wir in Räuschen
Arsch und Arschkeuchen!
Fressen und prassen
Die Hos runterlassen

Arsch und Arschfassen!
Sucht der Bauch was zu fressen
Wirdt die Lanze vermessen
Arsch und Arschfressen!
Wann die Feygen sich röthen
Wolln die Feyndte wir töthen
Arsch und Arschkröthen!
Fressen magnúm
Bala balúm!

Die zween Schwytzrischen Wachtposten an der Purghoffschwell hielten sich kertzengerade und stützten sich auf ihre Hellebardten alswie die Alten auf den Stock, um sich auf den wackeligen Beynen zu halten. Dann rytt Bellaugh vor allen anderen ein, gefolgt von Ulfredo und Manfredo und dem gantzen Rest. Und alle mitsammen waren sie in einem forchtbaren Zustand allwegen des Regens.

Bellaugh hielt an inmitten des Purghoffs, indeß allgemach auch alle anderen eintrafen, deinde kehrte er sich an Ulfredo und Manfredo und befahl:

»Die Soldaten sollen sich inzwischen der verdienten Ruhe hingepen. Auf den Abend sollen dann grosze Feuer und Festereyen veranstaltet werdten allwegen des Sieges ober das Kastellazzo, woran sollen theylnehmen auch unsere Dörfler und Dörflerinnen, mit Tantz und Musike und Weyn und Essen in Hülle und Fülle!«

»Die Siegsfestereyen sollen ausgericht werdten allwie Euer Hochwohlgeboren es befohlen, und Tafeln werdten gerichtet und der Weyn besorgt, so wir dies alles findten.«

»Und durch die gantze Nacht soll gesungen werdten mit lauther Stimm, dergestalt, dasz uns die vom Kastellazzo solln hören!«

An einer Fenestra zum Purghoff zeygte sich Frater Kapuzo und fuchtelte mit den Armen und rollte die Augen alswie in großem Entsetzen. Dann rieff er mit versagender Stimm:

»Deus sanctissimus benedicat vos! Eine gar grosze calamitas est adventa in absentia vostra! Deus benedicat vos!«

Der Graffzog und alle anderen kehrten ihre Augen nach oben, allwo der Frater noch immer mit den Armen fuchtelte und mit den Händten, deinde zog er sich von der Fenestra zurücke mit tiefem Lamento, das ihm durch die Kehle stieg:
»Adiuvatis adiuvabemus adiuvatibiminus malducta adiuvantes!«
Der Graffzog stieg die Stiege hinauf in das Zimmer des Fraters, schwerfällicht gefolget von Ulfredo und Manfredo, indeß die Soldaten sich in ihre Quartiere zurückzogen, sich auf ihre Strohlager warffen und ihre erschöpften Knochen ausruhten. Alle mitsammen waren sie der völlichten Erschöpfung nahe allwegen der elendten Rückkehr unter dem Regen und allwegen des Hungers, der ihnen das Gederm von unten nach oben hatte gekehrt.
Bellaugh fandt Frater Kapuzo inmitten seynes Zimmers, kniend, mit gefalteten Händten und gesenktem Kopfe, der den Bodten berührte, und viele Lamentationes sprach alswie bey großem Ohnglück oder Verzweyfflung.
Da brüllte Bellaugh, der in der Thür war stehen gebliepen:
»Frater Kapuzo! Was seyndt das für Lamentationes? Was geschah so Forchtbares in unserer Absentia? Welch aufwühlender Mähren Bothschaffter bist du vor deynem Graffzog, der aus ruhmreycher Kriegsschlacht zurückekehrt?«
Frater Kapuzo hop langsam das Hauppt und langsam stellte er sich auf die Beyn, doch ohne jedweytheres Worth öffnete er die Thür zum angrentzendten Raume und machte dem Graffzog ein Zeychen, er solle sich nähern und für sich sehen. Und der Graffzog machte einen Schrytt vorwärts, gap dann Ulfredo und Manfredo zu verstehen, sie sollten ihm folgen. Kaum stundt er aber auf der Schwell, hielt er inne und kehrte sich an den Frater.
»Wie geschah diese grausame Unthat?«
»In hora nocturna entraverunt homicidas et trucidaverunt Varginiam.«
»Wer waren die Mörder?«
»Ignoti sunt.«

»Sahet Ihr sie? Hörtet Ihr sie?«
»Nihil vidi, nihil audi. Solitus sum dormire profundissime in nocturno tempore.«
Bellaugh bedeckte sich das Gesichte mit seynen vom Schlamm und Geschwytz gebadeten Händten. Dann gieng er ein paar Schrytt zurücke ins Zimmer, setzte sich auf eine Bank nieder und nahm die Händte wieder von seynem Gesichte.
»Was sagt Ihr, Frater Kapuzo, wollen wir einen Bothen schicken zu ihrem Vatter, dasz er kömme, den geliepten Leichnam der ober alles geliepten Dochter zu holen?«
»Sepultura competentia vostra erit, secundum Ecclesia.«
»Eine gar schwere und leydvolle Aufgap, die ich gerne dem Künich von Montecacco würdt oberlassen.«
»In casibus specialissimis usus est restituire corpum mortuum.«
»Corpum mortuum unserer geliepten Varginia?«
»Et quibus altris?«
»Derarticht aufgeschlytzet und geschundten transportare non potest.«
»Restituire solum ossa possibilis est.«
Bellaugh kehrte sich an Ulfredo und Manfredo:
»Sammlet den Leichnam Varginias ein, kochet ihn in einem groszen Bottich, alsodann sollen die Knochen von allen Übrichtbleypseln gesäupert und dem Künich von Montecacco, ihrem Vatter, obergepen werdten.«
»Ante omnia funeralia celebrare debemus.«
»So sehet zuvörderst auf die Zeremonien et inde soll Varginia verkochet werdten. Die Siegsfestereyen sollen abgesaget werdten allwegen der Trauer, und die Soldaten sollen angehalten seyn, den Todt der Graffzogin auf dreie Tag ohn Unterbrechung zu beweynen. Und ebenso sollen sie ein angemessen Trauer- und Buszfasten halten.«
Da heulte Frater Kapuzo:
»Desperatus sum pro morte delectissimae Varginiae, vitovus inconsolabilis.«
»Der Wittmann bin ich!«
»Alle beydt vitovi sumus.«

»Alle beydt wohl nicht gantz!«
»Vitovantia symbolica mihi concedere potestis.«
»So du dich nicht in meyne Angelegenheythen mischest, Frater Kapuzo.«
»Was das betreffet, mischen wir nichtse. Et ora requiescat in pace, si requiescere potest.«
Als Ulfredo und Manfredo die Thür verriegelten, verschlossen sie auch ihre Augen, um nicht sehen zu müssen.

18

Ulfredo und Manfredo hatten von Bellaugh den schröcklichen Auftrag empfahen, den zerschnyttenen Leip der Graffzogin Varginia zu verkochen, allwie es die Kreutzrytther gethan, um die Knochen vom Fleysche zu befreyen, um also seyne Verrottung zu verhindtren und sie in die Heymat zu sendten von den fernen Gestadten des Orients.
Deinde würdten die Knochen Varginias dem König von Montecacco obersandt, dasz er ihnen ein vätterlich Begräpnis bereythe und Amen.
Alldieweyl sie aber den Anblick von Bluth nicht konnten ertragen, verbandten Ulfredo und Manfredo sich die Augen mit zween Schnupftüchern, bevor sie ins Zimmer eintrathen mit dem groszen Kessel, in welchem die Überreste Varginias sollten verkochet werdten. Sie begannen, im Blindten zu werkeln, schlugen mit ihren Köpfen wider die Wändte, indeß im Nebengelasse Frater Kapuzo Gebethe sprach und gar sehr lamentierte:
»Pater noster qui es in caelis, steyge hernieder zur Erdt, so es dir möglicht ist ohne allzu viel Aufwandts. Sieh nur, welch grausame Unthat! Sieh nur, welches Geschlachte!

Pestilentia jedwedtichter Art soll kommen ober die ignotos homicidas! Imploro apud vos iustitiam et poenam severissimam! Paupera Varginia, dasz sie könnt zum wenichsten requiescere in pace!«
Ulfredo und Manfredo hätten sich außer den Augen auch gern noch die Ohren verstopfet, um nicht die Klagen des Fraters zu hören, die in ihre Köpfe eine gar große Verwirrung brachten und, nervös wie sie waren, nur noch größere Nervosität hervorrieffen. Indeß packte Manfredo blindtlings ein Beyn von Ulfredo und steckte es in den Kessel, alldieweyl er des Glaupens war, es gehöre Varginia. Ulfredo versetzte ihm einen Knietrytt in den Bauch, und so wäre es beynahe zu einem Kampf zwyschen den beyden gekommen, hätte der Frater sie nicht mit einem Schrey auseinandter getriepen.
»Quod facetis vos duos ibi?«
Also verbundten und verblindtet thaten Ulfredo und Manfredo, was sie konnten, und am Endt gelang es ihnen gar, den gliedtlosen Leip Varginias in den Kessel zu hieven, deinde legten sie den Deckel darüber, bandten ihre Schnupftücher von den Augen, um den Kessel die Stiegen hinunter zu tragen. Vor ihrem Blicke zeygte sich das schröckliche Bildt von versprytztem Bluth auf dem Bodten, als wär ein Ochs abgeschlacht wordten. Alleyn, es war das Bluth von Varginia.
Ihr Magen stülpte sich um, und die zween begonnen, Lufft zu kotzen, da sie andres noch nicht hatten gegessen. Da loff der Frater herbey.
»Trucidationem horribilem hant die ignotes homicidae begangen! Kniet nieder et oremus pro sancta donna Varginia reducirita in minimis partibus sicut bos unter dem Schlachtbeyl!«
»Oremus nicht allzu viel, alldieweyl den Kessel hinuntertragen debemus.«
»Orationem pro anima delecta Varginiae negare non potestis.«
»Possumus, possumus«, sagten die zween, »wo nicht, dampfen dem Graffzog die Eyer.«

»Etiam me!«
Alleyn, die zween hopen den Kessel auf und begannen, ihn die Stiegen hinunter zu hieven. Der Frater kauthe eynige Orationes bey verschlossenen Augen, alldieweyl er keyn Bluth nicht sehen wollt.
»Wer könnts nur gewesen seyn?« fragte Ulfredo Manfredo.
»Ich wills garnicht wissen«, sagte Manfredo.
»Ich auch nicht.«
»Nix wollnmer wissen und auch in keyner Weis nicht hineyngezogen werdten.«
Der Kessel wurdt auf einen mächtichten Dreifusz inmitten des Purghoffs gehopen und ein Feuer unter ihm entzundten. Alleyn, da Ulfredo und Manfredo hatten versäumet, den Kessel mit Wasser zu füllen, begann der Leip Varginias zu bruzzeln. So entstieg ihm ein Dufft von gebrathenem Fleysche. Der weckte die hungrichten Soldaten auf in ihren Quartieren, die dem Brathengeruch nachgiengen und so zu dem Kessel gelangten inmitten des Purghoffs.
Auch Bellaugh eylte herbey, der noch viel hungrichter war als die Soldaten. Er hob den Deckel auf und fieng an zu brüllen:
»Gept Wasser in den Kessel und lasset alles gar lange kochen, auf dasz das Fleysch sich löse von den Knochen und jede Unreynheyth von ihnen falle!«
Die Soldaten wartheten, bis sich Bellaugh hatte entfernet, deinde stellten sie sich auf um den Kessel und jeder versuchte, das beste Stück Brathfleysch für sich zu beanspruchen.
»Verziehet euch, das hier ist nichtzit für euch!« sagte Ulfredo.
»Und wer frisset dann diesen Brathen?«
»Dies ist keyn Brathen nit!«
»Und was denn sonst?«
Da kam auch Frater Kapuzo herbey.
»Membra hominum eszbarabiles non sunt!«
»Das Zeug wirdt nit gefressen«, übersetzte Manfredo, dieweyl Ulfredo mit einem Eymer voll Wassers kam.

Die Soldaten zogen den Dufft durch die Nas ein.
»Das Zeug wirdt vielleycht nit gefressen, doch der Geruch ist gar köstlicht.«
»Verschwindet von hier!«
»So ihr fresset, wolln auch wir fressen!«
Bellaugh hatte den Krach der Soldaten gehört und stürzte außer Athem herbey.
»Hier frisset keyner nicht! Hier frisset mann nicht, hier wirdt geweynet und geklaget!«
Die Soldaten begrieffen nicht, aus welchem Grundte sie vor einem Kochkessel sollten weynen und klagen, der einen so köstlichen Dufft verströmte. Alle mitsammen zogen sie diesen Dufft ein durch die Nas, keyner nicht bewegte sich fort und keyner nicht wollte sich fortbewegen.
Wieder entfernte sich Bellaugh, diesmal zusammen mit Frater Kapuzo.
»Gehen wir fort und weynen wir an einem anderen Orthe.«
Die Soldaten begonnen, die Handt auszustrecken. Sie wollten den Deckel lüfften und essen.
»Zurücke ihr!« brüllte Ulfredo.
»Wir wolln fressen!«
»Es wirdt nit gefressen!«
»Und warum nit?«
»Weyl mann keyne Christenmenschen nit friszt!«
Die Soldaten begannen zu lachen.
»Du willst uns doch nit glaupen machen, dasz ihr einen Christenmenschen hier reyngesteckt hapet? Was für eine Zauperey sollte das dann seyn?«
Ulfredo hob den Deckel auf und machte den Soldaten ein Zeychen, sie sollten sich nähern und in den Kessel schauen. Jedoch nur einer näherte sich von ihnen, schaute hinein und erstarrte mit weyth aufgerissenem Maule und weyth aufgerissenen Augen.
»Varginia ists! Ich hap sie erkannt!«
»Die Graffzogin und Gemahlin des Graffzogs?«
»Ja.«
»Und was thuet sie da drinnen?«

»Sie kocht!«
Die Soldaten sahen ihren Kameradten scheel an, gantz so, als seyen ihm die Sinne verrückt.
»Das glaupen wir nimmer!«
»Dann kommet doch und sehet selbste«, sagte Ulfredo.
»Wir wollens nit sehen.«
»Was wollt ihr dann?«
»Hungricht seyndtmer und wollen fressen.«
»Wollt ihr die Graffzogin fressen?«
Die Soldaten rollten die Augen, ohne ein Worth zu sagen. Und Manfredo kippte schlieszlich den Eymer voll Wassers in den Kessel, und alsogleych vernahm mann ein gewalthig Brodteln, und ein weißer Dampff stieg auf, und ein weißer Qualm alswie Nepel zog durch den Purghoff. Manfredo gieng, um noch mehr Eymer voll Wassers zu holen und sie in den Kessel zu kippen. Die Soldaten sahen auf ihn mit argwöhnischen Blicken.
»Was soll das Wasser auf dem Brathen?«
»Das soll dafür sorgen, dasz die Graffzogin gesotten und nit gebrathen werdt.«
»Wer hat das gesaget?«
»Das hat der Graffzog persönlicht gesaget mit seyner eygenen Zung.«
»Und wer isset sie nachher sotan gesotten?«
»Niemandt nit wirdt sie essen.«
»Warum lasset ihr sie dann also siedten?«
»Befehle des Graffzogs diskutieret mann nit.«
Der Soldat, der einen Blick in den Kessel hatte geworffen, gieng in eine Ecke des Purghoffs und kotzte zween Schnekken aus, die er mit dem gesammten Gehäuse hatte verschlungen. Alsobalde es ihm war bewußt gewordten, daß er die Schnecken hatte ausgekotzt, sammlete er sie wieder auf und verschlang sie aufs neue mit großem Appetit und Zufriedtenheyth ein zweytes Mal und zermalmte die Bruchstücke vom Gehäus unter seynen Zähnen.
Der Kessel brodtelte den gantzen Tag bis auf den Abend. Ulfredo und Manfredo gossen noch weythere Eymer voll Wassers hinein, das sich im Dampfe verbrauchte, schürthen

das Feuer, und als der Abend heraufzog, legten sie noch zween große Scheythe nach und giengen schlafen und ließen die Soldatenmeut dorten im Kreyse sitzen, die auf mann wußt nicht was wartheten. Schließlich hatten sie inzwyschen begrieffen hapen müssen.
»Wir hant begryffen, doch niemandt nit wirdt uns von hier vertreipen.«
»Niemandt nit wirdt uns von hier vertreipen.«
»Dann also, auf eine gute Nacht.«
Am darauffolgenden Morgen kamen Ulfredo und Manfredo herunter, um die Knochen aus dem Kessel zu versammlen und sie in die Thruhe zu verschließen, allwie es der Graffzog hatte befohlen.
»Sollen wir uns die Augen verbindten?«
»So eine Arbeith verrichtet mann nicht mit verbundtenen Augen.«
»Dann verstopfen wir uns also die Nas.«
So verstopften sie sich die Nase mit Werg, deinde hop Ulfredo den Deckel vom Kessel ab.
»Holla!«
Auch Manfredo trath herzu, um in den Kessel zu schauen.
»Holla!« sagte auch er.
Im Kessel lagen nur noch die vom Fleysch gelösten, weißen, glatten und blitzsauperen Knochen.
»Und die Graffzogin, wo ist die?«
»Und das Wasser?«
»Gar das Wasser noch hant sie gefressen, in welchem die Graffzogin sott!«
»Ich hap vernommen, dasz es Theyle giept in der Welt, da frisset mann gesottene Christen.«
»Auch hier hant sie eine gesottene Christin gefressen!«
»Alles hant sie gefressen!«
»Diese Ekelichten! Die Graffzogin zu fressen!«
»Freszsäcke!«
»Hungrichte Hundte!«
»Wildtsäue!«
»Hyänen!«
»Nicht mal ein Stückgen zum Verkosten hant sie gelassen!«

Ulfredo und Manfredo versammleten Varginias Geknoch und richteten sie in einer mit Sylber beschlagenen Thruhe aus, die innen gantz mit Sammet ward verkleydtet. In dieser Thruhe hop, als sie noch lebte, Varginia ihre Halsketten auf, und itzo richteten die zween darin ihre Knochen aus. Also würdte der Künich von Montecacco, wann er die Thruhe voller Knochen empfienge, verstehen, daß es die seyner Dochter seyndt, ohne daß jemandt was müszt erklären, und sagen würdt er, dies ist das Schulterblatt und das seyndt die Rippen Varginias, dies ist die Wirpelsäul und das ist der Kieffer und das seyndt die Armknochen, dies hie seyndt die Finger und das dort seyndt die Zehen. Sotan, dachte Bellaugh für sich, würdt der Künich Vergniegen findten, sie geduldticht zusammenzusetzen, gantz wie die Ordnung der Natur des Körpers es vorsah.
Ulfredo gieng, Nägel zu holen, und Manfredo gieng, einen Hammer zu suchen, um den Deckel der Thruhe zu vernageln. Spätħer würdt es die Aufgab des Vatters seyn, die Nägel mit eygener Handt und Zang herauszuziehen.
Alsobalde die zween wieder im Purghoff zurücke waren mit Hammer und Nägel, war die Thruhe leer. Dreie Hundte entloffen mit den letzten Knochen im Maule, dieweyl ein kleyn Hündgen in einer Ecke des Purghoffs einen Beynknochen zermalmte, der gröszer war als er selbste, und dabey die Zähne wetzte und seynen Hals verränkte. Alsobalde Ulfredo und Manfredo sich ihm näherten, begann das Hündgen zu knorren und bleckte die Zähne, deinde loff es geschwindte davon mit dem Knochen im Maule.
»Oiweh, das ist das Endte!«
»Der Graffzog wirdt uns sycherlicht aufhängen lassen.«
»Nix bleipet uns mehr, wedter Fleysch noch Brühe noch Knochen!«
»Ah, wir Armselichten, so viel Mühen hapen wir auf uns genommen und dann endten wir alswie zween Räuper!«
Indeß Manfredo heulte alswie eine Katz, ersann Ulfredo eine Lösung für die Unthat der Hundte. Er sammlete

grosze weiße Bachkiesel und richtete sie auf dem Sammet aus als wären es Knochen, deinde vernagelte er den Deckel.
Itzo trathen Ulfredo und Manfredo mit der vernagleten Thruhe vor den Graffzog hin, mit niedergeschlagenen Augen alswie vor Verzweyfflung und tieffem Leyd.
Und auch Bellaugh erschien gar verzweyfflet.
»Nicht einmal greynen kann ich vor allem Schmertz!«
Ulfredo und Manfredo waren drauf und dran, an seyner Statt zu greynen, indeß Bellaugh sich selbste gar sehr darum mühte, alleyn, es wollte ihm nicht gelingen, auch nur eine Thräne aus beyden Augen zu pressen. Er nahm die Thruhe entgegen, und beynahe wäre sie ihm zu Bodten gefallen allwegen der Steyne und ihres Gewichts, die so viel mehr wogen, als mann sich erwarthen konnt. Er stellte sie auf einen Tisch inmitten des Raumes und rief dann nach Frater Kapuzo.
Sagte Bellaugh:
»Allhie ist das Geknoch versammlet von der ober alle Maszen geliepten Gattin meyn Varginia von Montecacco, alleyn, bevor ich mich von ihnen trenne, wär es schön, so ein Gebethe für ihre Seel würdt gesprochen.«
Der Frater hub an, lateinische Antiphones zu kauen und Wörther abzubeyszen und zu verschlucken.
Deinde sprach der Graffzog:
»Varginias Geknoch soll dem Künich von Montecacco, ihrem Vatter, obergepen werdten durch einen windtschnellen Reytter zu Pferdte.«
»Reytter hantmer, doch keyne Pferdte nicht, Euer Hochwohlgeboren«, sagte Ulfredo.
»Und wie konnte das geschehen?«
»Mann raupte sie uns, Euer Hochwohlgeboren, auf der Herreis.«
»Diese Kundte musz werdten geheym gehalten und darf nicht zu unserer Feyndte Ohren gelangen! So soll dann das Geknoch aufbewahret werdten mit alljener Sorgfalt und alljener Ehrerbietung, die der verstorbenen Graffzogin zukömmt.«

Bellaugh nahm die Thruhe auf und obergap sie dem Frater.

»Die Sorgfalt und die Aufbewahrung soll Euere Aufgape seyn.«

Der Frater nahm die Thruhe entgegen.

»Ossa sunt gravissima ober alle Maszen. Doch wie dem auch sey, requiem aeternam dona ei Domine et lux perpetua luceat ei.«

»Nun gehet, verlasset mich alle mitsammen. Alleyn will ich bleypen mit meynem Schmertz, der mir die Seele zerfrisset.«

Bellaugh schop den Frater, Ulfredo und Manfredo zur Thür hinaus. Deinde gieng er in den Raum, allwo sich die Eselin befandt, und umarmte sie voller Verzweyfflung.

19

Bellaugh hatte sich im Bett ausgestreckt, um Schlaf zu findten. Alleyn, das Dunkel der Nacht ängstigte ihn sehr, und so kam der Schlaf ihn nicht an. Alsobalde er nur die Augen schloß, sah er Herrn Tristan, den Rytther, im Galopp auf ihn zureythen, um ihn mit der Lantze zu durchbohren. Zu Hülffe. Bellaugh fuhr hoch und setzte sich, vor Entsetzen schreyend, im Bette auf. Er trocknete sich das Geschwytz ab, inde steckte er den Kopf unter die Bettücher, doch alsogleych begann erneut der Wettkampf mit Herrn Tristan, dem Rytther, der ihm keynen Friedten nicht gönnte. Doch diesmal legte auch Bellaugh seyne Handt an die Waffen ›und einandter verletzten sie sich dergestalt mit ihren Lantzen, dasz dieselben in lauther kleyne Stücke zerbarsten: deinde legten sie Handt an die Schwerther, und es begann eine gar gefährlichte

Schlacht, und einandter verletzten sich die zween Rytther mit aller ihnen zu Gebot stehenden Kraft. Alleyn, der tapfere Herr Tristan verwundtete den Rytther ober dem Helme mit allsolcher Gewalth, dasz er ihn zu Bodten warff.‹ Bellaugh kam nur mit Müh wieder auf die Knie, er fluchte, der Kopf that ihm schmertzen, diesen Tristan konnt er nicht länger mehr ausstehen, der selbst itzo noch in seynen Schlaf eindrang, wo es Varginia doch gar nicht mehr gap, und ihm mit Lantze und Schwerth Hiepe ober den Kopf strich.
Bellaugh war müdte, er mußte schlafen. Er versuchte zu gähnen, denn schon zu anderen Malen hatte er die Erfahrung gemacht, daß das Gähnen den Schlaf nach sich zog. Alleyn, diesmal zog es nichts nach sich, außer der Gefahr, neuerlich den Backenknochen herausspringen zu sehen, allwie er es schon einmal, bey der Belagerung des Kastellazzos, hatte erlebt. Wieder verschloß er die Augen und that so, als schlieffe er. Er versuchte, sich selbste ein Schnippgen zu schlagen, und sagte sich: da sieh an, so bin ich doch endtlicht eingeschlafen, doch stattdessen war er immer noch wach, stieg aus dem Bette, entzundt eine Kertze, löschte sie alsdann, entzundt sie aufs neue und fühlte, daß die verflixte Seele seyn in seynem Bauche toste, und gar häßliche Gesichte zeygten sich im Dunkel neben dem des Herrn Tristan zu Pferdte, und Geräusche waren in den Zimmern der Purg vernehmlich und heyße Lufftzüge kamen alswie aus den Feuern der Hölle, obgleych die Fenestren und Thüren waren verschlossen. Der Graffzog schwytzte und schnaupte und verbarg sich aufs neu unter den Bettüchern, deinde steckte er den Kopf herfür, alldieweyl er ein Geräusch hatte vernommen alswie von Schritten aus den Räumen in seyner Nähe, Schritte von einem oder vielen, die kamen und giengen od auch vorüberhuschten.
»Wer ist da drauszen?«
Doch niemandt antworthete nicht, und für ein Weylgen waren keyne Schritte nicht mehr zu hören. Schon immer hatte Bellaugh sich geforcht vor den Lufttrollen, schon als er noch ein Kindte war und seyn Vatter ihn ins Stroh ober

den Ställen zum Schlafen hatte geleget. Und noch itzo, da er bereyths zum Graffzog war aufgestiegen, eine Purg und ein Lehen seyn eygen nannte, peynigte ihn diese Forcht.
In Wahrheyth hatte Bellaugh nie nicht geglaupet, eine Seel zu besitzen, doch itzo fühlte er, wie sie sich blähte im Innern des Bauches, daß er sie aus dem Hintern mußte herausfahren lassen, so er nicht wollte zerrissen werdten. Was sonst war dann all diese Lufft, wenn nicht seyne verflixte Seel? Sie wars, die ihm all das forchtbare Ohngemach im Dunkel der Nacht bereythete, und gleych darauf fuhr sie ihm hinten heraus und brauste dabey alswie eine Fanfaren im Zimmer.
Aus welchem Grundt die Seel gar so viel Getös mußt machen, war nicht zu verstehen. Vielleicht waren nicht alle Seelen gleych und nicht alle blähten sich so und suchten sich ein derart weyth unten gelagertes Loch, um in die Welt hinauszufahren. So mann die Lufftthöne nahm, die danach noch herauspfoffen, hätt mann der Meynung seyn können, daß seyne Seel gar ohngeduldtig war und von heytherer Art.
Und wiederum setzten itzo in den angrentzenden Zimmern neue Geräusche ein und ein neues Huschen von Schritten. Bellaugh sprang von seynem Bette herunter und gieng barfüßig und auf Zehenspytzen einher, um nachzusehen, ob alle Thüren mit Ketten waren verschlossen. Sie warens. Deinde die Fenestren. Auch sie warens. Danach gieng er wieder ins Bette zurück, oberdeckte seynen Kopf und verstopfte sich mit seynen Händten die Ohren, um die Geräusche nicht hören zu müssen. Alleyn, Schlaf konnt er nicht findten.
Kaum daß es Licht ward, erhob er sich aus dem Bette und blickte aus der Fenestra in den Purghoff, doch der war noch leer, und die Schwytzrischen Wachtposten schlieffen noch alle.
Er trath in das angrentzende Zimmer, allwo seyne Eselin Bianchetta war einquartieret. Zuweylen nämlich sprach er mit ihr, erzählte ihr seyne leydvollen Geschichten, die er niemandt andrem nicht in der Purg konnt erzählen, alldie-

weyl er niemandtem nicht trauthe inmitten all dieser vom Hunger Gequälten. Ein hungrichter Mensch ist ein Verräther, und Bellaugh fühlte, wie die Wuth der Soldatenrott von Tag zu Tag zunahm. Doch wo nur war seyne Eselin? Warum stundt sie nicht da, wo sie hätt stehen sollen? Bellaugh begann, allüberall nach ihr zu suchen, er schlug die Thüren zu, öffnete Schränke, stieß wider eine Thruhe und blickte zur Fenestra hinaus. Nirgends war sie zu findten. Gewißlich aber würdten Eselinnen nicht fliegen.
»Bianchetta!«
Er rieff sie mit lauther Stimm, alleyn, keyn Lauth war in den Räumen vernehmlich und auch nicht im Purghoff. Ohnmöglich konnt sie alleyne entflohen seyn. Itzo erklärten sich alle Geräusche der vergangenen Nacht, das Huschen in den Räumen. Er hätte besser daran gethan, mit gezücktem Schwerthe herauszutrethen, wies einem Graffzog anstundt, als sich unter den Bettüchern zu verbergen. Er rieff Ulfredo und Manfredo, die herbeygeloffen kamen und sich vor ihm aufstellten.
Sagte Bellaugh:
»Jemandt trytt nächtens heymelich in meyne Zimmer und verschwindtet dann wieder!«
»Davon wissen wir nichts, Euer Hochwohlgeboren.«
»Zuerst ward Varginia auf schröcklichte Weis umgebracht, und itzo ward die Eselin bey der Nacht mir gestohlen!«
»Das von der Eselin ist uns gar neu.«
»Elendtes Ohnglück!«
»Es thuet uns sehr leyde, Euer Hochwohlgeboren.«
»Mann soll Bianchetta nur ja wiederfindten!«
»Hoffmer, dasz mann sie wiederfindt.«
»Mann findtet sie gewiszlicht wieder.«
Bellaugh gap Ulfredo und Manfredo ein Zeychen mit der Handt, darob die zween in den Purghoff hinunterstiegen und in allen Ecken und Winklen zu suchen anfiengen, auch in den Sälen, allwo die noch immer von der Belagerung des Kastellazzos geschwächten Soldaten schlieffen, auch in den Vorrathskammern, die voll waren von leeren Krügleyn und leeren Thiegeln, kurtzum allüberall innerhalp der Purg-

mauern. Alleyn, von der Eselin fandten sie nicht mal ein Häärgen vom Ohre.
Ulfredo und Manfredo verließen die Purg und begannen, einen Streiffzug zu machen, da sie wollten sehen, ob die Räuper die Eselin nicht an einen Baum hätten festgebunden oder unter einem Hollerbusch versteckt oder im Wildtwuchs von Pflaumenbäumen und Ginster. Bellaugh verfolgte diesen Streiffzug von der Höhe der Purgmauer her, wobey er sich zwyschen den Zinnen und bröckelnden Stufen hin und wider bewegte. Seyn Aug war nach unten gerichtet alswie das eines Falcken, der seyne Beuth auf dem Erdtbodten ausspähet. Mann würdte sie wiederfindten!
Ulfredo und Manfredo hielten unter einem Eychbaume inne, allwo sie in einen Hauffen von Knochen waren getrethen, die im Grase verstreuet herumlagen. Die waren weiß und blitzblank.
»Diese Knochen«, sagte Ulfredo, »könnten gar wohl auch von der Eselin seyn.«
»Obs nicht eher die von Varginia könnten seyn, die die Hundte geraupet?«
»Schwiericht ists auszumachen, ob sie der einen od andren gehören.«
»Das soll der Graffzog entscheydten.«
»Uns bekäms besser, wann dies die Knochen der Eselin wärn.«
Ein wenicht weyther von dieser Stell: zween gar große Steyn, genau gegenüber gestellt. Dazwischen: noch warme Asche und Feuerkohle, vor noch nicht langer Zeyth angezundt.
Rieff Bellaugh von oben:
»Was giepts da?«
Manfredo hob einen gar großen Knochen hoch und zeygte ihn vor.
»Was hapt ihr gefundten?«
»Knochen, Euer Hochwohlgeboren!«
»Knochen der Eselin?«
»Sie scheynen gantz zu einer Eselin zu gehören!«
»Warthet auf mich!«

Der Graffzog eylte auf der Stell vom Zinnenkrantz hinunter, stürmte durch Räume und Kammern, flog die Treppen hinab, durchquerte den Purghoff und verließ die Purg, gieng außen die Wehrmauern entlang, bis er Ulfredo und Manfredo hatte erreycht, die ihn mit den Knochen in der Handt erwartheten.
Bellaugh sah sie sich genau an und berührte sie.
»Ich erkenne sie ohn Zweyffel als zu meyner Eselin gehöricht. Dasz die Mördter die Pest befalle und sie ein gleyches Endt findten alswie meyne Bianchetta. Ihre Körper sollen zerfleyschet und ihre Knochen auf der Wies unter die Ameisen zerstreuet werdten!«
Und er fuhr fort zu fluchen und zu jammern, knieete sich auf die Erdt, machte ein Zeychen auf die Stirne und schlug sich mit den Fäusten seyn wider die Brust.
»Oh, ich Ohnglückselichter, warum nur schlägt mich der Himmel mit einer Straf nach der andren! In zween Nächten bin ich verdoppelt zum Wittmann gewordten, zuvörderst von meyner mir rechtmäszig vermählten Gattin und itzo von dieser mir verbundtnen Eselin!«
Die Haare wildt zerzauset, die Augen voll bluthrothen Feuers und irren Glantzes, riep Bellaugh sich das Gesichte seyn auf der rauhen Erdte, dann nahm er eine Handvoll Asche von der Stell, allwo das Fleysch seyner Eselin ward gebrathen, und streute sie sich aufs Haupte zum Zeychen des Schmertzes und der Demuth.
»Ich schwöre bey allem und jedtem, dasz die Übelthater dies sollen büszen, die in ohnwürdtigster Weis das Fleysch fraszen der ohnschuldigen Bianchetta meyn!«
Und Ulfredo:
»Es wirdt nicht gantz leicht seyn, sie zu findten, Euer Hochwohlgeboren.«
»Mann wirdt sie findten.«
Ulfredo und Manfredo blickten verloren in ihre Gesichter und wußten nicht, was sie auf so viel Gewißheyth könnten antworthen. Bellaugh ward dieses Blicketauschs gewahr und näherte sich den beyden.
»Wohin verschwindtet das Essen, das mann isset?«

»In den Bauch«, sagte auf der Stelle Ulfredo.
»Richticht. Und nach dem Bauche, wohin verschwindtets da?«
Ulfredo und Manfredo blickten sich wieder an, ohne jedoch die Antworth zu findten.
»Wohin?«
Und endtlich sagte Manfredo:
»Es wirdt zu Scheisze, Euer Hochwohlgeboren.«
»Auch das ist richticht. Und also stellen wir fest, dasz der, der issest, auch kackt, und der, der nicht issest, nicht kackt.«
»Das können wir sogar am Altare beschwören, Euer Hochwohlgeboren.«
»Und also sollen alle Soldaten kontrollieret werdten und auch die Leute zu Hofe, einschlieszlicht des Fraters Kapuzo und des Kurials Belcapo, deinde das gantze Dorfsgesindtel, insonderheyth der Dörfler Migone. Und der soll verhafftet und ins Gefängnis oberführt werdten, den mann beym Faktum erwischet.«
»Bey welchem Faktum, halten zu Gnadten?«
»Sagten wir nicht, dasz der, der kackt, auch gegessen hat? Mithin soll der verhaftet werdten, den mann beim Kacken erwischet!«
»So soll es ausgeführt werdten, Euer Hochwohlgeboren.«
»Mann soll ohnverzüglich den Inspektionsrundgang beginnen und alle Orthe im Umkreys besuchen, wo mann gemeynhin zu kacken pflegt.«
»Gemeynhin kackt mann hinter die Büsche, in die Purggräben und nächtens auch auf die Wiesen.«
»Setzet die Inspektion fort so lange, bis die Schuldtigen der Fresserey seyndt gefundten.«
Ulfredo und Manfredo machten sich auf und giengen um die Wehrmauer der Purg herum und hielten hinter jedtem Busch an und sahen in alle Gräben und hinter jedtes Gehöltz und jedten Felsblock, der sich aus dem Erdtreych erhob. Aus den Büschen flogen Schwartzdrosseln auf.
Bellaugh hielt sich hinter den beyden und fragte:
»Wie fanget mann Schwartzdrosseln?«

»Das ist eine auszergewöhnlich schwierichte Sach, Euer Hochwohlgeboren.«
»Ich hap vernommen, Schwartzdrosseln besäszen ein gar schmackhafft Fleysch für die Tafel.«
»Gewiszlicht, Euer Hochwohlgeboren, doch seyndt sie schwiericht zu fangen.«
»Und doch flieget die Drossel recht tief. Die Soldaten könnten hinter den Drosseln herjagen, da sie itzo nicht wider jemandt müssen kämpfen.«
»Der Hunger schwächet die Beyne, Euer Hochwohlgeboren, dieweyl die Drossel ein gar flinker Vogel ist.«
»So sie Drosseln essen, kräfftigen sich auch ihre Beyne wieder.«
»Doch um die Drosseln zu essen, halten zu Gnadten, musz mann sie zuvörderst fangen.«
»Dann solln sie sie gefälligenfalls fangen!«
Ulfredo und Manfredo schwiegen, sintemalen der Graffzog zuletzt mit einer Stimme hatte gesprochen, als würdten die Eyer ihm dampfen. Sie giengen zwischen den Büschen weyther, mit den Augen nach unten gerichtet, auf der Suche nach dem, der die Eselin hatte gefressen. Und Bellaugh folgte ihnen hinterdreyn und scharrte und äugte alswie ein Jagdhundt.
»Gewöhnlicherweis kackt mann entfernt von dem Orthe, allwo mann isset«, sagte Ulfredo.
»Dieses Mal aber hapen sie gegessen, allwo mann gewöhnlicherweis kackt«, sagte Manfredo und wies auf die Asch und die Knochen.
»Dann seyndt die Mördter vielleicht dahin kacken gegangen, allwo mann gewöhnlicherweis isset.«
»Seyth wir in der Purg seyndt, isset mann an keynem Orthe mehr.«
»Hapet acht!« Mann hörte einen Ruf Bellaughs, der augenblicklich auf seynen Füszen innehielt, alldieweyl er jemandt im Laub eines Hollerbuschs hatte gesehen, der an einem Kanal stundt. Es waren viere Soldaten, die in einer Reyh aufgereyht waren und kackten.
»Fanget sofort diese viere!«

Ulfredo und Manfredo loffen auf die viere zu und pflanzten sich mit ihren Schwerdtern vor ihnen auf.
»Stehet auf!«
»Was hammer dann gethan?« fragte einer der Soldaten, indeß er weyther kackte.
»Stehet auf und keynerley Fragen!«
Ulfredo näherte sich und gap dem ersten der viere mit seyner Schwerdtspitz einen Piekser in den Hintern, sodaß alle verschrocken aufstundten und sich die Beynkleydter hochzogen.
Bellaugh kam näher und befahl:
»Oberführet sie ins Gefängnis, bindet sie und befragt sie so lange, bis sie ihre Schuldt eingestehen.«
»Welche Schuldt?« fragte der erste der Soldaten.
»Das erfahret ihr später.«
»Wann?«
»Wann ihr hapet gestandten.«
Die viere Soldaten wurdten an Händten und Füßen gefesslet und von Ulfredo und Manfredo auf die Purg geschleifft. Allda wurdten sie in die Vorrathskammer versperret und an vieren Haken aufgehängt, die zu anderen Zeythen dazu dienten, Ochsen und Schweyne aufzuschlitzen. Die viere rieffen zu Hülffe zu Hülffe, allwegen des Umstands, dasz die Kordteln ihnen ins Handgelenk schnytten und in die Knöchlen, doch Ulfredo hielt sie zurücke und bedrohte sie mit der Spitze seynes Schwerdtes.
»Schweigt!«
»Wollt Ihr uns den Grundt nit nennen für diese Tortura? Wir wollen unsere Schuldt kennen, deretwegen Ihr uns hier aufgehängt hapt alswie Schweyne.«
Da trath Bellaugh herein mit dem Kurial Belcapo und setzte sich auf einen hohen Stuhl inmitten der Vorrathskammer, der alswie ein Richterthron war im Gerichte.
»Was hapt ihr gefressen?«
»Nichtzit«, antworthete der erste Soldat und verränkte dabey seynen Hals, um den Graffzog zu sehen.
»Dann stelle ich eine andere Frag: Was hapt ihr geschissen?«

Die viere verschlug es die Sprache zur Antworth. Da drängte sich der Kurial Belcapo heran:
»Antworthet auf die Frage des Graffzogs! Was hapt ihr geschissen?«
»Mann scheiszet Kacke, bekanntlicht. Alle Menschen scheiszen und gleychermaszen auch die Thiere.«
Und Bellaugh:
»Mann scheiszet, so mann hat gefressen. Was hapt ihr gefressen?«
»Nichtzit«, sagte der erste Soldat mit schwacher Stimm.
»Wir fressen Lufft, Euer Hochwohlgeboren, und so er sich findt, auch Nepel«, sagte der andere.
»Wer nicht frisset, kackt auch nicht.«
Der erste Soldat besann sich und antworthete alsodann:
»Wir hant Schnecken gefressen, Euer Hochwohlgeboren.«
»Und wo hapt ihr so viele Schnecken gefundten für eine derarticht grosze Scheiszerey?«
»Wir hant Schnecken gefressen und auch wildte Gräser die Fülle, Euer Hochwohlgeboren.«
»Und hapet auch ein grosz Feuer entzundt um viere wenichte Schnecken zu rösten?«
»Wir hant uns den Bauch mit Schnecken vollgeschlagen, mit Euro Verlaupnis.«
»Und wo hapet ihr sie gefundten?«
»Unten, bey den Gräben, Euer Hochwohlgeboren.«
»Und die groszen, weiszen Knochen vom Beyn und vom Knie und die Bauchrippen, die waren auch von den Schnekken? Hapen Schnecken itzit Knochen?«
Die viere antwortheten nicht, sie fühlten, sie saßen in der Falle.
Da hub der Kurial Belcapo aufs neue an:
»Eingestehet eure Schuldt, so werdtet ihr ein gantz kleynes bisgen Nachsicht findten für eure Bestrafung.«
»Was sollmer eingestehen? Was dann wäre unsere Schuldt?«
»Was hapt ihr gefressen?«
»So sagt Ihr es uns doch, was wir hant gefressen.«
»Ihr selber müsset es eingestehen.«

»Holet uns hier herunter, und wir gestehen alles, was Ihr nur wollt.«
Ulfredo piekste sie mit dem Schwerthe.
»Wir holen euch herunter, alsobalde ihr eingestandten hapet, welches Thier ihr hapet gefressen.«
Und neuerlich Bellaugh:
»So ihr nicht eingestehet, dasz ihr die Eselin meyn hapet gefressen, henken wir euch am Galgen im Purghoffe auf. Was hapet ihr also gefressen?«
Der erste Soldat platzte heraus:
»Wir hant die Eselin von Euro Hochwohlgeboren gefressen!«
Die anderen dreie Soldaten fühlten sich durch die Worthe des ersten gar tieff beleydigt, sie versetzten der Lufft Tritte, verwickelten sich in den Stricken, troffen vor Schweyß, alleyn, keyn eintzig Worth kam aus ihnen heraus, um den Lügen zu strafen, der hatte gesprochen.
Bellaugh richtete seynen Oberleip auf, blähte sich voll Lufft und verkündtete seyn Urtheyl:
»Alle viere sollen im Purghoff erhenket werdten, da sie eingestandten hapen, schuldig zu seyn eines schweren Vergehens, der Beleydichtung der Persona des Graffzogs, der nächtlichten Verletzung seyner Wohnungen und der Miszachtung seyner Auctoritas. Das Urtheyl soll vollstrecket werdten, und damit solls hinreychen in nomine Dei.«
Die viere wanden sich in tödtlicher Verzweyfflung, dieweyl sie wurdten heruntergelassen, und jammerten allwie zur Hölle gefahrene Seelen, als die Wachen sie mit Gewalth in den Purghoff zerrten.
»Vergepet uns! Der schwartze Hunger hat uns korrumpieret! Vergepet uns!«
Doch Bellaugh entfernte sich mit kräfftigen schnellen Schritten, damit er das Klagen der Verurtheylten nicht mußte hören.

20 Bellaugh streiffte umher auf der Suche nach Weinbergschnecken. Ihn begleiteten der Kurial Belcapo und Frater Kapuzo. Wo aber fanden sich nur all diese Schnecken?
»Wo nur seyndt sie?«
Antworthete der Frater:
»Si existunt, necessario eas finderemus, si non existunt, eas non finderemus.«
»Die Soldaten fressen Schnecken vom Aufgang der Sonne bis zu ihrem Untergang.«
»Signum evidentissimum ut existunt.«
Und der Kurial:
»Das Fell haben wir uns in den Gräben vom Leip geschundten, ohne auch nur eine eintzige zu findten. Ergo ist es angeraten, die zu requirieren, die die Soldatenrott findt.«
Inde der Frater:
»Soldati sunt morti fame, ergo sunt irritati. Timeo sit imprudentia gravissima requirire sneckas.«
Sagte Bellaugh:
»Aus eben diesem nämlichten Grundt seyndt wir hie, sie mit diesen unseren Händten zu suchen.«
Die Suche nach den Schnecken führte sie durch die Gräben, auf die offenen Wiesgründt, in die sonnenbeschienen Steingruben, wo Eidexen von smaragdener Farb hin und wider schossen. Bellaugh erkletterte einen Baum.
Der Kurial Belcapo:
»Mir scheyndt vernommen zu hapen, halten zu Gnadten, dasz Schnecken auf der Erdt leben, selten bis niemals dagegen auf Bäumen.«
»Mann kann nienicht wissen«, sagte Bellaugh, »wenn mann sie auf der Erdt nicht findt, könnts auf dem Baum nicht abwegicht seyn.«
Und der Frater:
»Difficile est, secundum logica naturalis, findere sneckas in arbore.«
Bellaugh sah etwas in der Ferne:
»Was seh ich alldort?«

»Eine Schneck gar, Euer Hochwohlgeboren?«
Bellaugh erblickte in der Ferne, weyth jenseyts des Hekkenbestands, der die Grentze des Lehens markierte, eine Damigella, ein Ryttherfräulein, das im Galopp dahinrytt.
Da rieff Frater Kapuzo:
»Ego video puerilla solitaria!«
Und der Graffzog:
»Wer ist dieselbe? Und woher kömmt sie?«
»Securissime ist sie die Dochter der Alten vom Kastellazzo«, sagte der Kurial.
»Ein so unflätig alt Weip könnt eine so anmuthige Dochter hapen?«
»Potest, potest«, sagte Frater Kapuzo.
Bellaugh stieg vom Baum herunter, näherte sich dem Kurial und sprach zu ihm in gebieterischem Ton also:
»Du wirst der Alten vom Kastellazzo eine Bothschafft zutragen, des Inhalts, die Damigella sey auf einen Jagdausflug in meyn Lehen eingeladen.«
»Jagd auf was, Euer Hochwohlgeboren, auf Schnecken?«
»Du wirst sie zur Wildtschweynjagd einladen.«
»Aber im Lehen giepts keyne Wildtschweyne nicht, Euer Hochwohlgeboren.«
»Und wer sollt uns dran hindern, des ohngeachtet auf Wildtschweynjagd zu gehen?«
»Niemandtundkeynernicht, Euer Hochwohlgeboren.«
»Dann geh also und trag die Bothschafft zu!«
»Nunc et itzo?«
»Nunc et itzo!«
»In diesem Aufzug?«
»In diesem Aufzug!«
»Ohne Pferdt? Ein Bothschaffter kann sich gebührendt nicht zu Fusz einstellen.«
»Dann gehst du zuvörderst auf die Purg und holst dir allda ein Pferdt.«
»Wir haben keyne Pferdt nicht mehr, Euer Hochwohlgeboren.«
»Dann sagst du der Alten eben, du hättest aus Achtung

und Ehrerbietung deyn Pferdt an der Lehnsgrentz gelassen.«
»Aber die vom Kastellazzo seyndt unsere eingeschworenen Erzfeyndt.«
»Du stellst dich vor als Bothschaffter des Friedens und lässest wissen, dasz der Wittmannsstandt deynes Graffzogs ihm schweres Leyd verursacht. Sagen wirst du ihr, ich sey jung und stattlich und reych an Einkünfften und Besitzthümern. Durchblicken lässest du, dasz, so Heurath nicht ausgeschlossen wirdt, das gnädichte Fräulein den Tittel einer Graffzogin wirdt tragen.«
»Die Bothschafft überbrieng ich wohl, Euer Hochwohlgeboren.«
Belcapo entfernte sich hurtigen Schrittes zur Purg.
»Und wohin gehest du nun?«
»Zur Purg! Zween Schwytzrische Gardisten holen! Ein Bothschaffter geht nicht alleyn auf Bothschafftsreise nicht!«
»Recht gedacht so!«
Der Kurial eylte im Galoppschritt zur Purg. Hier wechselte er seynen Aufzug und nahm sich zween Schwytzrische Gardisten, die just in diesem Augenblicke vier Weinbergschnecken einjeder gegessen und sich ergo einigermaßen auf den wacklichten Knien hielten. So giengen sie auf Bothschafftsreis.
Als sie am Kastellazzo allda waren angekommen, ward der Kurial und seyne zween Gardisten von Rotzjungen mit Steynen beschmissen, und die Bauren spiehen sie an, denn sie erkannten in ihnen jene, die an der Belagerung hatten theylgenommen.
»Verduftet! Was wollet Ihr hier?«
»Mit der Herrin des Kastellazzos redten«, sagte der Kurial mit vollthöniger Stimme, »ich trag eine Bothschafft des Graffzogs Bellaugh von Kagkalanze zu!«
»Verpisset Euch, Du und Deyn Fratzenaug von Kagkalanze!« sagte ein Bauer.
Doch ein weytherer trat herfür.
»So sie im Aufftrag des Graffzogs kommen, müssen wir sie zur Herrin führen.«

»Führt mich zu eurer Herrin«, sagte der Kurial.
Und der Bauer:
»Ihr warthet allhier!«
»Stehend?« fragte der Kurial.
»Wollt Ihr Euch setzen, dann setzt Euch auf die Erdt.«
»Geh und ruf deyne Herrin, Bauer!«
Der Bauer gieng von dannen, und nach einer kleynen Weyl zeygte sich die Herrin oben an der Wehrmauer des Kastellazzos.
»Was wollt Ihr?«
»Wir briengen eine Friedensbothschafft vom Herrn Graffzog Bellaugh von Kagkalanze, Euerem angrentzenden Nachbarn.«
»Und wes Inhalts sollt diese Bothschafft seyn?«
»Des, dasz der Graffzog die Damigella, Eure Dochter, zu einer Wildtschweynjagd für postübermorgen zu früher Morgenstundt einlädt.«
»Mann wird sehn«, sagte die Alte.
»Und welche Antworth überbriengen wir unserem Graffzog?«
»Mann wird sehn.«
»Was also sollen wir ihm von Eurer Herrschafftlichkeyth aus zu wissen thun?«
»Ihr sagt, mann wird sehn, und ich werdte das Fräulein, meyne Dochter, fragen und ihr berichten, wie ungeheuerlich ihr mir auf den Eyern herumgetrampelt hapt.«
»Wir werdten dem Graffzog Bericht erstatten.«
»Erstattet ihm auch die Eyer!«
»Das werdten wir.«
Zu früher Morgenstundt des obübernächsten Tags hörte mann auf der Piazzetta vor der Dreieyschen Purg die Fanfaren berytten er Rytther, die die Ankunfft der Damigella vom Kastellazzo ankündigten. Der Graffzog sprang aus dem Bette, striff sich die rothen Beynkleydter ober und den schwartzgoldtnen Wamms für die Jagd und befestigte endtlich noch die Sporne an den Stiefeln, wiewohl er doch wußte, daß Pferdte nicht da warn. Die Rytther vom Kastellazzo waren in den Purghoff eingerytten, vorbey an

den Schwytzrischen Garden, die, trotz des Hufegeklappers der Pferdt und der Fanfarenklänge, noch immer fest schlieffen.

Bellaugh erschien an der Fenestra.

»Ich grüsze Euch, Madamigella! Willkommen auch die Rytther und die Pferdt!«

Bellaugh jagte die Treppen hinunter, zog im Springen noch die Beynkleider hoch und verschnürte schnell die verschiedtenen Bänder. Die Damigella stieg vom Pferdt herunter und gieng auf ihn zu, und dieweyl sie das that, streckte sie ihm ihre Handt unter seynem Mundt zum Kusse entgegen. Und Bellaugh küßte diese Handt. Darauf betrachtete er sie genau und zog sie mit seynen Blicken aus, wobey er bey den Knöchelen und den Waden begann, sich dann zu den schön geründeten Knien tastete, dann zu den Schenkeln weyther und dann zu dem Büschel gekräuselter Haare zwischen den Beynen vorn und zu dem schönen festen ründlichen Arsch hinten und zu dem glatten geründeten Bauch mit dem Bauchnabel in der Mitten und dann zu den Titten, die so fest waren alswie zwey rundgewaschene Flußsteyne.

»Es thut mir leyde, Euch um ein Pferdt bitten zu müssen«, sagte Bellaugh, »aber die unseren seyndt all durch Quartanfieber invalidieret.«

»Mit Vergniegen leyhe ich Euch ein Pferdt«, sagte die Damigella.

»Eure Rytther bleypen in der Purg, dieweyl wir auf die Jagd gehn, wenns Euch beliebet.«

»Das ist höchlich kompromittierend«, sagte die Damigella.

»Ich bin ein Mann von Ehr mit gäntzlich ehrenwerthen Absichten.«

»Auch die edelste Aufrüchtigkeyth kann zuweylen verkrüppeln.«

»Ich will Euch versichern, dasz wir uns ehrlich und aufrichticht dem Vergniegen der Jagd und anderem überlassen können.«

»Es bereythet mir Freudt, Euern Worten entnehmen zu

können, dasz wir auszer der Jagd uns auch noch anderen Plaisieren ergepen.«
»Aus eben diesem nämlichen Grundte hab ich Euch eingeladten.«
Das Fräulein schienen die Worthe des Graffzogs zufrieden zu stimmen. Derselbe nahm sich nun eines der Pferdte des Gefolgs und schwang sich aus dem Stand auf dessen Rükken. Mitsammt der Damigella zog er hinaus, unter dem grüßenden Klang der Fanfaren der Rytther, die mit ihr vom Kastellazzo waren herübergezogen.
Die zween verschwandten im Staup der Straß et inde galoppierten sie hinab zu den Wiesen und auf das Wäldgen zu.
Als sie dorten waren angekommen, auf der Wies nah am Buschwerk im Schatten der Eichbäume, hielt Bellaugh seyn Pferdt an, schwang sich flink und mit großem Geschick herunter und hielt dann der Damigella seyne Handt hin.
»Hier wolln wir uns in die Büsche schlagen und uns auf die Lauer legen nach Wildtschweynen«, sagte Bellaugh.
So stieg auch die Damigella vom Pferdt und setzte sich mit ihrem Ärschgen ins Grase, von Bellaugh gefolget, der nämliches that, ganz dicht an ihrer Seyt. Ohnzögerlich gab er ihr einen sanfften Schups, so dasz sie mit dem Rücken auf dem Boden zu liegen kam und dergestalt gleych die richtige Lage für eynen Rytt einnahm.
»Was wollt Ihr von mir?« fragte die Damigella.
»Alles, was mann nur haben kann.«
»Und was gebt Ihr mir dafür?«
»Ich sagte bereytz, dasz ich die allerehrenwerthesten Absichten habe.«
»Soll ich unter allerehrenwerthest gar auch verstehen, dasz wir von Nuptiae sprechen?«
»Aber gewiszlicht doch.«
Da liesz das Fräulein sich gehen und öffnete die Schenkel ein wenig, um einen Zugang zu schaffen für das Dingsda des Graffzogs, das sich just itzo in seynen Beynkleidern zu regen begann.
Am oberen Theyl der Macchia und des Hügels fandt sich

indeß ein Gewisser, der den zween aufmerksam zusah. Dieser Gewisse war Migone, und bey ihm an der Leine war seyn Schafshundt, abgerichtet in der Heuscheune aufs Wörstefressen und itzo schon mit heraushängender Zung, alldieweyl er die Kleidung des Graffzogs erkannte, der zwischen seynen Beynen einen gar appetitlichten Happen verwahrte. Migone hielt ihn zurück und schlang ihm einen Arm um den Hals, indessen er seyne Blicke fest auf Bellaugh gerichtet hielt, der endtlich seynen aufgeschwollenen Vogel herauszog, der so groß war und größer alswie die Worst, die der Hundt bereyths in der Heuscheun gefressen.
Dann plötzlich lockerte Migone seyne Umklammerung, in der er den Hundt gehalten, gap ihm gar einen kleynen Schups, deinde der Hundt mit erdtstreifender Nas sich davon machte, ober Strauchwerk hinwegsprang, inmitten von Bäumen hindurchlief, im großen Sprung ober Gräben hinwegsetzte, die Steyne miedt, Staup aufwirpelte, Erdte aufwühlte und mit weyth aufgerissenem Maule auf die Wies gelangte, wo er sich schnurgestracks und zielsicher mit den Zähnen Bellaughs Worst schnappte, dieweyl dieser damit beschäftiget war, seyn fuchtelndt Schwerdt in die Scheydte zwischen die Schenkel der Damigella zu führen. Ein forchtbarer Schrey von Weh und Entsetzen erfüllte die Lufft und erreychte endtlich auch den Hügel, allwo Migone sasz.
Den trugen seyne Beyne geschwindte nach Haus, und er warf zufrieden die Arme über die gelungene Rach. Alsbald erreychte ihn auch der Hundt, der noch auf den saftigen, wohlschmeckenden Eyern des Graffzogs herumkauthe.
Derselbige Graffzog warf sich inmitten eines Busches und zerkratzte sich zur Gäntze, um Hülffe schreyend, zu Hülffe, zu Hülffe, ich sterpe, dieweyl er mit den Händten das austretendte Blut aufzuhalten suchte und mit den Fingern den Stummel zusammenpreßte, der von dem Zubiß des Hundts war übricht gebliepen. Die Damigella zog ihn an den Armen empor und halff ihm, sich wieder aufs Pferdt zu setzen, da er zu Fuß auch nicht einen Schritt nicht thun

konnte. Aber selbst noch zu Pferdte krümmte er sich in jegliche Rychtung. Die Damigella gieng ihm an der Seyt mit ihrem Pferdte und stützete ihn und richtete ihn auff.
Der Graffzog lamentierte gar bitter:
»Oh, Hülffe, ich Ohnglückselichter, der Hundt hat meynen Vogel gefressen!«
Und die Damigella:
»Fasset doch Muth! Von der Purg aus wollen wir einen Feldtscher rufen.«
»Einen Feldtscher? O Hülffe! Was thuet ein Feldtscher? Nichts ist mehr verbliepen zu schneydten, nichts ist mehr übrig, alldieweyl das verdammte Hundtsviech mir den gantzen Vogel hat weggefressen und die Eyer dazu!«
»Die Eyer dazu?« fragte die Damigella voller Entsetzen.
»Auch die, alle drei. Oh, welch ein Ohnglück!«
»Was meynet Ihr mit: alle drei?«
»Es giept Männer, mit denen die Natur gar knausericht umgieng: die haben nur ein eintzicht Ey. Und andre giepts, denen hat die Natur im Überflusse drei geschenket. Aus diesem nämlichen Grundt vorzüglich ist mir vom Künich von Montecacco das Lehen von Dreiey zugefallen. Itzo hat der Hundt sie mir gefressen und nicht ein eintzichtes ist mir verbliepen.«
»Wie forchtbar leyd mir das thuet!«
»Und mir erst! Oiweh! O Hülff, die Peyn! Ein Loch hat mir der Hundt gerissen, alles hat er mir weggebissen!«
»Aber zum wenichsten wirdt ein kleyner Stummpel verbliepen seyn?«
»Ein Stummpel gewiszlicht, doch ohne Eyer ist er zu nichts tauglich nicht.«
»Ein Gatte mit drei Eyern hätte mir freylich überaus gefallen.«
Bellaugh antworthete nicht. Der Kopf baumelte ihm auf Schultern und Brust herunter, seyn Gesicht war gebleycht und weißlich allwegen des Bluthes, das er verlor und am Pferdtsbauch hinabtroff. Er klagete leyse wimmernd, deinde wurdt auch die Stimm zum Klagen immer schwächer.

»Ich armselichter Armselichter, ohne meynen saftichten Vogel und ohne Eyer! Ich armselicht Zugerichteter und Ohnglücklichter! Mich durchfährts, als hätt die Seel mann mir zur Gäntz herausgerissen! Was suchet ein Mann ohne Vogel, ohne Lustwurz, ohne Horn, ohne Ruth, ohne Keyler in dieser Welt? Was suchet er? Mit einem Loche in loco. Bestrafft worden bin ich, weyl ich von der Natur ein Ey im Überflusz erhalten, und itzo hap ich nicht mal mehr eines! Und dieser Hundt, von woher kam er? Warum hat er die Eyer meyn gefressen, doch die von andren nicht? Wer hat ihm eingesagt, die meynen nur zu fressen? Oiweh, oiweh, schon fühl ich mich zu Bodten stürzen mit aller Ohnmacht! Oiweh, oiweh, so gar viel Bluth trytt aus und mit ihm auch meyn Leben! Was hilfft die Groszmuth gegen Unterthanen schon und all die Weythsicht, all der Muth, die Güth und Weisheyth? Was hilfft das alles? Ein streunend wildtes Hundsviech zerstörte meyn Leben. Hätt er mir einen Arm doch abgerissen, anstell des Vogels! Hätt er mir einen Fusz mitsamt dem Beyn doch ausgerissen bis zum Knie!«

Auf dem gantzen Weg zur Purg sprach Bellaugh mit erstickter Stimm seyn Lamento. Das Gefolge der Damigella nahm Aufstellung im Purghoff und bliesz die Fanfaren alswie für ein Feste, wo dies hie doch eher ein Grabgang war. Der Graffzog rytt schwankend auf seynem Pferdte herein, von Schmerzen zermartert, unzusammenhängende Worte brummelnd, die durcheinandergerieten und sich verwischten, andere bliepen ihm im Halse stecken und trathen nicht ober die Lippen. Ihm kamen der Kurial Belcapo und Frater Kapuzo entgegen, die sich vor dem Anblick des Bluthes gar forchtbar entsetzten.

»Sanguinem video!« sagte der Frater. »Quod successum est?«

Und Bellaugh antworthete nurmehr mit einem Hauch von Stimme:

»Ein Hundt frasz mir meynen Saftvogel und zugleych auch die Eyer.«

»Vere?«

Der Frater und der Kurial sahen, dasz Bellaugh sich noch immer die Händte zwischen die Schenkel pressete, um den Bluthfluß zu dämmen. Sie hopen ihn vom Pferdte hernieder und obergaben ihn in die Handt zweyer Schwytzrischen Gardisten, die ihn mit ihren Schultern stützten.
»Lagert den Graffzog auf ein Bette und bereythet ohnverzüglich bluthstillende Kräutgen, auf dasz der Bluthflusz innehalte«, sagte der Kurial.
Die Damigella stieg von ihrem Pferdte hernieder und sagte zum Frater:
»Mit höchstem Verdrusse ward die Jagd auf die Wildtschweyn unterbrochen, wofür ein grausames Ohnglück die Causa war.«
»Mir däuchte zu verstehen, ut cane ferocissimus fressabat testiculos et scrotum Graffzogis nostris. Inconsolabiles sumus.«
Und die Damigella:
»Entbiethet also dem Graffzog meyne Grüsze.«
»Non versaeumeneremus«, antworthete der Frater.
Die Damigella bestieg wieder ihr Pferdte, und mitsammt ihrem Gefolge rytt sie in Richtung Kastellazzo von dannen.
Der Frater verkündete mit leiser Stimm:
»Homo sine testiculis in scroto mortuus est.«
Der Graffzog wurde auff ein Bette gelagert und mit Kräuterbreypackungen von Wiesenknötherricht und Haarichtkraut behandlet.
Mit kaum wahrnehmbarer Stimm diktierete Bellaugh dem Kurial Belcapo:
»Wir verfügen und bestimmen, dasz mann den Hundt allsogleych such, der meynen Rammel gefressen und meyne Eyer dazu, und dasz derselbe im Purghoff werdt erhenket, darauf in Stücke getheylet und in einem groszen Feuer verbrennet. Desweytheren soll dem Hundtsherrn ein gleyches Schücksal widerfahren.«
»Wie können wir den Hundt erkennen, Euer Hochwohlgeboren?«
»Ein Schafshundtsbastard ists, wildt und von schwartzem

und fuchsrothem Fell. Er soll gefundten und erhenket werdten, wie weyther oben ausgeführet!«
Der Graffzog weynete und erneuerte seyn Lamento, doch endtlich schlosz er erschöpft die Augen. Niemandten nicht wollte er reden hören, niemandten nicht wollte er um sich haben. Nur der Frater bliep und der Kurial, die ihm die Kräuterbreypackungen zubereytheten und ihm versprachen, daß der Hundt würdt gefundten und auch der Hundtsherr.

21

Noch bevor die Sonn am Himmel erschien, gieng der Kurial Belcapo zum Purgthor, um die allerjüngste Verfügung anzuschlagen, die er von den Lippen des Graffzogs hatte empfahen und in großen verschnörkelichten Buchstaben aufgeschriepen. Und dieser Erlaß besagte dies folgende:
»Wir bestimmen und verfügen, dasz jeder Mann von Dreiey ober dem achtzehent Jahr, der sich mit einem Weipe jedwedten Alters und Standes fleyschlich vereyniget hat, darunter auch Jungfrauen oder Weiper von gar schlechtem Rufe, verheurathet oder nicht verheurathet, cum oder sine ohnvermittelter Einwilligung, selbst gar, wenn dieselben gezwungen, vermitteltst Zauperey oder ohnverhüllten Betrug bearbeithet wurdten, im Hause oder herauszen in Wiesen und Wäldern oder an anderen öffentlichen Orthen, bey Tag oder auf der Nacht, desgleychen, wer sich von ihnen mit einem anderen Pursch in würcklicher sodomithischer Actio vereyniget hat, dazu angehalten ist, intra vierer Tag nach besagter Vereynigung, vier Pfundt in Müntzen oder den entsprechenden Gegenwerth in Naturalia für

jedmalichte fleyschliche Actio auf der Purg abzuliefern, bey Androhung der Straf, dasz ihm seyn Schwellvogel werdt abgestochen, sollt sich unter dem Zeugnis des nämlichten Weipes oder des nämlichten Purschen herausstellen, dasz die Actio ohne diese Entrichtung ward vollzogen. Desweytheren wird verfüget, dasz die Entrichtung auf ein eintzicht Pfundt oder den entsprechenden Gegenwerth in Naturalia werdt vermindert, so es sich um Vereynigungen handlet zwischen rechtmäszicht verheuratheten Männern und Weipern. Das Vorstehende wurde diktieret vom Graffzog Bellaugh von Kagkalanze, Herr der Herrschafft von Dreiey.«

Um aber gantz sicher zu seyn, gieng der Ausrufer Bonifazio durch die Straßen des Dorfes, um den Aufruf zu verlesen. Doch just in dem Augenblicke, in dem er die Hacken zusammenknallte und seynen Mundt öffnete, setzte hinter den Thüren und Fenestren eine Litaney ein, die ihn verwirrte und seyne Worte überdeckte:

Talgossa
Schoepflossa
Blockossa
Gemerk
Haarossa
Drillossa
mit Staerk

Die Sonne war gerad eben an den Himmeln erschienen, als Bellaugh sich von seynem Pfühl erhob und durch die Fenestra in den Purghoff blickte, allwo die Soldaten den Hundt, der ihm den Rammel hatte gefressen, am Galgen erhenkten. Das wildte Thier hatte einem Soldaten zween Finger abgebissen und noch ein Stück von der Handt, deinde hatte er seyne Zähne in die Wade eines Schwytzrischen Gardisten gebohret, der seyn Beyn durch den Purghoff zog und dabey gar schlimme Worthe sagte. Endtlich gelang es zween Soldaten, dem Hundt die Schling um den Hals zu legen und ihn am Galgen hochzuziehn.

Bellaugh brüllte von seyner Fenestra:

»Reiszet dem Hundt seynen Lustwurtz mit der Zange heraus!«
Die Soldaten blickten zur Fenestra empor, denn sie erkannten des Graffzogs Stimme nicht mehr, sahen aber, daß just er der nämliche war, der mit dieser klagenden Stimm hatte gesprochen, alldieweyl niemandt andrer nicht da war.
Da loff ein Soldat, die Zang zu holen, indeß die Bestie in alle Richtungen um sich schlug und versuchte, mit seynen Zähnen das Seyl zu durchbeißen, das ihr um dem Hals lag.
Der Graffzog gieng unterdessen in seynem Zimmer hin und wider, mit auseinander gestellten Beynen, da er eine gar große Behinderung und Peyn just an der Stelle verspürte, wo der Hundt seyne Unthat hatte vollführet. Nun aber sprach er zu sich selbste, denn er hatte, als er gerufen, gehöret, daß seyne Stimme verändert war, sie war dünner geworden und entstellt, gezierter und blödter, eine Stimm schon fast wie vom Weip, nicht mehr die eines Graffzogs, eher die einer Graffzogin. Eine gar große Wuth, einen gar großen Zorn gegen die Welt fühlte er in sich aufsteygen, und er hätte nur gar zu gern am Galgen auch seyne Soldaten, auch die Männer vom Dorfe aufgeknüpft, eben alle, die an seyner Statt, noch den muntheren Lümmel besaszen. Er stürzte wieder an die Fenestra, als er einen menschenähnlichen Schrey vernahm, aber es war nur der Hundt, der in der Schlinge baumelte. Dort hieng er nun und zappelte mit gar wildter Verzweyfflung und schlug in alle Richtungen aus, bis er seynem Gewichte nachgab. Da streckten sich die Hinterläuff in die Läng. Nunmehr war der Hundt vollkommen unbeweglich, dieweyl der Soldat mit der Zang seyn forchterlich Werk that, und dem Hundte das Bluth aus der Wundt zwyschen den Läuffen hervorschoß.
Befahl Bellaugh von der Höh seyner Fenestra:
»Verbrennet das Hundtsviech im Feuer!«
Die Soldaten befolgten ohne Verzug die Befehle des Graffzogs und entzundten in einem Winkel des Purghoffs ein

gar groß Holtzfeuer, und obenauf rychteten sie den enthäuteten Hundt und ließen ihn brathen, ein wenig auf dieser, ein wenig auf der anderen Seyt, so viel, als es brauchte zum Essen, gewürtzet mit ein wenig Saltz und Knoblauch und mit scharffer rother Peperonischothe. Alle waren sie einer Meynung, daß das Fleisch vom Schafshundt so schmackhafft war alswie das von jedem anderen Thier, und der Schwytzrische mit der immer noch bluthenden Wade aß mit dem Soldaten zusammen, der zwey Finger und ein Stück von der Handt hatte verloren, die Innereyen als Sonderportion. Schmackhaffter noch als vom Schweyn erschien ihnen das Fleysch vom Schafshundt, denn unter diesen Soldaten hatte kaum einer je Schweynsfleysch verkostet.

Der Graffzog hatte den Kurial Belcapo vor sich:

»Wie hat sich meyne Stimme verändert?«

»Ich halt sie für äuszerst feyn, mit Eurer allergüthichsten Erlaupnis.«

»Woher kommet nach deyner Meynung diese Neuarttigkeyth der feynen Stimm?«

»Die Feynheyth der Stimm scheynet mir in den Zuständigkeytsbereych von Frater Kapuzo zu fallen, Euer Hochwohlgeboren.«

»Wieso denn Frater Kapuzo?«

»Weil, wie mann sagt, die Stimm aus der Seel kömmt, unmittelbar.«

»Und du glaubst, dasz ich eine hätt, eine Seel?«

»Mit allergröszter Sicherlichkeyth, halten zu Gnadten.«

»Scheynet dir nicht, dasz diese Kastratenstimm mir überhauppt nicht stehet?«

»Euer Hochwohlgeboren, es kömmt mir nicht vor alswie eine Kastratenstimm.«

»So gefallet sie dir also?«

»Sie mißfallet mir nicht in keyner Weis.«

»Was thätest du an meyner Stell?«

»Nichts, Euer Hochwohlgeboren.«

»Wahr ists, gar nichts kann ich machen.«

»Ich würdte es in Frieden hinnehmen.«

»Frieden ist ein Worth, das weder zu meyner Persona passet und noch viel wenichter zu meyner Conditio. Mann sprich mir blosz nicht von Frieden!«

»Beabsichtigen Euer Hochwohlgeboren gar einen Krieg?«

»Der würdt mir schon zusagen, doch weisz ich nicht wider wen. Die vom Kastellazzo hapen wir bezwungen. Wer also verbleypet? Wer seyndt unsre andern Anrainer?«

»Da seyndt die Gargotthen von Settefenestre, ein gar wildter Volkshauff, Euer Hochwohlgeboren.«

»Und die übrichten?«

»Das seyndt kayserliche Ländter. Euer Hochwohlgeboren wollen hoffentlicht keynen Krieg nicht wider das Reych führen?«

»Mann wird sehen. Unterdesz müssen wir neue Decreta erlassen, um dies widerborstige Dorfsgesindtel an die Kandarre zu nehmen, das keynerley Hochachtung für die Auctoritas nicht empfindt und zur selbichten Zeyth ausgehungerte Hundt aufziehet. Die Dörfler sollen für ihre Dreystigkeyth und ihren Hochmuth wider unsere Soldaten bestraffet werden.«

»Wann geschah dieser Hochmuth wider die Soldaten, Euer Hochwohlgeboren?«

»Sie geschicht morgen.«

»Verstehe ich rechtens, Euer Hochwohlgeboren?«

»Rechtens verstandest du, alldieweyl morgen eine gründtlichte Durchsuchung sämmetlicher Häuser von Dreiey wirdt durchgeführet, bey der mann jedwede Art von Viktualia einziehet, die sich in ihnen befindt. Ohn Zweyffel und gewiszlich werdten die Dörfler sich wider unsere Soldaten rüpelhafft und arrogant verhalten, und dieserhalb müssen sie allsogleych bestraffet werdten.«

»Ich will Euer Hochwohlgeboren daran herinnern, dasz bey den letzen Durchsuchungen nur äuszerst wenig Viktualia bey den Dörflern wurdten gefundten.«

»Mann fandt frische Eyer und herrliche Krusten vom Schafskäs!«

»Und worin liegt die Straff für den Hochmuth der Dörfler, Euer Hochwohlgeboren?«

»Die arroganten und rüpelhafften Dörfler sollen mit der Einziehung jeglicher Viktualia, die sich in ihrer Behausung befindt, bestraffet werden. Sollt einer Widerstandt leysten, so werdt zunächst seyne Thür mit der Spitzhack zertrümmert, deinde er selbste. Und sollt der Dörfler auszer der Stimm auch noch die Handt aufheben, so soll ihm ipso stante et in ipso loco seyn Saftvogel abgeschnitten werden, womit verhindert werdt, dasz er die Purg mit seym verpestet Bluth beschmutzet.«

»Und sos sich nun um Weiper handlet?«

»So sollen unsere Soldaten sie ipso stante vögeln.«

»Der Soldaten viele seyndt gar und gar geschwächt vom Hunger, Euer Hochwohlgeboren, und werdten nicht in der Lage seyn, die Weiper des Dorfs, so wie Ihr sagt, zu vögeln.«

»Dann solln sie eben kräfftícht essen, aufdasz sie nicht von der Schwäche übermannt werdten.«

»Was solln sie essen, halten zu Gnadten?«

»Die eingezognen Viktualia!«

Der Kurial schwieg verwirrt.

Bellaugh rieff Ulfredo und Manfredo und befahl, dasz am nächsten Tag, just wenn der Morgen zu grauen beginnt und die frühe Sonn den Himmel röthlich färbet, alle Soldaten, ausgenommen zween Schwytzrische Gardisten, die am Purgthor auf Wach stehen werdten, gewalthsam in die Häuser der Dörfler eindringen sollen für die große Osterreynigung, alldieweyl mann so dicht vor dem heiligen Feste stehet.

»Dasz mann also morgen frühe diesen Säuperungsratzeputz in den Häusern der Dörfler machet für Ostern.«

Ulfredo und Manfredo nickten zustimmend mit dem Kopfe.

»Mann soll allzugleych auch den Tölpel Migone findten und ihn ohnverzüglicht vor mich briengen.«

Ulfredo und Manfredo nickten ein weytheres Male und verließen endtlich Bellaughs Raum, der sie wenichte Schritt sich entfernen liesz, sie dann aber wieder zu sich zurückrief.

»Zu Befehl, Euer Hochwohlgeboren!«
Und Bellaugh:
»Ihr hapet meyne Stimme gehöret.«
»Wir hapen sie gehöret.«
»Sie gleychet einem Kastraten, um nicht gar zu sagen einem gantz gewöhnlichen Schwulgen.«
Die zween schwiegen.
»Was antworthet ihr mir?«
»Nix, Euer Hochwohlgeboren.«
»Ihr aber wisset doch eyniges über Schwulereyen.«
Die zween stundten noch immer worthlos und schweygend da.
»Ihr wisset, der Hundt hat mir meynen Rammel abgebissen und gefressen.«
»Ja, Euer Hochwohlgeboren.«
»Doch hat er mir den Arsch nicht gefressen.«
Ulfredo und Manfredo bliepen worthlos und stumm.
»Zum Glücke ist mir der Arsch noch heyl und unversehret gebliepen.«
»Zum Glücke«, sagten Ulfredo und Manfredo.
»Alleyn, ich weisz nicht, wie mann ihn gebrauchet. Ihr müsset mir Unterricht geben im Gebrauch, den ihr Schwulgen davon machet.«
Ulfredo und Manfredo sahen sich an, immer noch schweygend und worthlos.
»Itzo ziehet ihr euch die Beynkleydter runter und lernt mir, wie mann es machet.«
»Euer Hochwohlgeboren, da giebts garnix zu lernen, mann schiept ihn reyn, wie es kömmt.«
»Ich will es sehen mit den Augen meyn.«
Die Stimme des Graffzogs zischete alswie eine Schwerdtschneidt. Daß dies die Zeyth nicht war für Allotria und heytheren Schertz, begrieffen Ulfredo und Manfredo und zogen geschwindte sich die Beynkleyder runter.
Manfredo nahm Ulfredos Schwantz in die Handt und fieng an, mit ihm zu spielen. Als er sah, daß dieser prall und safftticht war gleych einer Gurk, streckte er sich bäuchlings auf den Boden. Ulfredo spielte noch ein wenicht mit sich

selbste, blickte zu Bellaugh hinüber, der mit weyth geöffneten Augen dasaß, und warff sich dann ober Manfredo, drang hinten tieff in ihn ein und stöhnete und winselte, biß ihm in den Nacken und grub seyne Fingernägel in Manfredos Hauth. Die zween fuhren fort, sich auf und nieder zu bewegen, sie kamen gantz auszer Athem, sie hupften in innigster Verbindung, bis Ulfredos Stimme so hoch schryllte alswie eine Sirene und Manfredo in einen gar wildten Schrey ausbrach. Endtlich bliepen die zween zuckend und erledigt am Bodten liegen, schwer keichend von der großen Anstrengung.

»Itzo ziehet euch die Beynkleyder wieder hoch und gehet!«

Der Graffzog drängte Ulfredo und Manfredo zur Thüre hinaus, dieweil sie sich die Bänder noch schnürten und wieder zu Athem zu kommen versuchten. Der Anblick der zween am Boden hatte Bellaugh den Bauch in Bewegung gesetzet, und itzo wollte er darüber nachsinnen. Seyne Rolle bestündte darin, sich auf den Boden zu strecken, mit dem Hintern in die Höh, und das schien ihm gar wenig ergetzlich und desgleychen auch ein wenig beängstigend. Und wen sollte mann wählen, der ihn besprang? Ulfredo? Einen Schwytzrischen? Beym Gedanken an den Schwytzrischen Gardisten durchfuhr ein schwermüthiger Stich seyne Leber und seynen Bauch. Seyn Kopf erhitzte sich bey diesen Gedanken, doch warens wohl eher Rachegelüste als andres. Gegen wen? Der Hundt war erhenket und verbrannt. Aber da gabs noch den Tölpel Migone, und Bellaugh hätte es beschwört, daß die Sach mit dem Hundt, der ihm seynen Saftvogel gefressen, auf irgendteine Weis eine Erfindtung Migones konnt seyn. Doch auch, wenn es nicht Migones Erfindtung war, so wäre, dachte Bellaugh, die Rach an dem Tölpel für ihn eine Tröstung und brächte auf mancherley Art seyner gäntzlich vergifteten Leber und seyner verzweyffleten Seele ersehnte Erleychterung. Doch die Quaestio mit seyner Seel war, alldieweyl er itzo keynen Lustkeyler nicht mehr besasz, eine Quaestio tiefer Erschütterung gewordten. Die Gedanken in Bellaughs Kopfe jagten einander, in einer Phalanx, und ließen ihn keyne Ruhe nicht findten. Und Ulfredos und Manfredos Rytt hatte seynen Kopf und seynen Bauch in völlichte Verwirrung gebracht.

Die Soldaten kehrten aus dem Dorf zurücke. Sie hatten Thüren und Kredenzen und Fenestren und Truhen eingeschlagen und viere Weiper, die sie aus dem Haus wollten drängen. Sie hatten drei Säcke mit Brotrindten, einen halben Sack mit Krusten vom Schafskäs, zween Körbe Karotten, einen Korb weißer Bohnen, viere Säcke Mehl, zweieinhalb Säcke mit Saubohnen, einen mit Schwartzwicke, einen halben Sack Kichererbsen, einen Scheffel getrockneter Birnen, einen Scheffel getrockneter Feygen, einen Korb Nüsse, viere Hühner, einen Hahn, zwölffe Kanine, zween Schinkenknochen und viere gesaltzene und getrocknete Rikottenkäse zusammengerafft.

Bellaugh stundt der Ablieferung der Viktualia vor.

»Lagert alles in die Vorrathskammern, wieget alles und messet alles, die lebendichten Thier sollen lebendicht verwahret werdten, die verderplichen Viktualia dagegen in geeygneter Weis gekocht und auf die Tafel des Graffzogs und des Hofs gebracht, die getrockneten sollen von Tag zu Tag für die Waffentafel gekochet werden und jeder Soldat soll darauf sinnen, Kräuther, Schnecken, Piltze, wildten Honig od jegliche andere Nahrung zu sammlen, um dergestalt die eygene Verpflegung vollständicht zu machen.«

Der Kurial schriep, was der Graffzog ihm diktierte.

»Die Dorfleut seyndt hefftticht aufgebracht, Euer Hochwohlgeboren, und schreyen, dasz sie ihre Omnia wollen wiederhapen.«

»Ihre Omnias seyndt nunmehr die unsren aufgrundt einer rechtmäszichten Entscheydung ihrer Herrschafft.«

»Ich erinnere Euer Hochwohlgeboren daran, dasz wir keyne entsprechende Verfügung nicht für den Einzug der Viktualia hatten ausgeschriepen.«

»Was warthen wir also, sie auszuschreipen? Schreip: Wir befehlen und verfügen aufgrundt des Unheyls, so uns durch den Krieg contro das Kastellazzo entstandten und alle

Kräffte und Vorräthe des Heers und des Hofs in Anspruch genommen, dasz meyne dörflichen Unterthanen sich in den Purghoff begepen und dorten die Hälfft all ihrer lebenden oder tothen Viktualia zum eygenen Hausgebrauch abliefern müssen. Auf Anordnung des Graffzogs Bellaugh von Kagkalanze und mit der Approbatio des Militärs et in nomine Dei.«
»Aber wir haben die Viktualia doch bereyts requirieret.«
»Wir haben requirieret, alldieweyl die Dorfbewohner nicht die Hälfft ihrer Viktualia in die Purg gebracht, wie die Verfügung sie geheiszen.«
»Aber die Verfügung, halten zu Gnadten, hapt Ihr doch grad erst erlassen.«
»Lasz sie mit rückwürckender Gülthichtkeyt an das Purgthor schlagen, dergestalt, dasz alle Unterthanen sie zur Kenntnis nehmen können.«
»Aber unter den Unterthanen ist niemandt nicht, der lesen könnt, auszer dem Tölpel Migone.«
»Mann soll diesen Tölpel Migone ohnverzüglich ins Verlies stecken! Mann such nach ihm allüberall und leg ihn in Ketten!«
»Ich übergebe diese Ordre itzogleych an Ulfredo und Manfredo, mit Eurer Erlaupnis.«
»Was seyndt das vor Stimmen da drauszen?«
»Die Dorfleut seyndts, sie schlagen Krach.«
»Schreip! Jeglichter Dorfbewohner, der in der Nähe der Purg od in den Straszen Krach schlaget mit Wörthern oder aufwieglerischen Handtlungen, wirdt in Ketten geleget und empfahet allso viel Knuthenhiepe alswie Wörther oder aufwieglerische Handtlungen ihm werdten zur Last geleget.«
»Der Lerm nimmt zu, Euer Hochwohlgeboren.«
Bellaugh erhop sich und gieng in seinem Zimmer hin und wider, noch immer mit auseinandergestellten Beynen, alldieweyl das Loch sich nicht wollt verschließen. Dann kehrte er sich an den Kurial:
»Jeglichtem, der sich erdreystet, den Graffzog ohnmittelbar anzulermen, und jeglichtem, der sich aus Abentheuerlust

erdreystet, in ohnmittelbarer Nähe der Purg zu lermen, soll der Rammel und sämmtlichte Eyer herausgerissen werdten.«

»Und sos sich um Weiper handlet?«

»So sollen diese in die Quartiere geschleiffet und von allen Soldaten gerytten werden, und zwar bis zur völlichten Befriedigung derselben.«

Der Graffzog nahm in schäumender Wuth ein Schwerth von der Wandt, steckte es sich anstelle der Saftgurke zwischen die Beyne, stürzte sich auf die Thür und pflantzte die Kling bis zum Schafft hineyn, also daß er nicht wußte, wie er sie sollt herausziehen, wenn ihm der Kurial nicht hätte geholfen.

»Und dann musz auch in Bälde der Name dieses ohnglücklichten Lehens von Dreiey geändert werdten!«

22

Migone ward von vieren Soldaten geschnappt, inmitten des Walds, schlafend und schnarchend auf der Wies im Schatten eines Eychbaums, nachdem er zween Piltze gegessen, die so groß waren alswie Hüthe und ober dem Roste gebrathen. Der Rauch des Feuers hatte ihn verrathen, den die viere Soldaten von ferne erspähten. An Händt und Füß gefesselt, tobte Migone und wehrete sich.

»Ihr hapt euch geirret und mich fürn andern genommen, ich bin ein Nichtsworm.«

»Du bist Migone.«

»Genau das sag ich ja, ich bin ein Nichtsworm in jeglicher Weis und jeglicher Hinsicht. So ist das!«

Alleyn, die Soldaten schleppten ihn auf die Purg, einfach, um keynen Fehler nicht zu machen, und gemäsz den

Befehlen von Ulfredo und Manfredo und das hieß: des Graffzogs. Deinde verbrachten sie ihn ins Verlies und bandten ihn an einem Pfahle fest.
»Was wollet ihr von mir?«
Migone versuchte, dem einen Soldaten einen Trytt in die Eyer zu plazieren.
»So wie du dich bewegest, mach ich aus dir Trockenworst«, sagte der Soldat und pustete auf die Spitz seynes Schwerdts.
Und just in diesem Augenblicke erschien Bellaugh, und seyn Gesichte war finster vor Wuth.
»Da haben wir dich also endtlich geschnappt, Dörfler!«
»Einen Dörfler im Schlaffe zu schnappen, ist auch keyn Sach nit, derwegen mann sich vor Stoltz müszt blähen, sintemalen nit für einen Feldherrn. Ich bin ein Niemandtnit, Euro Hochwohlgebboren, mann brauchet mich ja nur anzusehen, um das zu begreiffen!«
»Auch der Reinecke ist ein Niemandtnit, mann kann ihn nicht mal fressen, es sey denn mit Mühen allwegen seynes zähen Fleysches, und doch schnappt mann ihn vor lautrer Freudt, ihn zu schnappen.«
»Der Reinecke entwischet gleychwohl, Euro Hochwohlgeboren, doch mich hant sie wie durch Verrath im Schlaf geschnappt, derweylen ich schlieff.«
»Halten wir uns dabey nicht auf, wie du geschnappet wardst. Itzo bist du hier, und das verursacht mir reychliche Freudt.«
»Doch musz ich Euch sagen, dasz ich den Grundt nit kenn, für den ich hie angefesselt steh.«
»Das ist, weil ich dir eine Frage möcht stellen.«
»Und Euro Hochwohlgeboren hat so viel Kordtel aufgewandt, nur um mir eine Frag zu stellen? Mit thut es leyde, dasz Ihr Euch gar so bemühet, Ihr!«
»Du muszt wissen, Dörfler, dasz ich thu, was und wies mir gefallet. Ich kann dich, nur zum Beyspiehl, am Galgen henken mitten im Purghoff, ohn dasz ich Rechtenschafft müszt ablegen vor jemandt.«
»So Ihr mich aber henken lasset, würds schwiericht seyn,

Euch auf die Frag zu antworthen, die Ihr mir wollt stellen. Und dann auch braucht es einen Grundt, bevor mann einen henket, auch wenn dieser eine nur Dörfler ist.«

»Und wer behaupptet das?«

»Das Statutum der Allgemeynverbindtlichten Vorschrifften für alle Lehnsherrn, von dem Namen, wenn ich mich nit irr, der Constitutio Feudis. Sagt mir, obs so ist.«

»Ich sehe, du kennest das Gesetz, Dörfler. Dann solltest du doch wohl gar wissen, dasz ich eine Verfügung in Sonderheyth kann erlassen, zu welcher Zeyth es mir beliepet, und mittels dieser kann ich dich im Einklang mit dem Rechte zum Galgen schicken.«

»Wollt Ihr mir nun Eure Frage stellen, mit Verlaup?«

»Ich wollt dich einfach fragen, ob es gerecht dir scheynt, dasz du einen unversehrten Saftrammel besitzest und ich nichts mehr.«

»Was könnt ich darauf sagen, mit Verlaupe? Das seyndt Ohnglücke, die den Lebendichten widerfahrn, wie mann zu sagen pfleget.«

»Doch du bist auch lebendicht, Dörfler. Und dies Ohnglück ist mir widerfahren und nicht dir. Scheynt dir das rechtens?«

»Es scheynet mir keyne Frag nit von Gerechtichtkeyth, halten zu Gnadten.«

»Siehest du, Dörfler, du bist der eintzichste in diesem Orthe, der was begreiffet. Mit dir kann ich plaudren, nicht so mit den andren. Du bist mir geradtheraus sympathisch und just aus dieser Sympathie, die ich für dich empfindt, dacht ich, dasz du dir ein Geschenk hättest verdient.«

»Ich hap mir nichtzitnit verdient, Euro Hochwohlgebboren.«

»Und doch hast dus.«

»Besser nichtzit, Euro Hochwohlgebboren.«

»Und ich besteh darauf, dir ein Geschenk zu machen.«

»Und was solls seyn?«

»Ich möcht, dasz du in allem mir ähnlich seyst, auch in der Sach mit dem Lustlümmel. Kurtz und guth, du hast mich wohll verstandten.«

»Ihr wollt auch meynen Vogel von einem Hundte fressen lassen?«

»Vielleicht von einem Hundtsviech oder ich lasz ihn dir von einem Soldaten mit der Zang herausreiszen.«

»Das scheynth mir eine gar grosze Sauerey, mit Verlaup zu sprechen.«

»Sauereyen hab ich viele hinter mich gebracht, da kommts auf die nicht an.«

»Dann rath ich Euch dringend, es nit zu thun, Euro Hochwohlgebboren.«

Der Graffzog loff obers gantze Gesichte roth an, als er hörte, daß ein Dörfler ihm etwas wollte entrathen.

»Deyne Entrathungen stoszen bey mir auf taupe Ohren!«

»Ich entrath Euch nur zu Eurem Wohle.«

»Meyn Wohl sollte dich nicht besorgen!«

»Und doch besorgt es mich, halten zu Gnadten. Denn Ihr müsset wissen, dasz die Leut sich arg beschweren und an der letzten Grentze ihres Duldungsmaszes seyndt angekommen. Das ungebildet Volk, die Dörfler, wie Ihr sie nennet, steht ihnen erst der Schaum vorm Mundt, seyndt sie wie wildte Thiere. Dasz Ihrs damit nun wisset!«

»Und warum sollten sie Beschwerdte führen? Warum sollt ihnen denn der Schaum vorm Mundte stehen?«

»Der Gründt giepts mehr als einen, Euro Hochwohlgebboren, angefangt, dasz eine Steuer sie entrichten müssen gar schon für eine Bumpserey. Und dann ist Euch bekannt, dasz Eure Soldaten alle Viktualia hant eingezogen und also im Dorfe niemandtnit isset. Ihnen steht Schaum vorm Mundt, weyl sie nichtzit zu nagen hant und nichtzit zu beiszen, und itzit können sie nit mal mehr mitsammen bumpsen.«

»Auch die Soldaten und der Hof hier auf der Purg hant nichts zu essen nit. Und wie, gedenkst du, soll die Quaestio des Essens nach der Constitutio Feudis durch den lehnsherrlichen Graffzog gelöset werdten, so er keyne Viktualia nicht mehr für die Soldaten hat und für sich selbste? Wozu soll es deyner Meynung nach nützlich sein, als Herr ober ein Lehen zu gebieten? Wie, glaubst du, hätt ein andrer

Lehnsherr sich verhalten, nachdem ihm alles Geviech, das in der Purg gewesen, aufgrundt einer niederträchtichten Niedertracht seyner Unterthanen alswie von ohngefähr unter seyner Nas ihm entfleucht? Einen Fehler hab ich begangen, ich hätt gleych alle mitsammen am Stricke solln baumeln lassen.«

»Halten zu Gnadten, in der Constitutio Feudis wirdt von Regalien gesprochen, und die seyndt eine Sach, doch wann das Geviech der Unterthanenheyth gehöret, so hat der Lehnsherr darauf keynen Eigneranspruch nit. Noch niemalsnit hat mann gehöret, der Lehnsherr sey der Herr von allem Geviech im Lehen.«

»Im Falle der Nothwendichtkeyth kömmt dem Lehnsherrn das Recht zu, jedwedtes Ding und jedwedtes Geviech zu requirieren.«

»Und dem Volke kömmt das Recht zu, sich zu erhepen.«

»Und mir kömmt das Recht zu, an den Galgen zu knüpfen, wer sich erhepet.«

»Dann bleypet zu sehen, obs Euro Hochwohlgebboren auch gelinget.«

»Glaupst du denn würcklich, viere ausgemergelte Dörfler thäten mich schrecken?«

»Dörfler, wann sie hungricht seyndt, seyndt eine grosz Gefahr, die Gott verhüth, Euro Hochwohlgebboren.«

»Du willst mich bedrohen!«

»Ich redt zu Euch mit offenem Hertzen, Euro Hochwohlgebboren, und da mir dran liecht, Euch das zu zeygen, will ich Euch einen Beweysz für das lieffren, was ich Euch hap gesagt.«

Der Graffzog brach in ein schallend Gelächter aus, alleyn, dies Gelächter kehrte ihm wieder in den Hals zurücke, alldieweyl Migone einen ohrenbethäupenden Pfiff durch die Lufft schickte. Der Graffzog verschlosz sich die Ohren mit den Händten. Alsobalde der Pfiff zu Endte war, vernahm mann einen Hagel alswie von Steynen, die aus dem Himmel in den Purghoff fielen, und die Stimmen der Soldaten, welche loffen und unter den Thürstürtzen Schutz suchten. Das war freylich ein Novum für die Purg. Da regnete es Gesteyn, große Flußkiesel und kleynere Steyngen, die ober die Wehrmauer pfoffen und ober das Purgthor, das von den Schwytzrischen schnell noch verschlossen ward. Ein Soldat ward von einem Steyne getroffen und loff heulend unter eine Thür. Bellaugh erschien im Purghoff an der Thür des Verlieses, zog sich aber geschwindte wieder zurücke.

»Was soll dieser Pfiff und was soll das Gesteyn?«

»Gesteyn ist Gesteyn, Euer Hochwohlgebboren. Ich sagte Euch ja, die Leut hapen Schaum vorm Mundte!«

Diesmal kam dem Graffzog nichts ein, was er konnt sagen, denn er sah, daß die Steyne noch immer herunterfielen, und er biß sich auf die Zung. Dieses Novum gefiel ihm mitnichten, doch vor dem Tölpel Migone konnte er seyne Forcht nicht bezeygen.

»Glaupest du, mir Forcht einzujagen?«

»Euro Hochwohlgebboren, ich glaupe nichtzit nit. Ich sage Euch nur, mit Dorfleut, die den Schaum vor dem Mundte hant, juxet mann nit allzu lang. So!«

»Auch mit dem Graffzog juxet mann nicht, und wenn dem Graffzog der Schaum vor den Mundt tritt, kannst du dich gantz zufällicht mit einer Schling um den Hals und heraushängendter Zung wiederfindten.«

Aber dann wurdte der Graffzog aufs neue nachdenklich.

»Im Gegentheyl, ich will dir beweysen, dasz sich jeglich herausfordternd Gebaren wider den richt, der es auslöset.«

Der Graffzog rieff zween Soldaten, liesz Migone vom Pfahle bindten, befahl ihm, in den Purghoff zu trethen, allwo es noch immer Gesteyn hagelte. Doch alsobalde er auf der Thürschwell stundt, pfoff Migone erneut, als sollts durch die Ohren schneyden, und der Gesteynsregen hörte ipso stante auf.

Bellaugh steckte sich darauf zween Finger in den Mundte und machte einen schrillen Pfiff. Doch nichtsnicht geschah.

»Versuchts garnit erst, Euro Hochwohlgebboren.«

»Und warum?«

»Die Dorfleut erkennen meynen Pfiff unter allen sonstichten Pfiffen der gantzen Welt.«

Dem Graffzog dampften neuerlich die Eyer.
»Dieser Dörfler soll wieder an den Pfahl gefesselt werden!«
Auf der Stell ward Migone erneut angebunden. Der Graffzog kam ihm von ohngefähr just unter die Nas und sah ihn scheel an.
»Also du bist der Anführer dieses Auffstands!«
»Ich bin nur ein einfacher Dörfler wie alle andren.«
»Nein, du bist der Anführer und befehligest die Leut mit einem Pfiff.«
»Wer in dieser Gegend befehliget, seydt Ihr.«
Bellaugh sinnte erneut scharff mit seynen Gedanken nach.
»Itzo hör mich guth an, Dörfler, denn ich will dir ein äuszerst vortheylicht Angeboth machen.«
»Vortheylicht für wen?«
»Für dich, Migone, vielleicht aber auch für mich.«
»Hören wir also Euer Angeboth.«
»Warst du drauf aufmerksam, dasz ich zum ersten Mal dich bey deynem Namen genannt, Migone?«
»Euro Wohlgeboren, ich habs bemerket, doch das seyndt Feynsinnichtkeythen, denen wir Dörfler nit sehr viel Gewicht beymessen. Vielmehr seyndtmer gewohnt, den Dingen auf den Grundt zu sehen.«
»Und ein Grundt könnts seyn, dasz ein Mann von deyner Intelligentzia nicht auf der Seyt der Dörfler kann stehen. Kurtzum, es wäre sinnvoll, wir kämen überein, ich und du.«
»Wir seyndt schon einer Meynung, Euro Hochwohlgebboren. Ich respektier Euch als Graffzog, doch mehr als das kann ich nit thun. Ich bin ohn Bildtung, ich bin Dörfler, es ist richtiger, dasz ich bleip, wohin ich bin hingestellet.«
»Itzo führest du die Dörfler an. Ich aber kann dich meyne Soldatenrott befehligen lassen.«
Itzo war es an Migone zu lachen.
»Und was gäbs da zu lachen?«
»Die Soldatenrott? Ich bin ja nit mal in der Lage nit, ein Schwerdt in der Handt zu halten, Euro Hochwohlgebboren,

ich hape keynerley Erfahrung nit mit irgendwelchem Gewaff und kann nit einmal auf ein Pferdte steygen.«

»Bekümmere dich nicht um die Pferdte, auch nicht um Waffen, dafür giepts Soldaten, die sie führen.«

»Wir Dörfler seyndts gewöhnt, Heugabeln zu führn. Auch Steyne könmer werffen. Aber damit ists auch schon alles.«

»Du aber wirst kommandieren, nicht die Waffen führen.«

»Aber was sollt ich denn kommandieren, was denn, Euro Hochwohlgeboren?«

»Migone! Wie lauthet deyne Antworth? Ich hape ein Angeboth dir gemacht!«

»Das sieht alswie ein Jux aus. Und wo wir schon allhie zusammenseyndt, musz ich Euch eine Sach erklärn. Wir Leute dieses Dorfes seyndt geborn, im Frieden mit den andern auf der Welt zu leben, die Äcker zu bebauen, uns ums Geviech zu kümmern. Wir seyndt nit für die Kriege nit gemacht. So aber würcklicht wir genöthiget wärn, dann greypen wir uns Heugabeln und Steyne, aber für den würcklichten Krieg, da giepts Soldaten von Beruff. Was mich angehet, ist es so, dasz mir ein Sausen durch Eingeweydte und Magen geht, alsobalde ich nur Bluth seh, Euro Hochwohlgeboren.«

»Auch wann es Bluth ist vom Huhn od vom Schweyn od vom Kalbe?«

»Euro Hochwohlgebboren werden verstehn, dasz Schweynsbluth nit alsogleych ist wie Christenbluth. Wir Dörfler machen diesen Unterschied, halten zu Gnadten.«

Bellaugh hielt seynen flammenden Zorn im Bauche zurücke, ja es gelang ihm gar, ein Lächeln aufzusetzen und auf die Erdt zu spucken, bevor er den Mundt öffnete für einen neuen Gedanken.

Bellaugh also fragte mit seyner kastrathengleychen Stimm: »Wer war der Hundtsherr von dem Hundt, der mir den Saftvogel gefressen?«

»Ich weisz von nichtzit, halten zu Gnadten.«

»Dies ist keyne Erwidrigung nicht.«

»Gewiszlich handlet es sich um ein herumstreunendt Thier.«

»Und warum sollt er gradt meynen Rammel im Visier gehabt hapen und nicht deynen, ad exemplum.«
»Das sollt mann ihn befragen, den Hundt.«
»Der Hundt kann nicht mehr redten nicht, alldieweyl er am Galgen seyn schröcklich Endte fandt, und redtest du nicht, dann wirst du endten alswie der Hundt, nur mit dem Unterschiede, dasz ich diesmal mir selbste das Vergniegen mach, dir deynen Schwantz und alles Drumrum mit einer Zang herauszureyszen.«
»Helffet mir zu begreiffen. Zuerst macht Ihr mir ein Angeboth, dasz mir beynah die Thränen kommen vor lauthrer Rührung, und ohnverzüglicht drauff wollt ihr den Schwantz mir mit der Zang rausreyszen.«
»Alldieweyl du meyn Angeboth hast ausgeschlagen, seh ich mich veranlasset, dich alswie einen Feindt zu behandlen.«
»Mir würds gar leyde thun, Euch alswie ein Feindt zu behandlen.«
»Schon wieder eine Drohung, Dörfler?«
»Nichtzit Schlimmes ists nit, doch meyn Vogel ist mir lieb und theuer, ah!«
»Auch meyner wars mir, jedoch das Hundtsviech hat mir neben dem Vogel auch die Eyer weggebissen.«
Der Graffzog fuhr mit der Handt an die Stell, wo vordem seyne Saftgurke saß und alle andren Theyle und wo er itzo nur ein grosz Loch mit einem Stummpen in der Mitten fühlte. Gantz ohnversehens fieng er an zu greynen, mit großen dicken Thränen, doch gleych darauf schämte er sich.
»Es thut mir leyde«, sagte Migone.
»Nein, sag nichtenicht es thät dir leyde!«
»Wies Euch beliept.«
»Nun, da du mich hast greynen sehen, musz ich dich ohnweygerlich thöten. Niemandt noch auf der Welt hat mich je greynen gesehen.«
»Wenns das ist, kann ichs sogleych vergessen, ja, in diesem Augenblicke hap ichs schon vergessen.«
»Was hast du vergessen?«

»Ein Sach, an die ich mich nit herinnern kann, alldieweyl ich sie gäntzlicht hap vergessen.«
»Schlau bist du, Dörfler!«
»Mann thut, was mann kann, Euro Hochwohlgebboren.«
Da erschienen Ulfredo und Manfredo in der Thür des Verlieses.
»Sie hant uns dies Donnerwetter von Steynshagel in den Purghoff geschickt, Euer Hochwohlgeboren.«
»Wir habens gehorcht und geforcht.«
»Was also sollmer thun, Euer Hochwohlgeboren?«
»Sämmtliche Steyne im Purghoff aufsammeln und nach draußen auf die versammleten Dörfler schmeiszen!«
»Wirdt alsogleych ausgeführet!«
Ulfredo und Manfredo giengen in den Purghoff zurück, grieffen sich die Soldaten, die sich aus Angst vor dem Steynsregen hatten verstecket, und befahlen ihnen, die Steyne ober die Wehrmauer nach drauszen zu werffen, auf den Platz vor der Purg. Den Soldaten schlottreten die Arme und die Beyne vor Hunger und Forcht, mußten aber gleychwohll den Befehlen der zween gehorchen. Alleyn, ein paar Steyne, statt ober die Wehrmauer zu fliegen, kamen zurücke, mitten aufs Haupt der Soldaten, die sich darob jammernd und trethend im Purghoff versteckten.
Alsobalde die ersten Steyn sie trafen, flüchteten die Bewohner sich in ihre Häuser. Der Purgplatz füllte sich mit Kieseln, die gröszeren Steyn aber rollten die Dorfstraße hinunter.
Migone warthete, bis der Purghoff geleeret war.
»Das, Euer Hochwohlgebboren, war ein Fehler, mit Verlaup zu sagen.«
»Und worin läge der Fehler?«
»In der Rückgap der Steyn an die Dörfler drauszen. Nun seyndt sie gerüstet, sie den Soldaten wieder aufs Hauppte zu schmeiszen, wanns ihnen zusagt. Es ist freylich auch wahr, dasz es da drauszen gar viel Steyne giept, keyn ähnlicher Oberflusz als der an Steynen, jedoch, statt sie unterhalb des Dorfes sammeln zu müssen, hapen sie sie

itzo wunderbar griffbereyth. Sie müssen sich bey Euch bedanken allwegen der Höflichkeyth, sie ihnen zurücke gegeben zu haben.«

»Was sollen diese Dörfler denn schon ausrichten gegen eine befestigte Purg? Wann ich mit meynen Soldaten hinaustreth, dann werdt ich sie zu Lumpenärschen reduzieren!«

»Ihr könnt hier nicht mehr raus, nicht mal zum Pissen, mit Verlaup gesprochen. Es thut mir würcklich leyde für Euch, jedoch hier seydt Ihr bereyts wie im Gefängnis.«

»Im Gefängnis bist du, gefesselt an Füsz und Händt.«

»Euer Hochwohlgebboren, im Gefängnis sitzet Ihr mitsammt Euren Soldaten.«

»Du mogelst, Dörfler!«

»Dann stecket doch die Nase mal zum Purgthor hinaus, ah!«

»Dann sollen die Dörfler mal versuchen, ihre Nase in die Purg zu stecken, ah!«

»Die Dörfler hant keyne Eyl nit, in die Purg zu kommen. Ihr aber hapt Eyl, hinauszugelangen!«

»Wieso?«

»In drei bis viere Tag hapt Ihr nichtzit mehr zu essen nit, und alsodann müsset ihr hinaus, ob Ihrs wollt oder nit. Dawider essen die Dörfler wenicht, das ist wahr, doch ein paar Schnecken, ein paar Piltze, ein wenicht Grünzeug und gar etwas Obst, das findten sie auf den Feldtern allemal, sogar, mit etwas Glück, ein paar Hasen.«

»Du aber bist in der Purg und nicht drauszen vor.«

»Alswie Ihr.«

»Ich hab dir meyne Freundtschafft angetragen, du aber hast sie verschmähet.«

»Für Euch wärs besser, meyn Freundt zu seyn, ich aber bin lieber der Freundt der armen Kreaturen, die Ihr in jeder nur erdenklichen Arth und Weis hapt bedränget seyth Eurer Ankunfft hier.«

»Wann ich dir erst den Rammel mit eygnen Händen hab ausgerissen, werdten wir seyn wie Brüdter und du meyn Freundt, es bleipt dir keyne Wahl.«

Der Graffzog nahm die Zang in seyne Händt und strich immer dichter um Migone herum.

»Es stündt Euch besser an, halten zu Gnadten, mit Worthen zu verhandlen und nicht mit Zangen.«

»Musz ich mich herbeylassen, mit einem Dörfler wie dir zu verhandlen?«

»Ich bin ein Nichtsling, wie ich Euch schon sagte, aber ich sprech an der Bevölkerung Statt.«

»Und wer hat dir dies hohe Amt obertragen?«

»Die nämlichte Bevölkerung.«

Der Graffzog brach in ein schallend Gelächter aus.

»Alleyniglich Ich kann das Vertrethungsrecht für irgendetwas auf irgendjemand obertragen innerhalb der Grentzen meynes Lehens.«

»Die Bevölkerung hat beschlossen, von sich aus ihren Vertrether zu bestimmen.«

»Was macht sie dann nur, so ich damit nicht einverstanden bin?«

»Sie macht das, indem sie mich, den Unterzeychneten Migone von Spuckackio, bestimmt hat, cum aut sine Eure Verlaupnis.«

»Zufolge der Constitutio Feudis darff die Bevölkerung keynen Repräsentanten nicht erwählen, alldieweyl seyn Repräsentant ich alleyne und keyn andrer nicht ist.«

»Auf die Constitutio Feudis scheiszet die Bevölkerung, mit Verlaup zu sprechen. Was saget Ihr itzo?«

»Dasz mich dieses Volk von Dörflern einen Dreck scheret und ich auf sie sogar noch obendrauff scheisz!«

»Genau das solltet Ihr nicht thun, Euro Hochwohlgebboren, alldieweyl die Wahrscheynlichtkeyth, am Galgen zu endten, für Euch itzit damit viel gröszer wirdt. Inzwischen aber solltet Ihr mich erst einmal von diesem Gekordtel hier befreien, denn, so angebundten, gelingts mir nit, mit Euch in ruhigem Thon zu redten, allwie manns müszt bey einem Graffzoch wie Euch.«

»Wenn ich dich aus den Fesseln losbindt, was ists, das du mir als Gegenleystung versprichst?«

»Versprechen thu ich nichtzit. Mann könnt vielleicht ein

Schwätzgen halten, um Euch die Gedanken klarr zu ordnen und Euren Hals vor der Schling zu retten.«

»Ich will dir eine Geste meyner Groszzügichtkeyth schenken, aufdasz du siehest, wie viel güthichter ich bin als du!«

Der Graffzog nahm inde das Schwerdt und schnitt die Fesseln entzwey, mit denen Migone an Händten und Füszen war an den Pfahl gebundten.

Migone reckte sich in alle Richtungen, beugte den Rücken und die Beyn nach vorn und zurücke, danach auch zur Seyten, um die Knochen zu strecken, die durchs lange Fesseln erlahmet waren.

»Und was machmer itzit, Euro Hochwohlgebboren?«

»Zuvörderst und nochmal zuvörderst werdten wir essen, und beym Essen wollen wir beschlieszen, was für uns vortheylhafft ist.«

»Ich verwette meyn Hauppte, dasz das, was für Euch vortheylhafft ist, nit auch gleych vortheilhafft für mich ist und viceversa.«

»Vor einem gebrathnen Kanin werden wir sehen, was uns zu unsrem Vortheyl dienet.«

Bellaugh nahm Migone am Arm und zog ihn mit sich zur Purgküch, allwo ein herrlicher Dufft herkam von dem gebrathnen Kanin, das soeben erwähnet ward.

23

Der Graffzog Bellaugh hieß den Dörfler Migone von Spuckackio, am gleychen Tisch mit ihm zu speysen. Geschmorthen Kaninbrathen im Rohr gaps und schwartze Saubohnen. Und eine Karaffe vom weißen orvietanischen Weyn, den Bellaugh für besondtere Gelegenheythen bereythhielt. Mit seynen eygenen Händt füllte er den Becher des Dörflers, deinde schänkte er sich selbste ein. Migone, der noch niemals nicht mit einem Graffzog bey Tische hatte gesessen, trank einen kräfftigen Schluck vom frischen Weyn, um sich Muth zu versammlen. Er wußte sehr wohll, daß die Graffzöge Verräther waren, insondterheyth dann, wann sie jemandt an die eygene Tafel zum Essen ludten. Da konnte mann gewiß seyn, daß sich dahinter ein schöner Schwindtel verbarg.

Sagte der Graffzog:

»Du siehest mit den eygenen Augen deyn, dasz mann in der Purg vor Hungers nit stirpt.«

»Solange die requirierten Kanine ausreychen, Euro Hochwohlgebboren.«

»Ich hape Befehl gegepen, sie zu paaren und eine grosze Aufzucht innerhalp der Purgmauern einzurichten.«

»Ihr hapet vergessen, Euro Hochwohlgeboren, dasz die Kaninen fressen, und hie herinnen hapet Ihr nit mal einen Grashalm.«

»Kanine fressen auch Stroh.«

»Aber selbst das hapet Ihr hie nit herinnen, ah!«

Der Graffzog trank einen Schluck Weyns und biß in ein Stück vom Kanin.

»Wir seyndt hie beysammen, um miteinander zu redten!«

»Auch um zu essen, mit Euro Erlaupnis.«

»Gewiszlicht auch, um zu essen, denn beym Essen redtets sich leychter.«

Migone streckte die Handt aus und nahm sich ein Stück vom Kanin.

»Lecker!«

»Also dann, was machmer mit dem Dorfsvolk da drauszen, das mit Steynen wirfft? Du weyszt ja, auf die Steyne kann ich mit Lantzen antworthen und, letzten Endtes, auch mit dem Galgen.«

»Besser wärs, Euro Hochwohlgeboren, mit der Rückgap der requirierten Güther zu antworthen. Ich haps Euch ja schon gesaget, so das Volk nit isset, wirdts äuszerst gefährlicht.«

»Auch die Soldaten werdten äuszerst gefährlicht.«
»So wir weytherhin auf diese Weis räsonnieren, werdtmer keyne Lösung nit findten, will mir scheynen.«
»Ich hap dir schon meyn Angeboth unterbreythet, dich an die Spitze meyner Truppen zu stellen, so du versprichst, das Dorfsvolk ruhicht zu halten.«
»So dem Dorfsvolk die Eyer dampfen, kann ich selber nichtzit dran ändren, und was den Truppenbefehl betreffet, so sagt ich Euch schon, dasz mich das nichtzit angeht.«
»Ich mach dich zum Mitgliedt meynes Hofes. Itzit bist du ein Dörfler, doch ich mach aus dir einen Höfling.«
»Und was dann wäre ein Höfling?«
»Ein Höfling wär, dasz du issest und trinkest und alleweyl nichtzit thust.«
»Ein schöner Beruf, ah!«
»Auch so eine Hungersnoth kömmt, seyndt die Höflinge immer die ersten, die was hapen zu essen. Also war es immer und überall in der Welt, das ist ein Gesetz.«
»Das würdt mir schon zusagen, und es könnt seyn, dasz wir uns eynicht werdten.«
»Und du dankest mir nit?«
»Nit gantz sicher bin ich mir, ob ichs bin, der Euch musz danken. Erst möcht ich noch gantz genau wissen, was Ihr als Gegenleystung von mir fordret.«
»Ich sagte es dir ja bereyths. Dasz das Dorfsvolk sich ruhicht verhalte, dasz es sich nit erdreyst, aufwieglerische Acta zu thun od aufwieglerische Worthe zu schreyen wider ihren Graffzog und seynen Hof und seyne Soldatenschafft, dasz es alle Verfügungen beachte, die schon erlassen seyndt od noch erlassen werdten, dasz es mit Fleysz die Scholle bearbeithe und alle Jahr die Feldter bestelle, hinreychend Weytzen aussähe und Hafer und Futtergetreydte zur Erhaltung des Volks wie des dörflichten und purgherrschafftlichten Geviechs, wies emsigen und so zahlreychen Arbeithern ebent anstehet, dasz es keynerley Waffen nit bey sich trage, dasz es zu angemessener Zeyth der Purg die Abgapen entrichte, allwie es ist vereynbaret wordten, und

zuvörderst und ober allem anderen, dasz es mit Fleysz eine grosze Viehzucht betreype: Schafe, Schweyne, Ochsen, Esel, Padovanische Hennen und Perlhühner, Stummenten und Schwatzenten, Gänse, Kanine und anderes Geviech. Für all das drängt es mich, dasz das Dorfsvolk werdt überzeuget und ermunthert mit allen zu Gebothe stehenden Mitteln. Also entlasz ich dich in die Freyheyth unter der Bedingung, dasz du dich einsetzest dafür, dasz das Dorfsvolk mit Fleysz vom Morgen bis an den Abendt durch seyne Arbeith den Wohlstandt dieses Lehens schaffe.«

»So Ihr wollt, dasz ich das Dorfsvolk zum Arbeithen brienge, wärs wohl besser für Euch, dasz ich einer von ihnen bleip und keyn Höfling nit werdt.«

»Thu du nur, was immer du willst, es stehet bey dir. In diesem Falle setz ich dir ein Salär aus in Sylbermüntzen.«

»Wieviel?«

»Lasz uns mal sehn. Wärst du mit hundert Pfundt einverstandten im Jahr?«

»Machmers zu zweyhundert!«

»Sagen wir einhundertfuffzige.«

»Gept Ihr mir drauf eine Anzahlung?«

»Die Anzahlung ist dieses Freundtschafftsessen mit Weyn und Kanin an der nämlichten Tafel deynes Graffzogs.«

»Nit mal eine Müntze nit wollt Ihr mir gepen just als Erweysung Eures gutthen Willens?«

Der Graffzog suchte im Säckel, den er am Gürthel trug, und zog zween Sylbermüntzen hervor. Migone streckte die Handt aus.

Doch Bellaugh, statt ihm die Müntzen zu gepen, ergrieff seyne Handt und drückte sie und ließ sie nicht mehr aus der seynen. Er schüttelte sie auf und niedter und blickte Migone scharff in die Augen.

»Und itzit versprich und schwör Threue deynem Graffzog und dasz du seyne Angelegenheythen vertrittst als wärns deyne eygnen, dasz du das Dorfsvolk antreypest zur Arbeith, dasz du sie überzeugest, Abgapen an die Purg zu entrichten, dasz es sich nit mehr erdreyste, mit Steynen zu werffen, und dasz es sich tieff verneyge, wann immer ich vorbeyzieh. Itzit muszt du sprechen: Ich versprech es und schwörs.«

»Als Gegenleystung für die Freyheyth und die hundertfuffzige Pfundt Sylbers am Endte des Jahres.«

»Als Gegenleystung für die Freyheyth und die hundertfuffzige Pfundt Sylbers.«

Migone verharrte einige Augenblicke lang in Schweygen, schluckte einen Bissen hinunter, der ihm halp im Halse war stecken gebliepen, und dann sprach er den Schwur.

»Ich versprech es und schwörs.«

Der Graffzog ließ seyne Handt los, gap ihm die zween Sylbermüntzen und schänkte ihm und sich selbste neuen Weyn ein.

»Und hin und wiedter kömmst du und verzählst mir, wie sich die Dinge im Dorf so entwicklen, ein Schwätzgen zu halten mit mir in Persona.«

»Das soll doch wohl heyszen, hin und wiedter den Spion zu machen.«

»Aber wieso denn Spion? Wir beredten alles, wir schwätzen ein bisgen mitsammen.«

»Ihr wollt damit sagen, dasz ich hin und wiedter in groszer Heymelichkeyth in die Purg soll kommen, dann setzmer uns zusammen und redten ober mehr oder wenichter, vielleycht gar redtmer ober Metwörst und ober dieselben gar noch einen halpen Tag lang, ah!«

Bellaugh that so, als hörthe er nicht, grieff sich ein anderes Stück vom Kanin und zertrümmerte mit seynen Zähnen gar noch die Knochen. Auch Migone nahm sich ein ander Stück und begann wieder zu kauen.

Sagte Bellaugh mit vollem Mundte:

»Ich hoffe, du erweysest dich als Mann von Ehre, Migone, und dasz du in Threue stehest zu deynem Schwur.«

»Und wieso nit?«

»Du weyszt, den Verräther erwarthet der Galgen.«

Aus Migones Bauch kam ein starkes Rumoren, ein Getös wie vom Donner.

»Euro Hochwohlgebboren wirdt mir vergepen, doch wann ich hör vom Galgen redten, bewegt sich meyn Bauche und macht dies Getöse.«
»Das macht nichtzit. Itzit kannst du gehen, von diesem Augenblick an bist du frey.«
»Noch einen Schluck, mit Euro Erlaupnis, und noch ein Stück vom Kanin, danach werdt ich gehn.«
Migone biß in ein Stück Fleysch, füllte den Becher des Graffzogs und danach seynen eygnen auf. Der Graffzog erhob seynen Becher.
»Auf unsre Vereinbarung als Männer von Ehr!«
»Und auf unsre Gesundtheyth!«
»Lasz dich von Ulfredo und Manfredo zum Purgthor geleythen. Du findtest sie unten in den Vorrathskammern.«
»Wir werdten uns balde wiedersehen, ah!«
»Auf balde dann!«
Migone gieng hinaus, reckte Arme und Beyne aus, betrachtete die noch immer schwartz verfärbten Handgelenke seyn, was von den Hanffstricken herrührte, mit denen er gefesslet war, und lachte in seynem Bauche, alldieweyl er dem Galgen war entronnen.
Alsobalde Ulfredo und Manfredo das Purgthor öffneten, thaten die draußen versammleten Dorfleut einen Ruf allwegen ihrer Zufriedtenheyth, Migone zu sehen, holla! Sie umarmten ihn und küßten ihn ab, sie zogen ihn mit sich fort, indeß Ulfredo und Manfredo das Thor eylicht wieder verschlossen.
»Lasset mich«, sagte Migone, »lasset mich, denn ich musz mit euch redten.«
Die Dorfleut stellten sich rings um ihn auf, um zu hören, was er ihnen hatte zu sagen. Und er sprach:
»Ah, ihr Purschen, ich sag euch gleych auf der Stell, dasz ich alswie ein Schweyn hap gefressen!«
»Was hast du gefressen, Migò? Erzähl uns, was du gefressen hast!«
»Schmorbrathen vom Kanin hap ich gefressen und orvietanischen Weyn hap ich reychlicht gesoffen. Und wollt ihr auch wissen, mit wem ich hap gefressen?«

»Mit wem hast du gefressen, Migò? Komm, erzähl uns, mit wem du gefressen hast!«
»Ich hap mit dem Graffzoch höchstpersönlich an seyner Tafel gefressen, dieweyl ihr hier steht und vor Hungers krepiert allwegen der Schuldt dieser ohnbestraften Scheiszsäcke, die sich seynem Befehl unterstellt hant!«
»Dreckschweyne!«
»Aber ich musz euch noch etwas Wichtgeres sagen. Ich hap nämlicht diesem Drecksack von Graffzoch versprochen, dasz ich euch ausspionier zu eurem Schadten, dasz ich euch zur Arbeith antreip, aufdasz ihr ihn versorget und auch die anderen Mistsäcke von der Purg alswie den Kurial, Ulfredo und Manfredo, den Frater und alle Soldaten!«
»Aber Migò, bist du dann von Sinnen kommen?«
»Höret mir nur einen Augenblick zu. Wo ich ihm nit hätt dies alles versprochen, hätt er mich aufgeknüpft an dem Galgen, wo ich ihm aber dies alles versprochen, liesz er mich frey. Da hap ich zu mir gesaget: Versprechen und Schwüre, die hält mann unter Männern von Ehr. So mann sich aber einem dreckigen Verrätherschweyn gegenüber findt alswie diesem, einem Räuper, der uns lieber todt säh vor Hunger, um seynen eygnen Scheiszvortheyl daraus zu ziehen, da hap ich zu mir gesaget, versprich dir, Migò, dasz du itzit diesen Schwur thust, doch alsobalde er dich in die Freyheyth entlasset, steckest du ihm auf der Stell diesen Schwur in den Arsch!«
»Gutth so, Migò, deynen Schwur steckmer dem Graffzoch in seynen Arsch!«
»Noch bin ich nit am Endt nit. Ich kann euch Mittheylung machen, dasz der Graffzoch frisset und säuft, die andern aber müssen den Gürthel gar eng schnallen, bey Gott, weyl die Ding, die sie im Dorf hant requirieret, ihnen höchstens auf dreie oder viere Tag hinreychen, und danach werdten sie jaulen vor Hungers. Wir müssen sie auf den Knieen liegen sehn alle mitsammet! Sie alle seyndt in unserer Handt, Leut, auch der Graffzoch, der Kurial, der Frater, Ulfredo und Manfredo und alle andren!«

»Was also sollmer thun, Migò? Greiffmer uns wiedter die Steyn?«
»Nichtzit nit, wir brauchen nur zuzuwarthen, dasz sie wie Byrnen herunterfallen, wann sie gereifft seyndt.«
»Mit ein Steynhagel falln sie früher.«
»Lasset uns ein Weylgen noch zuwarthen, thunmer die Dinge besonnen. Unterdesz müssmer entscheydten, was mit diesen Gaunern soll geschehen, wann wir sie in unsrer Gewalth hant.«
»Den Galgen!«
Rufe erhoben sich unter den Dorfleuten, die sich auf der Piazzetta vor der Purg hatten versammlet: »Den Galgen! Den Galgen!«
»Ah, Freundte, darin müssmer uns eynicht seyn. Von itzit an und für alle Zukunfft seyndt wirs, die die Entscheydtungen müssen treffen, so uns angehn. Und das beginnt mit diesem Augenblicke.«
»Es brauchet ein', der das Sagen hat«, sagte Baldassarre.
»Nichtzit!« sagte Migone. »So einer herfürtritt, um das Sagen zu hapen, dann briengen wir auch ihn auf der Stell an den Galgen. Das Volk musz das Sagen hapen.«
»Ah, Migò, du scheynest behämmert! Noch nienit hat mann gehöret seyth Anfang der Welt, dasz das Volk selbste das Sagen ober sich hat.«
»Und doch scheynth es bey den Alten auch Zeythen gegepen zu hapen, da sich das Volk würcklicht alleyne regierte«, sagte Migone. »Einer sollt gehen und die Geschichte erforschen, um zu sehen, wie sies gemacht.«
»Ja, und itzit? Sollnmer itzit warthen und die Geschichte erforschen, um zu entscheydten, ob wir diese Schweyne an den Galgen briengen?«
»Zuvörderst vor allem wirdt beschlossen, dasz keyner nit das Sagen hat. Zum zweyten wirdt beschlossen, dasz einer einen Vorschlag vorbriengt und alle mitsammet wollnmer danach entscheydten. Itzit, zum Beispiel, müsztmer dem Graffzoch eine Art von Prozesz machen und allen den andren in der Purg, wann sie, von Noth gedrungen, müssen heraustrethen und auf die Kniee gehn. Fangmer

beym Wichtigsten an, dem Graffzoch. Was wollnmer beschlieszen?«
»Den Galgen!«
Alle mitsammen rieffen sie Galgen.
»Der erhep die Handt, so den Graffzoch will henken!«
Nur erhobene Händt warn zu sehen.
»Nun erhep die Handt der, so des Graffzochs Leben will verschonen.«
Niemandt nicht erhob die Handt.
»Dem Willen des Volkes gemäsz wirdt der Galgen für den Graffzoch Bellauch von Kagkalanze beschlossen!«
Das Urtheyl wardt durch Migone mit alljener Feyerlichkeyth verkündet, derer er mit seyner Stimm eines Dorfmenschen fähicht war. Und die Leut wiederholten: den Galgen, den Galgen, grad so, als sähen sie schon das Spektakel, wie Bellaugh am Halse baumelte mit heraushängender Zung und herabfallenden Armen und Beynen.
»Und itzit redtmer ober den Kurial Belcapo«, sagte Migone, »was also machmer mit dem Kurial, wann er uns in die Händt fallet?«
»Den Galgen!«
Stimmen, die rieffen: den Galgen, alleyn nicht alle, jedoch viele. Manche auch schwiegen, alldieweyl sie ihn nicht einmal kannten, den Kurial, und ihn wohlmöglich mit einem anderen in der Purg verwechsleten.
»Der erhep die Handt, so für den Galgen ist!«
Migone zählte die erhobenen Händt. Und eynige warens, die beyde Händt erhoben, um die Zahl zu vermehren.
»Und itzit hep die Handt auf der, so des Kurials Leben will verschonen!«
Wenige Händt zeygten auf. Für Bellaugh fandt sich nicht einmal eine, doch itzit die eine und andere, allerdings wenige. »Dem Willen des Volkes gemäsz wirdt der Galgen auch für den Kurial Belcapo beschlossen.«
»Und itzit«, sagte Migone, »musz ober die zween Schwulen abgestimmt werdten, Ulfredo und Manfredo, die Haupptleut und soldatischen Sklaven des Graffzochs. Der erhep die Handt, der für den Galgen ist!«

An Händt erhoben sich mehr als alle, alldieweyl eynige wieder beyde aufzeygten.

»Auch Ulfredo und Manfredo werdten zum Galgen verurtheylt. Und was machmer mit dem Frater? Bevor ich die Händt zähl, musz ich euch etwas sagen zu seyner Entlastung, und das ist dies: als der Graffzoch das Kastellazzo belagerte und ich in die Purg mich zurückschlich, um des Graffzochs Jagdgewandte an seynen Orth zu legen, fandt ich, dasz der Frater Varginia rytt. Das will soviel sagen alswie, dasz er dem Graffzoch die Hörner hat aufgesetzt, was an sich schon eine gutthe Sach ist. Und itzit, nachdem ich hap geredt, so einer noch etwas will sagen, bevor das Urtheyl gesprochen wirdt, soll er sprechen!«

Niemandt nicht sprach.

»So erhep die Handt der, der auch ihn will baumeln sehn.«

Wenige Händt erhoben sich, eynige zeygten auf, lieszen die Handt dann aber wieder sinken, ein beständtiges Auf und Ab wars, und am Endte warens dann nur wenig erhobne.

»So fangmer noch einmal an. Erhepet also die Händt, und so viele erhopen seyndt, allso viele solln die Hiepe seyn auf den Arsch dieses Fraters.«

Zugleych mit den Rufen erhoben sich alle Händte und eynige mehr.

Migone zählte sie, und danach sprach er mit einer Posaunenstimm:

»Gemäsz dem Willen des Volkes wirdt beschlossen und ergeht dieses Urtheyl: zweyunddreiszige Peitschenhiep soll der Frater Kapuzo auf seynen Arsch erhalten!«

Rufe und Schreye der Zufriedtenheyth und großes Gelächter erhob sich inmitten der dichtgedrängten Leute auf der Piazzetta vor der Purg.

»Was die Soldaten betreffet, so entscheydtmer von Fall zu Fall, wann sie, einer nach dem andern, dem schwartzen Hungertodt nahe, herauskommen. Seyndt wirs uns eynicht?«

Alle waren es sich eynig, das Schicksal der Soldaten von Fall zu Fall zu entscheydten, wann sie sich würdten

ergeben. Sie wollten ihnen dann in ihre Gesichter sehen, in die hundsföttischen und in die nicht so hundsföttischen, und danach würdt mann entscheydten, ob sie sollten baumeln oder entschuldtet werdten.
»Und itzit«, sagte Migone, »gäbs da eine Methodte, wie mann denen da drinnen die Leber vor Wuth könnt anschwellen lassen, und das wär die, gleych itzit damit zu beginnen, ein paar Steyngen fliegen zu lassen. Nit viele, aber beständicht, des Nachts sowohl wie am Tag, auf dasz sie nit können schlafen, auf dasz sie nit in den Purghoff können heraustrethen, auf dasz ihnen die Leber anschwillet!«
Die Dorfleut begannen alsogleych, ein paar Steyngen zu werffen, zuvörderst einen, danach einen weytheren, doch keynen groszen Steynhagel nicht, nur hin und wieder ein paar Steyngen, einen oder zween zugleych, dann für ein Weylgen nichts, dann dreie einer nach dem andern.
In der Purg ward keyne Stimme vernehmlich, völlige Stille. Dann aber, gantz plötzlicht, fieng es an, von der Purgmauer oben Steyne auf die versammleten Dorfleut herabzuregnen. Ein wildtes Flüchten hub an, ein paar Schreye von denen, die waren getroffen wordten. Migone hatte einen Steyn auf die Schulter bekommen. Baldassarre in den Nacken, Belletto hatte sich den Kopf mit den Händten bedeckt, und ein Steyn hatte ihm einen Finger zerquetscht, eine Frau stürtzte zur Erdt mit bluthtrieffendem Kopfe, ein andrer hatte einen Steyn auf den Fuß bekommen und loff von hinnen auf dem andren. Eylig nahmen die Dorfleut Aufstellung hinter den Bäumen und in ihren Häusern. Von hier aus begannen sie wieder, Steyne ober die Purgmauer zu werffen und hineyn in den Purghoff. Nur die nicht, die sich hatten verletzt, die machten sich Wickel mit Essig getränkt und jammerten, doch nicht gar zu lauth, um sich von denen, die drinnen waren, nicht hören zu lassen.

24 Bellaugh hatte sich auf einer Mauer oberhalb der Piazzetta mit einem großen geründeten Steyn in Händten postieret. Er warthete darauf, daß Migone ihm in Wurffnähe käme, um ihm den Kopf zu zertrümmern. Zuweylen verschloß er die Augen und malte sich aus, wie er dem Steyn ober die gantze Wurffstrecke folgte, weyther und weyther hinab, bis auf den Kopf dieses Migone, der alswie eine Wassermelone würdt zerplatzen, ein rother Brey würdt ringsherum ober die Piazza spritzen, der Körper würdt fallen und Arme und Beyne im Staupe sich ausstrecken. Bellaugh schien es itzo gar, daß seyn Stummel, der ihm an Stelle des Safftrammels war verbliepen, sich zu regen begann bey der vergnieglichen Vorstellung, Migones Schädtel zerschmettert zu sehen, doch dann öffnete er wieder seyne Augen und sah, daß da unten vor dem Purgthor niemandt nicht war. Die, so die Steyne in den Purghoff hineyn warffen, hielten sich hinter Bäumen verborgen oder lugten nur eben hinter Thüren und Fenestren herfür, um sich gleych darauf wieder in sicheren Schutz zu briengen. Doch Migone, dieser Verräther, war nirgends zu sehen.

Bellaugh stieg mit Mühe die Wehrgänge hinunter bis zu seynen Zimmern. Er hatte in einer Thruhe all das verschlossen, was er mit den eygnen Händten seyn in den Vorrathskammern konnt zusammenraffen als da waren Käsrindten, lufftgetrocknete gesaltzne Rikotten, ein Säckleyn Kichererbsen und zween Schinkenknochen. Er nahm die beyden Knochen und zeygte sie zween Schwytzrischen Gardisten, die an der Thür stundten.

»Dies hier seyndt zween Schinkenknochen vom Schweyn.«

Die zween Knochen, an denen hier und da noch ein paar Fetzen mageren Fleysches hiengen, und die Schwarthe zum Kauen, die sich unter hungrichten Zähnen gar schön zerriep, waren der Lohn für eine Arbeith, die alsogleych mußte durchgeführt werdten, erklärte nun Bellaugh, und diese Arbeith bestundt darin, die beyden Hauptleut Ulfredo und Manfredo an den Galgen zu knüpfen oder in den Purggraben hinunter zu stürtzen.

Ulfredo und Manfredo hatten sich nämlich geweygert, mit den Soldaten aus der Purg zu stürmen. Sie waren Verräther. Ihrer Meynung zufolge hielten die Soldaten sich nicht länger mehr auf den Beynen und konnten daher auch nicht hinausstürmen. Demgegenüber aber hatte Migone gesaget, daß das ausgemerkelte Dorfsvolk gar wüthicht wär. Warum aber waren die Soldaten nicht ebentso wüthicht? Erwüthigen sich denn nur die Dorfsleut vor Hungers? Die Soldaten sollten auf der Stell mit den Lantzen in ihren Händten hinausstürmen! Die Dorfsleut waren nämlicht ohnbewaffnet, außer ein paar Steynen und Mistgabeln. Alleyn, Ulfredo und Manfredo wollten nicht hinaus, sie setzten sich einfach auf die Erdt, dieweyl Bellaugh mit salbadender Stimm zu ihnen redete.

»Das ist ein gewalthiger Aufruhr wider die Befehle eures Graffzogs!«

Bellaugh hatte die Redten Migones vor der Purg mitgehöret und wollte ihm die Genugthuung nicht gönnen, Ulfredo und Manfredo an den Galgen zu knüpfen. Er selbste wollte das besorgen lassen.

Er trath an die Fenestra. Die zween Schwytzrischen, denen die Schinkenknochen versprochen waren, hatten Ulfredo und Manfredo bereyths gefesslet und in die Mitten des Purghoffs geführt. Sie legten den beyden nun die Schling um den Hals. Andere Soldaten sahens und sagten keyn Worth nicht, keyner trath zur Vertheydigung der zween Hauptleut herfür, und nicht einmal sie selber vertheydigten sich, alldieweyl ihre Gefangennahme gar überraschend kam, und sie begrieffen nichts von dem, was geschah, geschwächt und betäupt wie sie waren vor Hungers. Doch als ihnen aufgieng, was mit ihnen sollte geschehen, da hiengen sie beyde längst schon am Galgen, und ihre Füße berührten die Erdte nicht mehr.

Bellaugh gap den zween Gardisten die Schinkenknochen, und diese giengen und versteckten sich nagend oben auf den Wehrgängen der Mauer, außer Sichtweythe der anderen Hungrichten.

Bellaugh hatte Frater Kapuzo in seyn Zimmer herbeyrufen

lassen, gieng vor ihm auf und nieder und trath ihm dabey auf die Füße. Da fieng der Graffzog also an zu sprechen:
»Balde hapen wir das Endte erreycht vor Hungers, Mattheyth, Verzweyfflung und Verraths.«
»Dominus nos benedicat in proximitate mortis.«
Bellaugh, zur Abwehr von Unheyl, legte zween Finger auf seyne Eyer, alleyn, seyne Eyer gap es nicht mehr.
»Bey dieser Gelegenheyth oberkommen mich gar schwere Zweyffel, und so fühl ich die Nothwendigkeyth, meyne Gedanken vor Eurem hohen Wissen darzulegen.«
Frater Kapuzo erschien zurückhaltend geschmeychlet.
»Parlare apertamente potebis.«
»Ihr hapet meyne Stimme vernommen, Frater Kapuzo. Es ist eine weipliche Stimm.«
»Effectivamente aliquod mulier habet.«
»Da es nun bekannt ist, dasz die Weiper keyne Seel nicht hapen, kömmt mich so nah vor dem Endt der Zweyffel an, dasz sich auch meyne Seel könnt verflüchtiget hapen an jenem Tag, da der Hundt mir den Saftvogel und alles Drumrum hat abgebissen und gefressen, so dasz in der Folge meyne Natura sich eher der eines Weipes anglich als der eines Mannes.«
Der Frater verharrte betroffen vor diesem Zweyffel des Graffzogs. Er fuhr sich mit einer Handt obers Gesichte, dann öffnete er den Kragen, um Zeyth zu gewinnen.
»Dubium semper salutare est.«
»Der Zweyffel mag ja wohl nützlich und heylsam seyn, doch hap ich Euch rufen lassen, um zu wissen und zu erfahren, ob den Gesetzen zufolge der allerheylichsten Religion, die Ihr hier vertrethet, zugleych mit dem Saftvogel, der die männliche Natura erweyset und bekräfftiget, auch meyne Seel entfleuchet sey. Findt ich mich itzo denn ohne Seel, gleych alswie jedtes gemeyne irdtische Weip? Was ist Eure Antworth, Frater Kapuzo, auf diese meyne Frag?«
»Anima se devolat solum in casu mortis.«
Augenblicklich fiengen Bellaughs Eyer an zu kochen.
»Ich bin noch keyneswegs todt!«
»Ergo anima tua devolata non est!«

»Seydt Ihr es auch sicher, Frater Kapuzo?«

»Securissimus!«

»Doch diese Stimm ist die eines Weipes!«

»Vox est una res, persona altera res est.«

»Doch meyne Persona hat ein Loch an der Stelle des Rammels.«

»Factum accidentale est.«

»Ich fühl aber nicht mehr die Natura eines Mannes, Frater Kapuzo. Ein Mann ohne Rammel ist nicht länger keyn Mann.«

»Doch keyneswegs nicht femina est.«

»Alleyn, ich empfindt mich eher als Weip denn als Mann. Und die Weiper hapen keyne Seel nicht, allwie die Sacrosancta Romana Ecclesia saget in ihrem göttlichen Lehramt.«

»Apparentia non est substantia.«

»Kann ich also beruhiget seyn, dasz meyne Seel entfleuchet nicht ist?«

»Tranquillissimus!«

»Da nun der Augenblick des Endtes heranrückt und nachdem wir also festgestellet hapen, dasz ich eine Seel hap, musz ich mich wohll um sie besorgen.«

»Iustissime!«

»Setzet Euch, Frater Kapuzo, und öffnet weyth Eure Ohren, alldieweyl ich meyne Sündten will bekennen, um meyne Seele zu retten, die sich gar schwer im Leipe mir blähet.«

Frater Kapuzo setzte sich nieder.

»Aures ad auscultare bereythae sunt.«

»Wo fang ich nur an? Ich fang an, mit der gröszten all meyner Sündt.«

»Auscultamus!«

»Frater Kapuzo, ich wars, der Varginia hat umbriengen lassen!«

»Pestilentia!«

Der Frater sprang auf seynen Stuhl.

»Sie tramplete mir forchtbar auf der Seel herum, Frater Kapuzo!«

»Uxoricidium peccatum mortale est!«
»Das hängt von dem Ehweip ap, mit dem einer sich wiederfindt. In gewissen Fällen könnts auch eine läszlichte Sündt seyn.«
»Ecclesia non facit distinctiones inter uxorem et uxorem.«
»Da wundtre ich mich aber sehr ober die Ecclesia!«
»Uxoricidium est uxoricidium! Et Varginia mulier delitiosissima erat.«
»Feyst war sie und von unansehnlichem Äuszeren.«
»Corpulentia placere potest.«
»Und auch Hörner hat sie mir aufgesetzt.«
Frater Kapuzo begann zu schwytzen. Er riß seynen Kragen noch weyther auf.
»Possumus quaestionare mit wem?«
»Mit dem Rytther Tristan von der Tafelrundte. Allnächtlicht im Schlafe gap sie sich diesem Tristan hin und oberschwappte sich im Bette.«
Frater Kapuzo athmete vor Erleychterung auf.
»Ficcare in somnis peccatum non est.«
»Frater Kapuzo, wir seyndt nicht hie, um ober Varginia Erörtherungen abzuhalten. Itzo müsset Ihr mir die Absolution ertheylen, alldieweyl ich meyn Endte nahen fühle.«
»Absolvere non possumus homicidam et paraculum sicut vos.«
»Wie? Was? Gott vergiepet allen, Gott ist güthicht, und Ihr wollet Euch itzo alswie ein Hundsfott verhalten? Frater Kapuzo, ich hap Euch herbeyrufen lassen, dasz Ihr mir die Absolution ertheylet und mir versichert, dasz ich ins Paradeise eintreth, allwo ich essen und trinken werdt mit Gott in Persona!«
Frater Kapuzo erhop sich und machte Anstalt, sich zu entfernen, alldieweyl er mit diesem Trug nichts wollte zu thun hapen. Doch der Graffzog packte ihn am Arme und zwang ihn, sich wieder zu setzen. Frater Kapuzo setzte sich harten Hinterns wieder auf den Stuhl.
»Paradeysum garantire non possumus.«
»Oh ja, Ihr könnt es.«
»Non possumus.«

»Frater Kapuzo, itzo redten wir Schrifftsprach. Ich hab nichts mehr zu verlieren, ich laß Euch in Ketten legen und auspeitschen und auch noch die Hauth abziehen und mit dem Bratspieß durchbohren. Es ständ Euch gut an, mir die Absolution zu erteilen und mir das Paradies auf die Hand zu versprechen, wie ich's von Euch gefordert habe. Wir sitzen in der Falle, Frater Kapuzo, und es wäre zum Vorteil von jedem, wenn wir uns gegenseitig beiständen.«

»Verduftibus non possumus?«

»Nein. Ich hap einen Rundtgang gemacht ober die Wehrmauern. Die Purg ist ringsum belagert von den Dörflern, und Migone, dieser Verräther, führet sie an! Es giept keynen Ausweg nicht, und ich zieh den Galgen vor gegenüber den Mistgabeln der Dörfler. Doch bevor ich mir die Schling um den Hals lasse legen, will ich eine schwartz auf weisz geschriepene Garantie betreffs des Paradeises. Ich bitt Euch um etwas, das in den Zuständtigkeythsbereych Eures Lehramtes fällt. Ich hap Euch doch immer an meynem Hof unterhalten, ich hap Euch doch immer eynichtermaszen zu essen gegepen, und itzo, wo ich Euch um eine Gefälligkeyth bitt, könnt Ihr mir dieselbe doch nicht verweygern.«

Aus dem Purghoff drängte das Geräusch des Steynhagels herein, der wieder ober die Wehrmauer prasselte, dann hielt er auf ein Weylgen inne, dann setzte er neuerlich ein. Die Soldaten hörthe mann nicht, sie lagen, vom Hunger zu Todte erschöpft, in ihren Quartieren. Nach den Ratten und Fledtermäusen und Spinnen und Würmern und Eidexen und Spanischen Fliegen und Schaben und Tausendfüßlern und Gryllen und Heuschrecken, hatten die Soldaten auch ihre Schuh und ihre Kleydter, vorzüglich die aus Hanff gewebten, im Wasser verkocht mit einer Prise Saltzes. Ein Soldat war in den Purggraben gestürtzt, als er eine Efeuranke aus der Purgmauer wollte herausreißen. Nach den Insekten und den Schuhen und den Kleydtern und den Gräsern, hatten die Soldaten versucht, Sägemehl, Mörthel, Huhnsfedtern, Pergamentblätter, Stuhlgeflecht, Besen und aufgekochten Erdtdreck zu fressen. Doch itzo

hatten sie nicht einmal mehr die Krafft, das Purgthor zu öffnen und sich dem Dorfvolke zu ergepen.
Der Frater saß noch immer gehärteten Hinterns auf seynem Stuhle vor Bellaugh und schien in schwere Gedanken verwicklet, bevor er Bellaugh eine Antworth konnt gepen. Schlieszlich war seyne Stimme vernehmlich.
»Non possumus! Vor allem scribere non possumus!«
Bellaugh legte ein Blatt von Pergamentum vor ihn hin, deinde zog er seyn Schwerth heraus und hielt es auf des Fraters Kapuzo Bauche gerichtet.
»Schreipt!«
»Non habeo unam pennam.«
Der Graffzog gap ihm einen Fedterkiel und ein Fläschgen mit Tinte.
»Quod scribeo?«
»Schreipet, dasz ihr mir hapet die Absolution ertheylet für alle meyne Sündt und mir garantieret, in Eurer Eygenschafft als Vertrether der Sacrosancta Romana Ecclesia, dasz meyne Seel nach dem Todte das Recht besitze, ins Paradeis der Selichten ohnmittelbar einzutrethen. Die richtigen Worth müsset Ihr selber findten.«
Der Frater schrieb auf das Pergamentum und blickte hin und wieder verstohlen auf den Graffzog, der ihm noch immer das Schwerth auf den Bauch hielt gerichtet.
»Was hapt Ihr geschriepen?«
Der Frater zeygte das Pergamentum her, und Bellaugh las:
»Ego frater Capuzo absolvo vos comdux Belloculus a Cagcalanza ab omnibus peccatibus in nomine Patris et Filii et cetera et cetera. Amen.«
Bellaugh war es mit diesem Geschriebnen nicht zufriedten.
»Und das Paradeise? Ich wills geschriepen sehn, dasz ich hap Anspruch aufs Paradeise!«
»Anima absolta ab omnibus peccatibus sine impedimento entrat in paradeysum!«
»Doch so Ihr es niederschreipet, fühl ich mich beruhigter.«
»In mea facultate est absolutio. Paradeysum est compe-

tentia Dei. Usurpare potestatem Dei non possumus absolutamenter!«

Bellaugh nahm das Pergamentum an sich, faltete es zusammen und steckte es sich in die Tasche.

»Ich will es zufriedten seyn!«

Frater Kapuzo athmete auf, ein Steyn war ihm von der Schulter genommen. Er gap Bellaugh zu verstehen, dieser möge das Schwerth doch wegnehmen. Bellaugh stundt auf und gieng mit gespreytzten Beynen die Treppen hinunter in den Purghoff, wo immer noch zeythweis Steyne von draußen hereinflogen. An der Thür traf er auf den Kurial Belcapo, welcher allwie blödte die Steyne betrachtete, die in den Purghoff fielen, und sie an seynen Fingern mitzählte.

»Zweyhundertsechziege seyth diesen Morgen. Euer Hochwohlgeboren.«

»Zweyhundertsechziege was?«

»Steyne.«

»Wissest du, dasz wir auf den Galgen verurtheylet seyndt?«

»Ja.«

»Und da stehest du und zählest Steyne?«

»Was soll ich sonst zählen, Euer Hochwohlgeboren?«

»Wie stehts dir im Kopf?«

»Höchlichst geschwächet, Euer Hochwohlgeboren.«

»Was denkest du?«

»Garnichts.«

»Was gedenkest du zu thun?«

»Garnichts.«

»Ich dawider hap mir was ausgedacht.«

»Ich höre, Euer Hochwohlgeboren.«

»Du bist mir doch threu ergepen, nicht wahr?«

»Das steht auszer Zweyffel.«

»Ich hap bey mir beschlossen, dasz ich diesem Dorfsgesindtel keyne Genugthuung will gepen, allwelche hapen beschlossen, uns vor allem anderen Dorfsgesindtel an den Galgen zu knüpfen.«

»Recht hapt Ihr, Euer Hochwohlgeboren.«

»Ulfredo und Manfredo hap ich selbste henken lassen. Itzo ist die Reyhe an uns.«
»Wer soll uns beyde dann henken?«
»Wir henken uns selber. Dergestalt werdten Migone und seyn Dorfspack, wann sie den Purghoff betrethen, sich gar beschissen vorkommen.«
Der Kurial sagte keyn eintziges Wörthleyn.
»Nun, mach schon, beweg dich!«
Alleyn, der Kurial bewegte sich nicht von der Stell.
»Es gelienget mir nicht, Euer Hochwohlgeboren, mich von der Stell zu bewegen.«
Bellaugh faßte den Kurial bey den Armen und halff ihm, sich zu erhepen. Mitsammen schritten sie durch den Purghoff. Hin und wieder fiel ein Steynhagel niedter, doch die zween bekümmerte es nicht. Sie kamen unter den Galgen. Sagte Bellaugh:
»Leyde thuts mir, dasz nur ein Galgen ist vorhandten.«
»Ich lasz Euch den Vortrytth, Euer Hochwohlgeboren.«
»Als letzter will ich sterpen.«
»Das sey ferne, Excellentissimus. Ihr hapet den Vortrytth, und das sowohl von Eurer Stellung her als auch von Eurem Range.«
»Wissest du, was wir thun wolln? Wir henken uns gemeynschafftlicht auf in derselben Schling. Der Galgen ist stark und traget uns beyde. Bist du es zufriedten, in Gesellschafft mit deynem Graffzog zu sterpen?«
Der Kurial antworthete nicht. Er ließ sich auf das Podest schleyffen. Bellaugh weytherte die Schling und schob seynen Kopf hindurch. Dann zog er den Kurial zu sich heran und steckte auch dessen Kopf durch die Schling.
»Sagen wir uns itzo für einen Augenblick Lebewohl«, sagte der Graffzog, »doch balde schon sehen wir uns dort oben wieder.«
»Mehr oder wenichter gleychzeythig kommen wir dort an«, sagte der Kurial.
»Wer zuerst ankömmt, warthet auf den andern.«
»Ich rühr mich nicht von der Stell, Euer Hochwohlgeboren, alsobalde ich ankomm, setz ich mich und werdt warthen.«

»Guth so.«
Bellaugh knyff die Augen zusammen und sah den Kurial an.
»Ein letztes noch: mann sagte mir, dasz sich bey einem gehenkten Manne der Rammel aufricht. Nicht einmal diese Befriedtigung ist mir vergönnet.«
»So er sich bey mir aufricht, gep ich ein Feste und besauff mich. Zehn Jahr seyndts, dasz mir das nicht mehr geschicht.«
Bellaugh umgrieff von hinten her den Kurial, und alle beyde stürzten sich vom Podeste hinunter.
Ein Soldat durchquerte den Purghoff und schleyffte die Beyne hinter sich nach. Er erreychte das verschlossene Thor, allwo zween Schwytzrische Gardisten auf der Erdt hockten.
»Der Graffzoch hat sich erhenket.«
»Eine guthe Sach«, sagte einer der zween Gardisten.
»Itzit könntmer das Thor öffnen zum Zeychen der Aufgap.«
Die zween Schwytzrischen hievten sich mit gar großer Müh auf ihre Füß, und mit dem Soldaten gemeynsam begannen sie, die Kette hinweg zu nehmen.
Draußen wurdte das Rasseln der Kette vernommen. Das war alswie ein Zeychen, daß die von der Purg sich ergapen. Die Dorfleut wurdten unruhig, sie loffen ober die Piazzetta zum Purgthore hin. Migone suchte, sie ruhicht zu halten, gieng auf das Thor zu und sprach durch die Ritzen.
»Ergepet ihr euch?«
»Wir ergepen uns!«
Spaltweis öffnete sich das Thor. Die Dörfler stemmten sich mit ihren Schultern dawider und hätten beynah die zween Schwytzrischen verquetscht, die hinter den Thorflügeln stundten.
Inmitten des Purghoffs baumelten Bellaugh und der Kurial in derselben Schling vom Galgen herunter, mit heraushängender Zung, als thäten sie einandter Fratzen schneydten.
Bey diesem Anblick glühten Migone die Eyer.
»Er hat mich beschissen, dieser Hurensohn! Nitmal die

Befriedtigung, ihn selbst an den Galgen zu stricken, hat er mir gepen wolln!«

Migone trath in den Purghoff, gefolget von allen andren.

An einer der Fenestren erschien itzo Frater Kapuzo, richtete seyne Arme zum bewölkten Himmel empor und öffnete den Mundt alswie vor großer Freudt.

»Belloculus crepatus est! Evviva und Jupel! Incipit nunc vita nova cum Migone et suis honestissimis villanis! Ego benedico vos in nomine Patris et Filii et cetera et cetera. Amen.«

LUIGI MALERBA, geboren 1927 in Berceto bei Parma, lebt in Rom und Orvieto.

La scoperta dell'alfabeto, Mailand (Bompiani) 1963; deutsche Übersetzung: *Die Entdeckung des Alphabets*, Frankfurt am Main (Suhrkamp) 1983

Il serpente, Mailand (Bompiani) 1966; deutsche Übersetzung: *Die Schlange*, Berlin (Wagenbach) 1985

Salto mortale, Mailand (Bompiani) 1968; deutsche Übersetzung: *Salto mortale*, Frankfurt am Main (Suhrkamp) 1971

Il protagonista, Mailand (Bompiani) 1973; deutsche Übersetzung: *Der Protagonist*, Frankfurt am Main (Suhrkamp) 1976

Mozziconi, Turin (Einaudi) 1975; deutsche Übersetzung: *Geschichten vom Ufer des Tibers*, Frankfurt am Main (Suhrkamp) 1980

Diario di un sognatore, Turin (Einaudi) 1981; deutsche Übersetzung: *Tagebuch eines Träumers*, Frankfurt am Main (Suhrkamp) 1984

Le galline pensierose, Turin (Einaudi) 1980; deutsche Übersetzung: *Die nachdenklichen Hühner*, Berlin (Wagenbach) 1984

Storiette, Storiette tascabili, Turin (Einaudi) 1977, 1984; deutsche Übersetzung: *Taschenabenteuer*, Berlin (Wagenbach) 1985

LUIGI MALERBA

Die nachdenklichen Hühner
131 kurze Geschichten

Kleine Geschichten, die den Blick auf einen Hühnerhof mit eigenartigen Bewohnern lenken: Hühner aus Bergamo, Rom, Paris; devote, schielende, esoterische, brandstiftende absurde Hühner.
»Die endliche Entdeckung der menschlichen Seele in all ihren hühnerhaften Aspekten.« ITALO CALVINO

»Eine literarische Promenadenmischung aus Morgensterns skurriler Tierwelt und Brechts Keuner-Geschichten, aus lateinischer Grazie und absurdem Witz – Hühner sind auch nur Menschen.« STERN

Aus dem Italienischen von Elke Wehr
Quartheft 132. 80 Seiten mit Zeichnungen von Matthias Koeppel.
DM 14.80

Die Schlange Roman

Die komische und nicht ganz geheure Liebesgeschichte eines kleinen Mannes. Zugleich eine der merkwürdigsten Beschreibungen der Stadt Rom und ihrer Bewohner. Ein Hauptwerk in der zeitgenössischen italienischen Literatur.

Aus dem Italienischen von Alice Vollenweider
Wagenbachs Taschenbücherei 119. 168 Seiten. DM 12.50

Taschenabenteuer Dreiundfünfzig Geschichten

Hier feiern die Gedanken ihr Recht auf Freiheit, das heißt auf Nonsens. Sie heften der Phantasie Flügel an, erheitern durch Einsicht in den alltäglichen Schwachsinn und machen auf diese Weise vertraut mit einer neuen Realität.

Aus dem Italienischen von Iris Schnebel-Kaschnitz
Quartheft 140. 112 Seiten. DM 15.80

PIER PAOLO PASOLINI

Amado mio
Zwei Romane über die Freundschaft
Über die verbotene Freundschaft und Liebe unter Männern. Die intensive Beschreibung einer fast bukolischen Heimat und einer Leidenschaft, die Liebe entstehen läßt und ihr zugleich qualvolle Grenzen setzt.
Aus dem Italienischen von Maja Pflug.
Quartheft 130. 208 Seiten. DM 19,80

Barbarische Erinnerungen La Divina Mimesis
Über das Italien der sechziger Jahre – über frühe Hoffnungen und ihren Tod, das schöne Italien des Volkes und das häßliche der Moderne – über die schöne neue Welt, auf der die barbarische Vergangenheit der alten lastet.
Aus dem Italienischen von Maja Pflug.
Quartheft 120. 112 Seiten. DM 16,80

Unter freiem Himmel Ausgewählte Gedichte
»Nirgendwo sonst spricht Pasolini so subjektiv wie in seinen Gedichten. Seine Autobiographie liegt in ihnen ausgebreitet.« SÜDDEUTSCHE ZEITUNG
Aus dem Italienischen von Toni und Sabine Kienlechner.
Quartheft 112. 160 Seiten. DM 19,80

Freibeuterschriften
Die Zerstörung der Kultur des Einzelnen durch die Konsumgesellschaft
»Pasolinis Polemiken sind das beneidenswerte Beispiel einer politischen Kultur, die bei uns undenkbar zu sein scheint.« DIE ZEIT
Aus dem Italienischen von Thomas Eisenhardt.
Quartheft 96. 144 Seiten. DM 19,80

Das Herz der Vernunft
Gedichte, Geschichten, Polemiken, Bilder
Herausgegeben von Burkhart Kroeber.
Dieser Band sammelt die wichtigsten literarischen und politischen Texte des Filmers, Poeten, Kritikers und Polemikers.
Wagenbachs Taschenbücherei 134. 224 Seiten. DM 15,–

Verlag Klaus Wagenbach Berlin

JAVIER TOMEO

Der Marquis schreibt einen unerhörten Brief

Der Marquis, seit zwanzig Jahren auf einem Schloß vergraben, hat einen Brief geschrieben, der von allergrößter Bedeutung ist. Möglicherweise wird er darüber entscheiden, ob sein Verfasser in dies Jahrhundert zurückkehren kann, vielleicht bedeutet er sogar den Beginn einer allgemeinen Menschheitsbeglückung.

»Mit explizit dreistem Humor – hinein in den heiteren Wahnsinn.«
SÜDDEUTSCHE ZEITUNG

Quartheft 125. 128 Seiten. DM 16.80

Mütter und Söhne

Roman über Monster

Jeder hat auf seine Weise eine besitzergreifende Mutter im Gepäck – diese Entdeckung müssen die Hauptfiguren in Tomeos zweitem Roman machen. Während sich vor den Fenstern des Personalbüros einer großstädtischen Bank ein Unwetter zusammenbraut, findet drinnen ein verbissener, mit vollendeter Höflichkeit ausgefochtener Kampf zweier Söhne statt – ein spanisches Kammerspiel, hinter dessen Kulissen sich vernehmlich die Monster räuspern.

»Ein beispielhafter Roman zwischen einem sehr diesseitigen Surrealismus und einer feierlichen wie exzessiven Fantasie«
EL PAIS

Quartheft 144. 128 Seiten. DM 17.80

Der Löwenjäger

Nicht alle Frauen haben das Glück, beim Abnehmen des Telefons am anderen Ende der Leitung auf einen furchtlosen Großwildjäger zu treffen, der sie mit erstaunlichen Geschichten aus dem Dschungel unterhält. Das Glück über den unerwarteten Anrufer ist allerdings zweifelhaft, denn die Berichte über schlechtgelaunte Tiger, menschenfreundliche Kakerlaken und Tintenfische, phlegmatische Gorillas und sprechende Löwen sind die Verkleidung unerhörter Konfessionen einer ganz anderen Leidenschaft.

Quartheft 158. 112 Seiten. DM 16.80